Jan Beinßen
Hausers Bruder

PIPER

Zu diesem Buch

Als der Kaspar-Hauser-Experte Franz Henlein bei einem Autounfall in Ansbach ums Leben kommt, geht die Polizei von Selbstverschulden aus, doch der Fotojournalist Paul Flemming hat daran Zweifel. Diese erhärten sich, als kurz darauf der Heraldiker Dr. Helmut Sloboda tot in der Waffenkammer des Germanischen Nationalmuseums in Nürnberg aufgefunden wird; er hatte Henlein bei seinen historischen Forschungen unterstützt. Besteht ein Zusammenhang zwischen den beiden Todesfällen? Und welche Rolle spielt das angebliche Hemd Kaspar Hausers, das sich vermutlich in Henleins Besitz befand? Paul Flemmings dritter Fall führt ihn nicht nur zurück in die Zeit der Patrizierfamilien und des Zweiten Weltkriegs, sondern auch hoch hinaus, über die Dächer der Stadt.

Jan Beinßen, geboren 1965 in Stadthagen, arbeitet als Journalist und Autor in Nürnberg und war viele Jahre leitender Redakteur der Abendzeitung. Er ist verheiratet und hat drei Kinder. Jan Beinßen hat Drehbücher und Theaterstücke veröffentlicht sowie zahlreiche Kriminalromane, unter anderem seine beliebten Nürnberg-Krimis rund um den Fotografen Paul Flemming.
Weiteres zum Autor unter: www.janbeinssen.de

Jan Beinßen
Hausers Bruder

Paul Flemmings dritter Fall

Piper München Zürich

Mehr über unsere Autoren und Bücher:
www.piper.de

Von Jan Beinßen liegen bei Piper vor:
Dürers Mätresse
Pikante Sünden
Hausers Bruder

Mix
Produktgruppe aus vorbildlich bewirtschafteten
Wäldern und anderen kontrollierten Herkünften
www.fsc.org Zert.-Nr. GFA-COC-001223
© 1996 Forest Stewardship Council

Ungekürzte Taschenbuchausgabe
Piper Verlag GmbH, München
Februar 2011
© 2007 ars vivendi verlag GmbH & Co. KG, Cadolzburg
Umschlag: semper smile, München
Umschlagmotiv: Jürgen Richter / LOOK-foto
Autorenfoto: Ralf Lang (amafo.de)
Papier: Munken Print von Arctic Paper Munkedals AB, Schweden
Druck und Bindung: CPI – Clausen & Bosse, Leck
Printed in Germany   ISBN 978-3-492-25478-6

Für Felix

*Will man Kaspars wahre Identität herausfinden,
so muss man ihn unter den Toten suchen.*

Anselm Ritter von Feuerbach (1775–1833)

1

Irgendwie taten sie ihm leid, wie sie da so stumpfsinnig ihre Bahnen zogen. Dicht gedrängt, Leib an Leib. Ab und zu tauchten ihre Köpfe auf, so dass er die Augen sehen konnte, die nur dumpfe Gleichgültigkeit auszudrücken schienen.

Sie haben keine Ahnung von dem, was auf sie zukommt, dachte Paul Flemming, und das ist auch gut so. Dann löste er seinen Blick endlich von den Fischen im brusthohen Bassin.

Wegen der Karpfenernte war er an diesem herrlichen Spätsommertag extra früh aufgestanden, was für Paul an einem Samstag alles andere als üblich war. Nun stand er schon seit gut zwei Stunden am Valznerweiher, gähnte und beobachtete das Spektakel, das die Fischbauern vor einer Hand voll Journalisten, einigen lokalen Politikern und vielen neugierigen Besuchern veranstalteten.

Der weitläufige Teich war abgelassen worden. Das von Bäumen umsäumte, flache Becken breitete sich jetzt als schwarze, glitschige Schlicklandschaft vor ihnen aus. Die Fischbauern und eine Menge freiwilliger Erntehelfer wateten in kniehohen Stiefeln und Anglerhosen durch das Brackwasser. Bewehrt mit großmaschigen Käschern fischten sie die zappelnden Karpfen aus dem Morast.

Die Fische landeten allesamt in dem großen Bassin, das Paul gerade eben noch so fasziniert bestaunt hatte. In dem Frischwasser blieben die Karpfen so lange, bis sie verkauft wurden. Und einige, dachte Paul, während seine Nase einen feinen Küchendunst aus der nahen Gaststätte roch, würden in Bierteig gebacken sogar auf den Tellern der heutigen Zuschauer landen.

Sein Mitleid für die Fische verflog schnell, als er sich den erdig markanten Geschmack des weißen Fleisches unter einer knusprigen Panade vergegenwärtigte. Und bei dem Gedanken an frittierte Flossen, die sich knabbern ließen wie Kartoffelchips, lief ihm das Wasser im Mund zusammen.

Paul schlenderte betont langsam zu einem provisorisch aufgebauten Podium auf der anderen Seite des Fischbeckens hinüber. Dort trat gerade ein hinlänglich bekannter Landtagsabgeordneter gemeinsam mit dem Fischereiverbandsvorsitzenden vors Mikrophon. Paul hatte am Morgen schon genug Fotos gemacht, nun würde er nur noch den Ansprachen lauschen und einige Hintergrundinformationen für seine Bildtexte notieren. Damit wäre sein Job hier erledigt, und er konnte sich voll und ganz dem Wochenende widmen.

Der Verbandsvorsitzende begann: »Fast wäre es in diesem Sommer den Karpfen zu warm geworden. Der Klimawandel lässt grüßen!«, sagte er gestelzt. »Weil die Temperaturen im Juni und Juli so außergewöhnlich hoch waren, wurden unsere Teichwirte schon ziemlich nervös. Karpfen mögen eine Wassertemperatur von über fünfundzwanzig Grad nämlich überhaupt nicht.«

Der Fischexperte wurde immer leiser und war nun trotz der Verstärkeranlage nicht mehr gut zu hören. Paul trat also noch näher an das Podium heran. Im Bassin daneben wimmelte es von immer mehr stattlichen, grüngrau schimmernden Karpfen.

»Aber dann kam Gott sei Dank der Regen«, die Stimme des Verbandsvorsitzenden hob sich wieder. »Und die Qualität der Fische kann sich wahrlich sehen lassen: Fünf bis sechs Prozent Fettgehalt – das ist hervorragend.« Einige wenige Zuhörer klatschten Beifall.

Anschließend erzählte der Karpfenfachmann noch etwas von der dreihundertjährigen Erzeugertradition, von einer Produktionsmenge von jährlich zweitausendvierhundert Tonnen Karpfenfleisch allein aus Mittelfranken und wollte nach Pauls Erwartung gerade das Wort an den bereits ungeduldig auf seinen Füßen wippenden Landtagsabgeordneten übergeben, als ein außergewöhnliches Geräusch ihn abrupt innehalten ließ.

Es war ein unheilvolles Knirschen, das sich schnell in ein ohrenbetäubendes Zischen verwandelte. Blitzschnell richtete

Paul seinen Blick auf die dünnwandige Plastikhülle des Fischbeckens. Dann bemerkte er zu seinen Füßen die ersten Rinnsale.

Für jeden Fluchtversuch war es damit schon zu spät! Paul schaffte es gerade noch, seine teure Nikon in die Höhe zu reißen, als im selben Augenblick die Wand des Bassins nachgab und sich die sprudelnden Fluten auf das völlig überraschte Publikum ergossen.

Dröhnend donnerte die Gischt Kubikmeter um Kubikmeter aus dem Becken. Das Wasser schoss durch Pauls Beine hindurch und um sie herum und zerrte bedrohlich an seiner Hose. Über das Rauschen hatte sich das hysterische Geschrei einiger Damen in feinen Kostümen gelegt.

Während Paul verzweifelt versuchte, das Gleichgewicht zu halten und damit auch seinen Fotoapparat und die Digitalaufnahmen des Morgens zu retten, sah er, wie es den Landtagsabgeordneten und den Fischereiexperten erwischte: Eine hüfthohe Welle, aus der zuhauf wild schlagende Schwanzflossen auftauchten, riss die beiden Würdenträger mitsamt ihrem Stehpult zu Boden. Die Anzüge sind für immer ruiniert, dachte Paul und grinste schief.

Die fischreiche Flut ebbte so schnell wieder ab, wie sie gekommen war. Paul nutzte die allgemeine Konfusion, um die skurrile Szenerie mit seiner Kamera festzuhalten. Er fotografierte entsetzte Ehrengäste, zu deren Füßen Dutzende fette Karpfen zappelten, und Kinder, die den gestrandeten Fischen lachend an den Flossen zupften. Dazwischen rannten aufgeregt die Erntehelfer hin und her, die die Fische mit bloßen Händen einzufangen versuchten, um sie in kleinere Nebenbecken und eilig herbeigeschaffte Eimer zu setzen. Trotz des anfänglichen Schreckens, seiner nassen Hosen und aufgeweichten Schuhe begann der Vorfall Paul zu amüsieren.

Seine gute Stimmung verflog jedoch sofort, als er im Blickfeld seines Suchers jemanden erkannte, der ihm hier und jetzt ganz und gar nicht in den Kram passte.

Paul setzte seine Kamera ab, als die hagere Gestalt auf ihn zusteuerte: Blohfeld verweilte bei der Betrachtung des durchnässten Pauls und lächelte dann schadenfroh. Obwohl ein sonnenverwöhnter Sommer hinter ihnen lag, war das Gesicht des Polizeireporters fahl geblieben und damit fast so grau wie seine viel zu langen Haare.

Paul nahm Blohfelds unerwartetes Auftreten skeptisch zur Kenntnis – jedesmal, wenn er es mit dem Reporter zu tun bekam, wurde er in Angelegenheiten verstrickt, die ihm bisher nichts als Unannehmlichkeiten beschert hatten. Mit seinem unweigerlich näherrückenden vierzigsten Geburtstag sehnte sich Paul nach einem geordneten und vor allem ruhigeren Lebenswandel. Blohfeld jedoch verkörperte das genaue Gegenteil dessen – und sein alarmierend süffisantes Lächeln ließ ganz sicher nichts Gutes vermuten.

Verschmitzt blickte Blohfeld ihn aus seinen kleinen, aber intelligenten Augen an. Dann deutete er auf Pauls durchnässte Kleidung: »Das müssen Sie aber in die Reinigung geben«, er hielt sich demonstrativ die schmale Himmelfahrtsnase zu. »Den Fischgeruch bekommen Sie sonst nie wieder heraus.«

Paul rang sich einen neutralen bis mäßig freundlichen Gesichtsausdruck ab. »Es hätte mir ja klar sein müssen, dass Sie hier aufkreuzen: Kein Unglück, ohne dass der Starreporter unseres geschätzten Boulevardblatts nicht sofort zur Stelle wäre.«

»Da überschätzen Sie meine Reaktionsfähigkeit aber ein wenig«, winkte Blohfeld ab und kickte einen inzwischen leblos am Boden liegenden Fisch mit der Fußspitze beiseite. »Sie waren nicht zuhause, und Ihr Nachbar Jan-Patrick war so freundlich, mich hierher zu schicken.«

»Aber was wollen Sie von mir?«, wollte Paul wissen.

Anstatt zu antworten, deutete Blohfeld mit einer ausholenden Geste auf das Chaos um sie herum. »Verraten Sie mir erst mal, warum Sie neuerdings Fische anstatt nackter Frauen fotografieren?«

Paul schaute sich peinlich berührt um. »Blohfeld, lassen Sie Ihre Anspielungen! Sie wissen ganz genau, dass ich mir neben meinen Atelieraufnahmen etwas dazuverdienen muss.« Kleinlaut fügte er hinzu: »Und deshalb fotografiere ich auch für den Fischereifachverband.«

Der Reporter nickte mit wissendem Blick: »Genau wegen Ihrer Geldsorgen bin ich gekommen. Ich möchte, dass Sie einen Auftrag für mich erledigen. Einen anständigen.«

»Und warum haben Sie dann nicht einfach angerufen, wie es sonst Ihre Art ist?«, fragte Paul mit immer stärker aufkeimendem Misstrauen.

»Weil ich wusste, dass Sie den Auftrag dann sofort abgelehnt hätten.« Blohfeld grinste ihn süffisant an.

Paul stutzte. »Wenn Sie das bereits wussten, verstehe ich überhaupt nicht, weshalb Sie sich an einem Samstagmorgen extra hierher an den Valznerweiher bemüht haben.«

Blohfeld wählte einen sachlichen Tonfall: »Was bekommen Sie für Ihre Fischfotos? Der Stundenlohn dürfte wohl kaum über dem eines Zeitungsausträgers liegen – wenn Ihnen die Bilder nach diesem Fiasko hier überhaupt noch jemand abnimmt.« Blohfelds Stirn zog sich in Falten. »Sie führen einen extrem extravaganten Lebensstil, Flemming: Dieses Loft am Weinmarkt, die vielen Abende in teuren Restaurants und Bars, die kostspieligen Nachrüstungen Ihrer Studioausstattung – all das will doch bezahlt werden. Daher verstehe ich es nicht, warum Sie sich in letzter Zeit so beharrlich gegen meine Aufträge sträuben. Wir bezahlen gut und pünktlich, wie Sie wissen.«

Paul mied den Blickkontakt mit Blohfeld, um nicht in Versuchung zu geraten, ihm über den Mund zu fahren.

»Ich sag es Ihnen: Weil ich durch Sie und Ihre Aufträge permanent in Schwierigkeiten gerate. Denken Sie nur an die Sache mit diesem Dürer-Bild oder den Fall mit den Bratwürsten.«

»Das ist doch alles Schnee von gestern«, tat Blohfeld das Gesagte ab. »Zugegeben: Das waren beides harte Nüsse. Aber letztendlich haben wir sie geknackt, und Sie konnten Ihre Exklusivfotos bundesweit mit einem satten Gewinn an den Mann bringen.«

Paul sah den Reporter ernst an, forschte aber ergebnislos in dessen Mimik und senkte dann abermals den Blick. Zu seinen Füßen lag ein besonders prächtiges Exemplar eines Spiegelkarpfens, der gerade sein Leben mit langsamem Öffnen und Schließen seines Mauls aushauchte. Paul sah in die erloschenen Augen des Fisches und sagte: »Ich habe wirklich genug von Abenteuern dieser Art. Ich schätze Ihr Honorar – aber mehr noch schätze ich mein ruhiges Leben und meine Gesundheit. Sie als Polizeireporter mögen es gewohnt sein, auf Tuchfühlung mit Verbrechern zu gehen, aber ich ziehe es vor, mein Geld auf weniger lebensbedrohliche Art zu verdienen.«

»Warum halten Sie sich dann in der Nähe von gemeingefährlichen Karpfenbecken auf und wählen nicht gleich einen Bürojob mit Stempeluhr und Ärmelschonern?«, fragte Blohfeld mit beißendem Spott. »Meine Güte, Flemming, was sind Sie doch für ein bodenständiger Spießer geworden!«

»Ein bisschen mehr Bodenständigkeit würde mir tatsächlich gut tun – und Ihnen übrigens auch«, gab Paul zurück.

Verblüffenderweise nahm Blohfelds Ausdruck sanfte Züge an: »Wenn das so ist, ist mein neuer Auftrag genau das Richtige für Sie: Staubtrocken, ein wenig altbacken sogar – und garantiert ungefährlich. Denn das Verbrechen, um das es dieses Mal geht, liegt schon Jahrhunderte zurück. Das Problem dabei ist nur, dass ich einen exzellenten Fotografen wie Sie brauche, um der faden Geschichte wenigstens ein paar inspirierende Bilder abzutrotzen.«

Paul schmunzelte über Blohfelds durchschaubare Überzeugungsversuche. Die alte Methode: mit Zuckerbrot und Peitsche, nur in umgekehrter Reihenfolge. »Um wen oder was geht es denn?«, erkundigte sich Paul, nun doch neugierig.

»Na also«, sagte Blohfeld mit gewinnendem Lächeln. »Es geht um Kaspar Hauser.«

Dieser Name ließ Paul mit gewisser Ernüchterung aufatmen. Hauser gehörte zu Franken wie die Bratwurst, das Bier und der Wein. Jedes Schulkind kannte die tragische Geschichte des ebenso verirrten wie verwirrten Waisenknaben. Paul war sie schon in seinen frühesten Jahren eingetrichtert worden. Das Thema war ebenso bekannt wie ausgeschlachtet. Doch Paul wusste auch, dass Zeitungen, die den historischen Fall Hauser aufgriffen, erstaunlicherweise noch immer jedes Mal weggingen wie die sprichwörtlichen warmen Semmeln.

»Was wissen Sie über Hauser?«, fragte Blohfeld und dirigierte Paul an der Schulter sanft aus dem Karpfenfriedhof in Richtung des nahen Parkplatzes.

»Das, was halt jeder über ihn weiß: An einem Pfingstmontag, irgendwann um 1800, ...«

»1828«, korrigierte ihn Blohfeld.

»Meinetwegen auch das. Auf jeden Fall tauchte der jugendliche Kaspar Hauser zu diesem Zeitpunkt mitten in Nürnberg auf. Sein Entwicklungsstadium war das eines Kleinkindes. Nachdem er mehrmals hin- und hergereicht worden war, landete er schließlich in Ansbach, wo er einige Jahre später im Hofgarten ermordet wurde. Angeblich war Hauser ein unerwünschter Spross aus Adelskreisen und damit Opfer eines höfischen Intrigenspiels geworden. Gentechnische Analysen seiner blutverschmierten Kleidung haben das jedoch nie überzeugend belegen können.«

»Nicht schlecht für den Anfang«, sagte Blohfeld gönnerhaft. »Aber Hausers Geschichte – so abgedroschen sie auch erscheinen mag – hat weitaus mehr zu bieten. Was wissen Sie zum Beispiel über die anderen Attentate, die in Nürnberg auf Hauser verübt wurden? Oder von den verschwundenen Dokumenten, mit denen seine adlige Abstammung angeblich nachzuweisen gewesen wäre?«

Paul zuckte entnervt mit den Schultern. Inzwischen hatten sie den Parkplatz erreicht. Blohfeld hatte seinen schweren Geländewagen unmittelbar neben Pauls Renault abgestellt.

Aus seiner Jackett-Tasche zog er einen Zettel. »Ich habe hier die Adresse eines gewissen Herrn Henlein. Franz Henlein. Er wohnt gar nicht weit von Ihnen entfernt in der Altstadt: Am Sand 6, das ist an der Insel Schütt. Aber Sie werden ihn am Unschlittplatz treffen. Dort, wo Hauser seinerzeit das erste Mal gesehen wurde.« Der Reporter lehnte sich an die Hecktür seines protzigen Autos. »Herr Henlein ist angeblich im Besitz eines bisher nicht registrierten und daher auch nicht untersuchten Kleidungsstücks von Kaspar Hauser.«

»Wieder so ein Spinner«, entfuhr es Paul.

Blohfeld nickte wissend. »Ja, stimmt, wieder ein Spinner – allerdings einer, mit dem wir unsere Auflagenzahl erhöhen können! Auch für Sie bedeutet das klingende Münze, mein Lieber. Also? Sind Sie dabei?«

Paul musste nicht lange über seine finanzielle Lage nachdenken, bevor er nach einem letzten Aufbegehren seines gesunden Menschenverstandes nachgab und einschlug. »Ich übernehme den Job. Werden Sie dabei sein, wenn ich Henlein fotografiere?«

»Nein«, Blohfeld schüttelte entschieden den Kopf. »Ich habe bereits ausführlich mit ihm telefoniert. Außerdem bin ich leider grad ziemlich eingespannt: In der Montagsausgabe hieven wir die Einbrecherbande, die in Nürnberg ihr Unwesen treibt, auf die Seite eins. Diese Pyromanen haben letzte Nacht schon wieder zugeschlagen.«

Paul hob kaum merklich die Brauen. Blohfeld schickte ihn also allein ins Rennen, weil er sich selbst um die wirklich wichtigen und aktuellen Polizeistorys kümmern wollte. Paul hatte über die Diebesbande bereits wiederholt in der Zeitung gelesen: Eine Gruppe skrupelloser Einbrecher suchte eine Nürnberger Villa nach der anderen heim und setzte sie anschließend mit Litern von Benzin in Brand. Wahrscheinlich, um Spuren zu verwischen.

Aus Pauls Sicht hatte es wenig Sinn, weiter mit Blohfeld über dessen Prioritätensetzung zu diskutieren. Er war nur freier

Fotograf und hatte nichts zu sagen. »Wann kann ich also Herrn Henlein treffen?«, fragte er tonlos.

»In einer halben Stunde«, antwortete Blohfeld ernst und ohne jedes Zögern. »Wenn Sie sich beeilen, sind Sie sogar pünktlich dort.«

2

Unschlittplatz, Ecke Obere Kreuzgasse – außer Atem kam Paul an seinem Ziel an. Trotz der Samstagseinkäufer, die die Straßen verstopften, hatte er es beinahe pünktlich geschafft, wofür er sich selbst lobte, denn in der knappen Zeit hatte er es sogar noch fertig gebracht, einen Zwischenstopp bei sich zuhause am Weinmarkt einzulegen und sich trockene Hosen und ein anderes Paar Schuhe überzustreifen.

Paul ließ seine Blicke über die herausgeputzten Fachwerkhäuser gleiten. Für Momente dachte er an die Diskussionen, die in den frühen siebziger Jahren aufgekommen waren: Damals war ernsthaft erwogen worden, einige der historischen Gebäude zugunsten einer besseren Verkehrsführung abzureißen. Als er zu den schön restaurierten Giebeln emporblickte, war Paul froh, dass es dazu nicht gekommen war.

Am Dudelsackpfeiferbrunnen blieb Paul stehen und schaute sich neugierig nach seiner Verabredung um. Ein Pärchen ging an ihm vorbei, lachend und innig Händchen haltend, dann eine Familie, voll bepackt mit Einkaufstüten. Eine Rentnerin mit feistem Dackel taxierte ihn argwöhnisch.

Schließlich näherte sich ihm ein Mann von sechzig, vielleicht fünfundsechzig Jahren. Eine Erscheinung, die man leicht übersehen konnte: nicht besonders groß, schlicht gekleidet, mit schütterem Haar und gutmütigen Augen. Unter dem Arm trug er eine Aktentasche: hellbraun, wahrscheinlich schweinsledern, war sie nach Pauls Empfinden etwas altmodisch. Auf ihrer

Vorderseite prangte ein Aufkleber mit dem stadtbekannten Logo der Nürnberger Verkehrsbetriebe VAG.

Der Mann deutete schon im Näherkommen auf Pauls Fotoausrüstung und ging dann mit offenem Lächeln auf ihn zu. Erst als er ihm direkt gegenüberstand, erkannte Paul die vielen Narben in dem rundlichen Gesicht seines Gegenübers.

»Henlein«, sagte der Mann mit freundlicher, sanfter Stimme. »Sie sind der Zeitungsfotograf?«

Paul schüttelte ihm die Hand. »Ja, Flemming ist mein Name, Paul Flemming.« Paul wollte sich nicht mit langen Vorreden aufhalten. »Fangen wir mit den Aufnahmen gleich an? Am besten fotografiere ich Sie an der Stelle, an der man Hauser seinerzeit fand.«

»Nun«, lächelte Henlein noch immer freundlich, »so einfach wird sich das nicht gestalten lassen. Die exakte Stelle ist historisch nämlich nicht belegt.«

»So?«, fragte Paul wenig begeistert. Er hatte gehofft, dass sein Gesprächspartner den Fototermin nicht unnötig komplizieren würde. »Aber wenn ich mich recht erinnere, heißt es, dass Hauser auf diesem Platz wie aus dem Nichts aufgetaucht ist. Passanten haben ihn entdeckt, wie er ziellos umherirrte«, kramte Paul sein lückenhaftes Wissen zusammen.

»Das trifft es nicht ganz«, verbesserte ihn Henlein erneut. »Auf sein Auftauchen hatte es vorher durchaus schon Hinweise gegeben.«

Paul setzte seine schwere Fototasche ab und lehnte sich an den Brunnen. »Und was für Hinweise waren das?«

»1816 ist am Oberlauf des Rheins eine Flaschenpost angeschwemmt worden. Sie enthielt eine mysteriöse Nachricht mit einer scheinbar wirren Buchstabenanordnung. Damals konnte man in dieser Botschaft keinen tieferen Sinn erkennen. Manche hielten sie sogar für einen Scherz. Später sahen die Forscher in der Buchstabenfolge ein Anagramm.«

»Ein was?«

»Eine Art Buchstabendreher: Aus den vierzehn Buchstaben ergaben sich zwar etliche Kombinationsmöglichkeiten, aber nur sehr wenige sinnvolle. Eine lautete ›Sein Sohn Kaspar‹.«

Paul zuckte ein wenig ratlos die Schultern. »Aber wir leben hier an der Pegnitz und nicht am Rhein.«

Henlein behielt seine freundliche Miene bei. »1828, also exakt zwölf Jahre nach dem Fund der Flaschenpost, tauchte hier am Unschlittplatz ein Junge mit dem gleichen Vornamen auf«, erzählte Henlein weiter.

»Hauser«, folgerte Paul.

Henlein nickte. »Ja, laut zeitgenössischer Augenzeugenberichte war er völlig kraftlos und erschöpft. Er konnte bloß noch stammeln. In den Händen hielt er eine ominöse Nachricht, ähnlich verwirrend wie die Flaschenpost zuvor.«

Paul sah sich auf dem Platz um. Bei dem sommerlichen Getümmel konnte er sich die damalige Szenerie nur schwer vor Augen führen.

»Die Leute brachten Hauser auf die Polizeiwache, wo versucht werden sollte, die Herkunft des Unbekannten zu klären«, schilderte Henlein. »Der Sonderling schien zwar allen Fragen genau zuzuhören, aber ihren Sinn verstand er anscheinend nicht. Jedenfalls blieb er stumm. Erst als man ihm die Hand führen wollte, damit er ein Kreuz unter das Polizeiprotokoll setzen sollte, ergriff er plötzlich doch noch die Initiative.«

Paul meinte, in Henleins Augen einen Glanz zu erkennen, als er weitersprach. Das Thema begeisterte den Mann, daran bestand für Paul kein Zweifel:

»Papier und Feder waren dem jungen Hauser nicht unbekannt – ziemlich ungewöhnlich für einen verwahrlosten Waisenknaben, oder?«, fragte Henlein. »Mit festem Druck des Stiftes und deutlich lesbar schrieb er einen Namen: Kaspar Hauser.«

Damit beendete Henlein seinen Exkurs in die Vergangenheit, was Paul nun doch bedauerte. Denn Henlein war – vielleicht wegen seiner angenehm unaufdringlichen Stimme – ein

Erzähltalent. Trotz seiner anfänglichen Ungeduld hätte Paul ihm gern länger zugehört.

»Beginnen wir dann mit den Aufnahmen am Brunnen?«, schlug Paul vor.

Es schien Henlein peinlich zu sein, Paul abermals verbessern zu müssen: »Das wäre geschichtlich aber überhaupt nicht korrekt.«

»Wieso? War Hauser wasserscheu?«, versuchte Paul einen Witz.

Henlein schüttelte nachsichtig den Kopf: »Das weiß ich nicht, aber der Dudelsackpfeiferbrunnen – beziehungsweise seine Kopie – steht erst seit 1946 an dieser Stelle.«

Paul kam sich angesichts seines wenig vorbereiteten Auftretens verloren vor. Da er sich Henlein gegenüber, anscheinend ein Experte auf dem Gebiet der Stadtgeschichte, wohl kaum so bald in ein besseres Licht rücken konnte, spielte er lieber gleich mit offenen Karten: »Entschuldigen Sie, Herr Henlein. Ich bin sehr spontan für diesen Auftrag engagiert worden. Wie wäre es, wenn Sie einfach selbst einen Vorschlag für das Motiv machen und ich mich ums Fotografieren kümmere.«

Henlein fegte Pauls Bedenken mit einer Bewegung aus dem Handgelenk beiseite: »Sie brauchen sich nicht bei mir zu entschuldigen. Ich bin ja froh, wenn sich jemand für das, was ich zu sagen habe, interessiert. Falls Sie mehr über Hauser erfahren möchten, fragen Sie mich. Nur zu! Und ansonsten fotografieren Sie mich einfach hier, mitten auf dem Platz! Damit legen wir uns nicht fest und können somit auch nichts falsch machen.«

Also fing Paul an. Obwohl Henlein, wie er schon vermutet hatte, als Person nicht viel hergab, gelang es Paul, durch den wechselnden Einsatz eines Weitwinkel- und eines für Porträtaufnahmen besonders geeigneten, lichtstarken Fünfzig-Millimeter-Objektivs, sein Motiv wirkungsvoll in Szene zu setzen. Die historische Kulisse trug ihr Übriges dazu bei, dass Henlein auf Pauls hochauflösenden Digitalaufnahmen schließlich als interessante Persönlichkeit erschien, die dem Betrachter viel zu sagen hatte.

Nach einer guten halben Stunde intensiver Fotoarbeit verstaute Paul seine Ausrüstung wieder in seiner Tasche.

Henlein bedankte sich freundlich und reichte ihm seine Visitenkarte.

»Danke«, sagte Paul und wischte sich den Schweiß von der Stirn. Die Septembersonne hatte es in sich. »Allerdings müssen wir noch einen zweiten Termin ausmachen. Mein Auftraggeber sagte etwas davon, dass Sie im Besitz eines Kleidungsstücks von Hauser sind? Das ist der Aufhänger der ganzen Story, den wir deshalb unbedingt im Bild haben müssen.« Paul las Henleins Karte mit seiner auch von Blohfeld schon erwähnten Adresse und schlug vor: »Soll ich morgen Nachmittag bei Ihnen vorbeikommen, damit wir das erledigen können? Von meiner Wohnung aus habe ich es sowieso nicht weit bis zu Ihnen.«

Henleins Dauerlächeln verschwand plötzlich aus seinem runden Gesicht. »Nein, nicht bei mir zuhause«, er zögerte, bevor er weitersprach, »meine Frau hat nicht viel für mein Hobby übrig. Sie verstehen schon: Immer nur Hauser, Hauser, Hauser – und die Ehefrau kommt dabei zu kurz.« Er lachte gekünstelt und etwas angespannt.

»Wie wäre es dann mit Hausers Nürnberger Unterkunft? Er hat doch einige Jahre in der Stadt gelebt, habe ich recht?«

»Das stimmt: bei Professor Daumer. In einem Haus auf der Hinteren Insel Schütt. Ein altes Gebäude, verwinkelt, mit vielen kleinen Räumen und Kammern. In seinem rückwärtigen Teil besaß Daumer eine Wohnung im ersten Obergeschoss, die er Hauser zur Verfügung gestellt hatte. Aber«, Henlein sah ihn bedauernd an, »Daumers Haus wurde wie die gesamte übrige Bebauung der Hinteren Insel Schütt bei dem großen Fliegerangriff am 2. Januar 1945 völlig zerstört. Die Fläche ist heute bloß noch eine Grünanlage mit der darunterliegenden Karstadt-Tiefgarage.« Mit neu gewonnenem Optimismus fügte er rasch hinzu: »Was halten Sie davon, wenn wir uns in Ansbach treffen? Im Hofgarten, am Hauser-Denkmal, dem Tatort des Hauser-Attentats.«

Paul stimmte zu, dort gäbe es bestimmt gute Motive, und sie vereinbarten einen Termin am Sonntagmittag.

Henlein bedankte sich erneut für Pauls Arbeit und wollte sich schon verabschieden, als der Fotograf sich der Neugierde halber erkundigte: »Wenn ich fragen darf: Weshalb interessieren Sie sich eigentlich so stark für Kaspar Hauser?«

Henlein stutzte für einem Moment. Er fuhr sich durch das schüttere Haar, als hätte ihn Paul mit seiner Frage aus dem Konzept gebracht. Schließlich antwortete er mit seiner weichen Stimme: »Ich bin selbst Waise. – Hauser ist ein Schicksalsgenosse. Er ist für mich wie eine Art Bruder.«

Paul war erstaunt. Mit einer solchen Antwort hatte er nun ganz und gar nicht gerechnet. »Ihre Eltern sind also früh verstorben?«, erkundigte er sich taktvoll.

Abermals war Henleins Antwort für Paul überraschend: »Das weiß ich leider nicht. Ich habe sie nie kennengelernt.«

Paul sah Henlein fragend an.

Dieser musterte ihn, als wollte er prüfen, ob Paul es überhaupt wert war, ihm seine Lebensgeschichte zu erzählen. Dann begann er langsam zu erzählen: »Sagt Ihnen der Begriff ›Displaced Person‹ etwas? Die Alliierten haben diese Bezeichnung 1944 eingeführt. Gemeint waren damit all die armen Teufel, die sich kriegsbedingt fern der Heimat aufhielten und nicht ohne Hilfe zurückkehren konnten. Zwangsarbeiter, versprengte Soldaten und viele, viele Kinder.«

Paul begann, seine Frage zu bereuen. Er hatte Henlein nicht in Verlegenheit bringen wollen.

»Ich selbst war so eine ›Displaced Person‹«, redete Henlein weiter. »Kurz nach dem Kriegsende bin ich identitätslos in Nürnberg aufgegriffen worden. Damals war ich sechs oder sieben Jahre alt, nur mit Fetzen bekleidet und hatte Brand- und Schnittverletzungen an Gesicht und Körper.« Im Gegensatz zu seinen Ausführungen über Kaspar Hauser leierte Henlein seine eigene Lebensgeschichte tonlos herunter wie ein auswendig gelerntes, aber dennoch ungeliebtes Gedicht. »Ich war völlig verwirrt und hatte keinerlei Erinnerung an irgendetwas davor. Ich bin medizinisch versorgt worden, soweit das die Zustände der damaligen Zeit zuließen. Auch eine Unterkunft bekam ich zugewiesen: Unmittelbar nach Beendigung der Kampfhandlungen hatte eine Hilfsorganisation die Einrichtung eines Lagers für uns organisiert, das Valka-Lager in Langwasser. Vielleicht haben Sie schon einmal davon gehört.«

»Das muss eine schwere Zeit gewesen sein«, sagte Paul beklommen.

»Nach zwölf Monaten Barackenleben in Langwasser bin ich in ein Kinderheim gekommen – und habe dort gelernt, dass mein Schicksal nichts Außergewöhnliches war«, sagte Henlein sehr ernst. »Im Zweiten Weltkrieg wurden hunderttausende Kinder zu Waisen. Über ein Drittel dieser Kinder war auf der Flucht oder vertrieben worden. Neun von zehn Kindern hatten Bombardierungen oder Kämpfe hautnah miterlebt ...«

»Es muss wirklich sehr schlimm für Sie gewesen sein«, sagte Paul mitfühlend.

»Ja«, sagte Henlein und straffte seine Schultern. »Aber es war die Normalität. In der Nachkriegszeit fiel ein traumatisiertes Kind mit seiner persönlichen Geschichte nicht besonders auf und dachte erst recht nicht, etwas Besonderes durchgemacht zu haben. – Man musste mit dem Erlebten abschließen, um voranzukommen. Man musste sich möglichst schnell neu orientieren. Nur wer sich selber hart gegen das Leben machte, hatte eine reale Überlebenschance.«

»Und trotzdem hat Sie Ihre Vergangenheit nicht losgelassen«, sagte Paul leise.

Henlein blickte Paul traurig an. »Das stimmt. Aber mein Gedächtnis an die Zeit vor meinem Auftauchen ist leider niemals zurückgekehrt. Ich habe keinerlei Erinnerung an meine Eltern, Großeltern oder irgendwelche eventuellen Geschwister.« Er lächelte traurig. »In meinen Träumen taucht ab und zu ein

Teddybär auf, aber das ist auch schon alles, was sich womöglich als Hinweis auf meine Kindheit deuten lässt.«

»Ein Teddy?«, fragte Paul.

»Ja.« Henlein wirkte bedrückt. »Ein brauner Teddybär, so wie ihn eben viele Kinder besitzen. Nur dass er in meinen Träumen keinen Kopf hat.«

»Ein kopfloser Bär – das ist ziemlich verstörend«, sagte Paul betroffen.

»Ich habe mich daran gewöhnt. Er gehört zu meinen Nächten, und inzwischen macht mir dieser Traum auch keine Angst mehr.« Henlein griff unter seinen Kragen und zog eine Kette unter seinem Hemd hervor. »Ansonsten gibt es nur noch diesen Kettenanhänger. Den trug ich um den Hals, als man mich fand.«

Paul beugte sich vor und betrachtete das unscheinbare Medaillon. Es war offensichtlich aus Silber und stark angelaufen. Das eingravierte Motiv war eine vereinfacht dargestellte Blume. »Aber das hat Sie in Ihrer Ahnenforschung nicht wirklich weitergebracht, oder?«, fragte er.

Henlein schüttelte langsam den Kopf. »Natürlich nicht. Es ist die Kette eines Kindes. Ein billiger, belangloser Anhänger. Nicht einmal ein Monogramm ist vorhanden, aber wie Sie vielleicht verstehen, hänge ich daran. Das Medaillon ist meine einzige Verbindung zur Vergangenheit.« Henlein bemühte sich um einen heiteren Gesichtsausdruck, als er sagte: »Nun habe ich Sie aber lange genug aufgehalten.« Er reichte Paul noch einmal die Hand. »Wir sehen uns also morgen in Ansbach. Es hat mich sehr gefreut, Ihre Bekanntschaft zu machen.«

»Mich auch«, sagte Paul, während sie sich die Hände schüttelten. »Was mich jetzt aber doch noch interessiert, ist die Herkunft Ihres Namens. Wenn Sie sich nicht an Ihr Elternhaus erinnern können, dann wohl auch kaum an Ihren Taufnamen.«

»Nein, das kann ich tatsächlich nicht. Mein Vorname Franz wurde mir von den anderen Heimkindern gegeben. Irgendwie hat er anscheinend zu mir gepasst. Den Nachnamen durfte ich mir später als Volljähriger selber aussuchen. Ich habe Henlein gewählt, weil er ein guter alter Nürnberger Name ist.«

Paul nickte freundlich. »Danke für Ihre Offenheit. Eine letzte Bitte noch: Darf ich Ihren Kettenanhänger fotografieren?«

»Ich habe nichts dagegen einzuwenden«, sagte Henlein nach kurzem Nachdenken.

Ein außergewöhnlicher Mensch, dachte Paul, als er zurück zu seinem Renault ging. Henlein war ihm gegenüber ausgesprochen freundlich gewesen und hatte ein bescheidenes und zurückhaltendes Auftreten an den Tag gelegt. Zweifellos wusste er jede Menge über Hauser und dessen Epoche. Vor allem aber Henleins eigene Vergangenheit übte auf Paul eine gewisse Faszination aus. Eine Amnesie, welche die komplette Kindheit ausblendete, das war schon ein schwerer Schicksalsschlag, und Paul mochte kaum glauben, dass Henlein diesen Identitätsverlust tatsächlich folgenlos verkraftet hatte.

Er hatte seinen Renault, der in der Schlotfegergasse abgestellt war, beinahe erreicht, als sein Handy klingelte.

»Blohfeld hier. – Na, wie ist es gelaufen?«

»Danke, gut«, antwortete Paul knapp und schloss den Wagen auf.

»Da sehen Sie mal, dass man sich auf mich verlassen kann«, sagte der Reporter selbstgefällig. »Ein flott erledigter, harmloser Auftrag, der Sie um ein anständiges Honorar reicher macht. – Ich hoffe, Sie haben das Hemd von allen Seiten abgelichtet.«

»Das Hemd ...«, Paul wuchtete seine Fototasche auf den Rücksitz, »nein, soweit sind wir heute nicht gekommen. Henlein bringt es erst morgen mit. Wir treffen uns in Ansbach.«

Blohfeld prustete laut in den Hörer: »Aber das Hemd ist doch der Witz an der ganzen Sache! Henlein ohne die neue Hauser-Hinterlassenschaft zu fotografieren, das bringt gar nichts.«

»Aber ich dachte ...«

»Hören Sie, Flemming: Dieses Hemd, mit dem Henlein hausieren geht und das er womöglich schon sehr bald unserer

Konkurrenz präsentieren wird, stammt angeblich aus dem Nachlass eines gewissen Anselm Ritter von Feuerbach. Das wird Ihnen als Kunst- und Geschichtsbanause natürlich nichts sagen«, schimpfte der Reporter. »Aber vielleicht verstehen Sie mehr, wenn ich Ihnen verrate, dass dieses Hemd mit Hausers Blut beschmiert ist. Blut, das von einer Verletzung herrührt, die Hauser vier Jahre vor seinem Tod in Nürnberg zugefügt worden war.«

Paul konnte die Brisanz, die Blohfeld der Sache plötzlich zumaß, nicht ganz nachvollziehen. Er ließ sich in seinen Fahrersitz fallen und blickte zum Fürther Tor und der trutzigen Stadtmauer hinüber. »Na, und? Es gibt doch bereits die blutbefleckten Beinkleider, die Hauser bei der tödlichen Attacke im Ansbacher Hofgarten getragen hat. Der neue Fund dürfte kaum mehr Überraschungen bergen.«

»Womöglich doch«, beharrte Blohfeld. »Die Genanalysen dieser besagten Unterhose haben vor einigen Jahren ergeben, dass höchstwahrscheinlich keine verwandtschaftlichen Beziehungen zwischen Hauser und dem Fürstenhaus von Baden bestanden haben.«

»Ja, darüber haben wir ja heute Morgen schon gesprochen«, sagte Paul, noch immer im Dunkeln tappend. »Die Mär vom verstoßenen Kronprinzen ist seitdem widerlegt, und ich wüsste nicht, warum ein neues Kleidungsstück zu einem anderen Ergebnis kommen sollte.«

Der Reporter machte eine vielsagende Pause. »Was wäre, wenn die Unterhose Hauser nur untergeschoben worden war?«, stellte Blohfeld in den Raum.

Paul war verblüfft. »Sie meinen, wenn das untersuchte Blut gar nicht von Hauser stammte ...«

»Genau. In diesem Fall könnte Henleins neues Fundstück sehr wohl überraschende Tatsachen bergen.«

»Das klingt ja richtig spannend«, meinte Paul jetzt begeistert. »Von wegen fader und harmloser Auftrag«, schalt er Blohfeld im Spaß.

3

Nachdenklich betrat Paul sein Wohnloft in der obersten Etage eines Wohn- und Geschäftshauses am Rande des Weinmarktes. Seine Mokkabraune, ein lebensgroßer Abzug eines farbigen Aktmodels, begrüßte ihn wie stets im Flur mit einem Lächeln, das Paul je nach Stimmung als aufmunternd, verführerisch oder einfach nur belanglos empfand.

Heute ignorierte er seine leblose Mitbewohnerin gänzlich und steuerte schnurstracks auf sein Atelier zu. Durch das ovale Oberlicht strömten die letzten Reste des milden Altweibersommerlichts. Er setzte sich an seinen gläsernen Schreibtisch, fuhr den Computer hoch und begann, die reiche Fotoausbeute des heutigen Tages hochzuladen.

Doch Paul war nur halbherzig bei der Sache, denn auf dem Heimweg von seinem Henlein-Termin hatte er noch einen Anruf erhalten, der ihn nicht losließ.

Also stand er wieder auf und ging unsicher durch seine Wohnung. Mit Argusaugen sah er sich in seinem Atelier um. Er wusste nicht genau, wonach er Ausschau hielt. Es kam ihm nicht darauf an, dass sein Heim besonders aufgeräumt oder picobello geputzt war.

Vielmehr waren es die Dinge, die ihn unter Umständen in Verlegenheit bringen konnten, wenn Katinka gleich bei ihm klingeln und er sie hereinbitten würde.

Natürlich freute er sich darüber, dass sie sich vorhin am Handy spontan selbst bei ihm eingeladen hatte. Und es war ja auch durchaus nicht so, dass es sich um ihren ersten Besuch bei ihm handelte, und trotzdem ...

Paul schob einen Packen Fotozeitschriften mit nackten Models auf den Covern mit dem Fuß unter den Sofatisch und setzte dann seine unbestimmte Suche fort.

Seit sich aus seiner unverbindlichen Jugendfreundschaft mit der jetzigen Staatsanwältin Katinka Blohm so etwas wie eine echte Beziehung entwickelt hatte, fühlte er sich ihr gegenüber verpflichtet, wobei das überhaupt nicht negativ gemeint war. Im Gegenteil. Es war vielmehr so etwas wie ein Gefühl der Fürsorglichkeit, das er plötzlich ihr gegenüber hegte. Und dazu gehörte es nun mal, Bagatellen wie kompromittierende Zeitschriften, auf Zettel gekritzelte Adressen von Fotomodellen oder das Bild einer Verflossenen verschwinden zu lassen.

Ihm war klar, dass sein Verhalten unbegründet war. Katinka hätte ja schon bei früheren Besuchen all diese Dinge entdecken und sich daran stören können. Aber sie hatte nie etwas gesagt, höchstens mal eine flapsige Bemerkung fallen lassen. Warum also sollte er sein Leben so plötzlich ändern?

Es läutete an der Wohnungstür. Paul fühlte sich, als wäre sein Herz für den Bruchteil einer Sekunde stehen geblieben, um danach in schnellerem Takt weiterzuschlagen.

Während er sich noch über sich selbst wunderte, eilte er durch den Flur und öffnete.

»Hallo, Paul«, begrüßte ihn Katinka fröhlich. »Schön, dass du Zeit für mich hast.«

Das lange blonde Haar fiel über ihre Schultern und bildete einen hellen Kontrast zum nüchternen Dunkelgrau ihres Jacketts. Ihre blauen Augen lächelten genauso wie ihr Mund: offen und ohne jede Spur eines Vorbehalts.

»Hier, statt Blumen«, sagte sie und drückte Paul eine gerollte Zeitung in die Hand. »Die neuesten Ergüsse deines Freundes Blohfeld. Diesmal geht es um keinen Geringeren als Kaspar Hauser.«

Ihr voran ging Paul ins Atelier. Katinka setzte sich neben ihn auf das Sofa. Paul roch ihr Parfüm: Es war leicht, beinahe sommerlich, gleichzeitig aber enthielt es eine süßlich romantische Note, die auf den ersten Blick nicht so recht zu Katinkas nüchternem Auftreten passen wollte. Doch Paul kannte sie mittlerweile gut genug um zu wissen, dass gerade Feinheiten wie diese sehr viel über Katinkas vielfältiges Wesen aussagten.

»Und, was hat Blohfeld geschrieben?«, fragte er, während er die Zeitung aufschlug. Er fand den Artikel auf Anhieb und las laut vor:

»Der Fall Hauser: Neue Spur aus der Vergangenheit.« Er warf Katinka einen forschenden Blick zu und überlegte, ob er ihr von seinem Treffen mit Henlein berichten sollte, entschied sich dann aber dagegen: Sie würde das sicher nicht interessieren. Stattdessen las er weiter:

»Ein Mordfall, der sich bereits im Jahr 1833 ereignete, lässt die Nürnberger bis heute nicht mehr los: Über kaum ein anderes Gewaltverbrechen wurde so viel geforscht, spekuliert und geschrieben wie über den Fall Kaspar Hauser. Trotz intensiver Aufklärungsarbeit blieben die Hintermänner der Bluttat von Ansbach unbekannt, und auch das Rätsel um Hausers Herkunft ist nach wie vor offen. Das könnte sich jedoch bald ändern: Unserer Zeitung liegen aus zuverlässiger Quelle Hinweise auf eine neue Spur im Fall Hauser vor.«

Paul blickte Katinka tief in die Augen, dann las er weiter.

»Nachdem Hauser verwandtschaftliche Beziehungen zu adligen Kreisen und sogar ein badischer Thronanspruch nachgesagt wurden – angeblich war er der verstoßene Erbprinz –, setzte eine Reihe von Attentatsversuchen gegen ihn ein, denen er schließlich nach einem Überfall im Ansbacher Hofgarten tatsächlich zum Opfer fiel.«

Katinkas Knie berührte Pauls Oberschenkel. Er spürte eine angenehme Wärme in sich aufsteigen.

»Während sich neuere kriminalwissenschaftliche Untersuchungen vorwiegend auf Blutreste von Hausers Beinkleidern konzentrierten, die er an seinem Todestag trug, richtet der Informant unserer Zeitung hingegen den Fokus auf einen der früheren Attentatsversuche, die bis heute nur wenig Beachtung fanden. Der in Fachkreisen ausgewiesene Hauser-Experte misst der neuen Spur überaus große Bedeutung bei. Vielleicht wird das Hauser-Geheimnis in absehbarer Zeit endlich gelüftet werden ...«

»Meint er das jetzt wirklich ernst?«, unterbrach Katinka, ohne ihren Spott zu unterdrücken.

»Wie ich Blohfeld kenne: ja!« Paul legte die Zeitung beiseite.

Katinka lachte. »An Hauser haben sich schon ganz andere die Zähne ausgebissen. Da wird auch ein Herr Blohfeld – trotz seines legendären Selbstbewusstseins – keinen größeren Erfolg haben.«

»Warten wir's ab«, sagte Paul und erhob sich. »Du nimmst doch einen Cappuccino?«

Katinka nickte, worauf Paul hinter seiner Küchenzeile verschwand. Er hatte sich gerade dem Kaffeeautomaten zugewandt, als ihn ein Geräusch aufhorchen ließ. Er drehte sich um und sah noch, wie Katinka eine Pappschachtel aus seinem Bücherregal nahm.

Verflixt, schoss es ihm durch den Kopf. Hatte er also doch etwas übersehen! Schnell ging er zurück.

Katinka hatte es sich mitsamt der Schachtel auf dem Parkettboden bequem gemacht. Doch ehe sie den Deckel abnehmen konnte, legte Paul seine Hand auf die ihre.

»Bitte nicht«, sagte er mit mühsam unterdrücktem Ärger.

Katinka sah zu ihm auf. »Warum denn?« Ihr Ton war nicht misstrauisch, eher neugierig. »Versteckst du darin etwa deine besonders verruchten Fotos?«

»Nein«, sagte Paul und scherzte angespannt: »Die sind in einer anderen Box.«

Katinka legte ihre andere Hand behutsam auf seine und schob sie beiseite. »Lass mich wenigstens ganz kurz hineinschauen. Ich verrate es auch keinem weiter, versprochen«, sagte sie in gespieltem Verschwörerton und grinste.

Paul kapitulierte. Es hatte wenig Zweck zu protestieren. Angesichts der Tatsache, dass er in der Kiste bloß ...

»Playmobil-Figuren?« Katinka nahm mit erstauntem Blick ein Plastikmännchen aus der Kiste und stellte es auf den Holzboden. »Du spielst immer noch damit?«

Unangenehm berührt merkte Paul, wie er rot wurde. »Ich habe dir doch schon mal erzählt, wozu ich sie hin und wieder verwende«, sagte Paul.

Katinka kicherte und nahm eine weitere Figur aus der Box: eine Prinzessin mit weit ausladendem Kleid und goldener Krone. »Du brauchst dich deswegen wirklich nicht zu schämen. In jedem Mann steckt naturgemäß ein Kind.«

»Hahaha«, entgegnete Paul ein wenig beleidigt. »Wenn ich mal nicht weiterkomme, stelle ich mit den Figuren Kriminalfälle nach.«

»Paul, du brauchst dich nicht zu rechtfertigen. Ich finde es süß, wenn ein erwachsener Mann seinen angeborenen Spieltrieb nicht allein auf Sportwagen und teure Uhren reduziert. Wer weiß«, sagte sie verschmitzt, »vielleicht lebst du damit ja sogar einen verborgenen Kinderwunsch aus.«

Paul verdrehte die Augen. »Jetzt hör aber auf zu lästern. Wenn ich bei dir zuhause lange genug suchen würde, fände ich bestimmt auch eine deiner Lieblingspuppen aus Kindergartenzeiten.«

»Stimmt«, sagte Katinka ohne zu zögern. »Dafür bräuchtest du aber nicht lange zu suchen: Sie hat einen Ehrenplatz im Gästezimmer.«

Katinka nahm die Playmobil-Prinzessin zwischen Zeigefinger und Daumen und ahmte durch pendelnde Bewegungen mit ihrer Hand einen tänzelnden Gang nach. Sie stellte sie gegenüber dem Playmobil-Mann ab und sagte dann im naiven Tonfall eines kleinen Mädchens: »Hey, du Männchen. Weißt du eigentlich, dass ich dich in der Schule für einen ziemlichen Langweiler gehalten habe?«

Schule? Wie kam Katinka jetzt darauf?, fragte sich Paul. Er war mit ihr zusammen aufs Gymnasium gegangen. Sie hatten in dieser Zeit nie viel miteinander zu tun gehabt. Erst viel später, nach Studium und beiderseitigen diversen Erfahrungen in Liebesangelegenheiten, hatten sich ihre Wege erneut gekreuzt. – Sie hatte ihn damals also als langweilig empfunden. Und er sie?

»Du warst für mich auch nicht gerade die Traumfrau«, gab er ihr mit verstellter Stimme kontra und drehte das Playmobil-Männchen einmal um die eigene Achse. »Aber inzwischen ...«

Katinka hob die Hand der Prinzessin bis auf Kopfhöhe. »Inzwischen? Was ist denn inzwischen passiert? Verrätst du es mir?«

»Erst wenn du mir verrätst, ob ich für dich noch immer ein Langweiler bin«, sagte Paul mit tiefer Stimme.

»Das kommt darauf an«, ließ Katinka die Prinzessin sprechen.

»Worauf?« Paul schaukelte den Playmobil-Mann in seiner Hand ungeduldig hin und her.

»Auf das, was du aus diesem angebrochenen Abend mit mir zusammen noch machen wirst.« Katinka schob die Prinzessin ganz dicht an die andere Playmobil-Figur heran. Ein leises Klicken ertönte, als sich die Köpfe der Plastikfiguren berührten.

Paul ließ den Playmobil-Mann los. Er sah Katinka liebevoll an. »Ich wusste gar nicht, dass du so verspielt bist. – Hast du denn Zeit?«, fragte er.

»Alle Zeit der Welt – zumindest bis morgen früh«, sagte sie und lehnte sich an ihn. Die beiden Figuren legte sie zurück in die Schachtel. »Für den Rest brauchen wir keine Zuschauer.«

»Es ist schön, mit dir zusammen zu sein«, sagte Paul und streichelte zärtlich über ihren Arm.

4

Katinka war längst eingeschlafen, denn es war spät. Friedlich auf die Seite gerollt lag sie auf seinem Sofa. Ihre nackte Haut war nur unzureichend von Pauls Hemd verhüllt, das er der Schlafenden übergeworfen hatte.

Pauls Gedanken kreisten bereits wieder um Henlein und Hauser. Während er – ebenfalls halb nackt – an seinem Schreibtisch saß und den Computer einschaltete, dachte er nach: Was, fragte er sich, hatte Henlein eigentlich für einen Beruf, der ihm nebenbei noch so viel Zeit für seine Geschichtsforschung ließ? Paul wollte sich bei ihrem nächsten Treffen danach erkundigen.

Er lud die letzte Speicherkarte des Tages herunter, ging anschließend hinter seine Küchenzeile und holte sich ein dunkles Gutmann-Weizen aus dem Kühlschrank. Ein Blick aufs Sofa verriet ihm, dass Katinka noch immer tief und fest schlief.

Er ließ das beinahe schwarze Bier in ein Weizenglas fließen. Kurz bevor die Flasche geleert war, schwenkte er sie kräftig, um die verbleibende Hefe vom Boden zu lösen und schenkte sich den Rest ein.

Normalerweise hätte Paul heute sicherlich einen beschwingten Junggesellen-Samstagabend verbracht. Der begann für gewöhnlich mit einem guten Essen im *Goldenen Ritter*, dem Lokal seines Freundes Jan-Patrick. Anschließend zog es ihn meistens ins kulturelle Leben der Stadt, wobei er das Gostner Hoftheater dem Staatstheater oftmals vorzog. Oder er fuhr in die Südstadt und hörte sich eine Live-Band im *Hirsch* an. Neulich war er dort bei einem Konzert von Fischer-Z gewesen – und ein Vergleich mit dem übrigen Publikum um ihn herum hatte ihm klar gemacht, dass er und seine Generation schon lange nicht mehr zur jungen Szene gehörten.

Heute aber zog ihn nichts aus seiner Wohnung. Er hatte die Stunden mit Katinka genossen. Und nun konnte er sich nichts Schöneres vorstellen, als ihr beim Schlummern zuzusehen und dabei noch ein bisschen zu arbeiten.

Ja, heute war es ein Leichtes für ihn, den Verführungen eines Abends außer Haus zu widerstehen – sogar Jan-Patricks Einladung zum Essen: Der Koch hatte ihm seine aktuelle Speisekarte aufs Fax gelegt. Paul überflog sie, doch weder die soufflierte Wachtelbrust auf Gemüse-Polenta und Balsamico-Honig-Linsen, noch Saltimbocca vom Zander auf Rucola-Pinien-Risotto in Silvanersauce oder das Kalbsfilet unter Maronen-Nusskruste mit Kräuter-Kartoffel-Gratin und Knoblauchsländer Gemüse konnten ihn locken.

Noch einmal wanderte sein Blick hinüber zur schlafenden Katinka und ruhte zufrieden auf ihr. Mit seinem Weizenbier in der Hand erhob er sich schließlich und stellte sich vor sein Bücherregal. Paul zog mehrere dickleibige Bände über die fränkische Historie hervor.

Dann setzte er sich Katinka gegenüber in einen Schwingsessel und vertiefte sich in die Vergangenheit. Er schlug den Namen Hauser nacheinander in allen Büchern nach und wurde mit einer Fülle von Informationen überhäuft.

Die Stunden verstrichen, und Paul bemühte sich, aus den unübersichtlichen Zeitverläufen der Chroniken zunächst die Mordanschläge auf Kaspar Hauser herauszufiltern. Schließlich schälten sich unter den zahlreichen nicht belegten Vorfällen zwei Attentatsversuche als für ihn glaubhaft heraus, die sich vor dem tödlichen Anschlag in Ansbach zugetragen hatten:

Im Juni 1829 machte Hauser einen Spaziergang durch die Plattnersanlage am Tiergärtnertor. Aus einem Gebüsch sprang plötzlich ein Mann, warf sich auf den völlig überrumpelten Hauser und versuchte ihn zu würgen. Als Passanten auftauchten, floh der Angreifer.

Vorfall Nummer zwei ereignete sich am 17. Oktober 1829 und hätte Hauser um ein Haar das Leben gekostet: Zwei dunkel gekleidete Männer drangen in das Haus auf der Hinteren Insel Schütt ein und fügten Hauser mit einem scharfkantigen

Gegenstand erhebliche Verletzungen zu, unter anderem eine tiefe Schnittwunde am Kopf. Auch sie konnten unerkannt flüchten. In beiden Fällen wurden die Täter nie ermittelt.

Paul fielen die Augen zu. Aber er rappelte sich noch einmal auf. Denn er wollte unbedingt mehr über Ritter von Feuerbach erfahren, aus dessen Besitz Henleins Hauser-Hemd ja angeblich stammen sollte.

Nach längerer Suche hatte er genug Fragmente gesammelt, um sich ein ungefähres Bild von Anselm Ritter von Feuerbach und dessen Rolle im Fall Hauser zu machen:

Von Feuerbach, Jahrgang 1775, war in seiner Zeit ein berühmter Kriminologe gewesen, bayerischer Staatsrat und Präsident des Appelationsgerichts in Ansbach. Er war außerdem Verfasser der Schrift »Beispiel eines Verbrechens am Seelenleben des Menschen«, erschienen 1832. Darin beschrieb er akribisch alle Einzelheiten über das Auftauchen Hausers in Nürnberg. Als Jurist untersuchte er auch die strafrechtlich relevanten Verbrechen an der Person des Kaspar Hauser. Das waren widerrechtliche Gefangenhaltung, das Verbrechen der Aussetzung sowie besagte Verbrechen am Seelenleben.

Paul versuchte sich den Charakter dieses engagierten Richters zu vergegenwärtigen, während er sich ein zeitgenössisches Porträtbild von ihm ansah. Durch seine hohen Ämter und seine adlige Herkunft geprägt, gehörte Ritter von Feuerbach zur Oberschicht und genoss die damit verbundenen Privilegien. Paul blickte auf das Bild eines wohlbeleibten Herrn im fortgeschrittenen Alter, mit seinerzeit modisch gewellten Haaren und Koteletten bis ans Kinn. Anselm Ritter von Feuerbach hüllte sich in Samt und Seide. Sicherlich trug er reichlich Duftwasser auf und rauchte in Männergesellschaft teure Zigarren, reimte sich Paul zusammen.

Doch Feuerbach ließ sich durch gesellschaftliches Ansehen, Ruhm und Geld nicht korrumpieren, schloss Paul aus der Lektüre. Der Ritter blieb ein überzeugter Jurist – der Wahrheit verpflichtet. Er verfasste am 20. Dezember 1832 ein

Memorandum an Königinwitwe Karoline von Bayern. In diesem Schriftstück versuchte er zu beweisen, dass Hauser niemand anderes sein konnte als der legitime Thronanwärter des Hauses von Baden.

Abermals drohte Paul von der Müdigkeit übermannt zu werden. Sein Weizenglas war längst leer. Doch er hatte weder Lust noch Energie, um noch einmal in seine Küchenzeile zu gehen und sich nachzuschenken. Er zwang sich, sich auf die Seiten der eng beschriebenen Chronik zu konzentrieren:

11. April 1833 – Hausers Todesjahr: Von Feuerbach reiste aus Ansbach zu seiner Schwester Rebecca nach Frankfurt am Main. Am 27. Mai kehrte er nach einem Abstecher in den Taunus krank nach Frankfurt zurück und starb zwei Tage später in einem Hotel.

Paul richtete sich kerzengerade auf. Die Schläfrigkeit war für kurze Zeit wie weggeblasen, als er die nachfolgenden Zeilen las:

Im Sterben liegend ordnete von Feuerbach seine eigene Obduktion an. Er glaubte, man hätte ihn vergiftet. Die Obduktion wurde durchgeführt. Das Protokoll darüber aber verschwand kurz darauf, ohne dass der Befund jemals an die Öffentlichkeit gelangt wäre.

Paul war ganz sicher kein Mensch, der zu Verschwörungstheorien neigte, aber die Lektüre dieser Nacht ließ ihn zumindest misstrauisch werden. Er ging ins Badezimmer und streckte sich dann schläfrig neben Katinka aus. Sie quittierte das mit einem zufriedenen Seufzen.

Paul schloss endlich die Augen. Doch seine Gedanken kamen nicht zur Ruhe: Im Geiste jonglierte er mit Namen und Fakten aus der Vergangenheit. Hauser, von Feuerbach ...

5

Als Paul vom Klingeln seines Weckers wach wurde, musste er sich erst einmal orientieren: Er lag auf dem Sofa und die Sonne stand groß, rund und hell über dem Oberlicht des Ateliers. Paul schüttelte den Kopf. Der Wecker klang heute anders.

Er streckte sich ausgiebig und gähnte. Ganz langsam wurde ihm klar, dass ihn nicht der Weckruf aus dem Schlaf gerissen hatte, sondern das Telefon. Er rieb sich die Augen, fuhr sich mit gespreizten Fingern durchs Haar und raffte sich auf.

Erst jetzt wurde ihm bewusst, dass Katinka nicht mehr da war. Verwirrt sah er sich um. Keine Spur von ihr.

Das Telefon klingelte unbeirrt weiter. Vielleicht war es ja Katinka, überlegte Paul und suchte nach dem Apparat. Vielleicht rief sie vom Bäcker aus an und wollte wissen, welche Sorte Brötchen er haben wollte.

Das Telefon steckte in der Ladestation auf dem Fensterbrett. Paul nahm ab und säuselte: »Na, Schatz, schon so früh auf den Beinen?«

Am anderen Ende herrschte zunächst Schweigen. Dann meldete sich eine dünne Männerstimme: »Entschuldigen Sie, bin ich richtig verbunden mit dem Anschluss von Herrn Flemming?«

Paul räusperte sich. »Ja, Verzeihung, ich hatte mit jemandem anderen gerechnet.«

»Oh, das macht nichts. Henlein am Apparat. Sie wissen doch, der ...«

»Ja, selbstverständlich weiß ich, wer Sie sind«, beeilte sich Paul zu sagen. »Klappt etwas nicht mit unserer Verabredung?«

»Doch, doch. Gerade deshalb rufe ich ja an. Ich wollte mich vergewissern, dass Sie wirklich kommen.«

»Ja, ich werde da sein. Ich gehöre nicht zu der Sorte Mensch, die ihre Termine nicht einhält.«

»Das habe ich nicht unterstellen wollen«, sagte Henlein peinlich berührt. »Aber unser Treffen in Ansbach liegt mir sehr am Herzen. Daher wollte ich ganz sicher gehen, dass ...«

»Wie gesagt: Sie können sich auf mich verlassen«, kürzte Paul die Sache ab. Nachdem Henlein jedoch keine Anstalten machte aufzulegen, wurde Paul stutzig. Er fragte: »Gibt es noch etwas anderes, das Sie mir sagen möchten, Herr Henlein?«

»Nein«, kam es eine Spur zu plötzlich zurück. »Es ist nur ... ich möchte mich nicht länger als unbedingt nötig mit dem Hauser-Hemd in der Öffentlichkeit aufhalten. Ich sorge mich ein wenig um ...« Er beendete den Satz nicht.

»Um was sorgen Sie sich?«, wollte Paul wissen.

»Ach, das ist lächerlich.« Henlein lachte gekünstelt und sagte: »Wahrscheinlich steigere ich mich viel zu sehr in die Sache hinein.«

»Nur keine Scheu: Erzählen Sie mir ruhig, worum Sie sich sorgen«, forderte Paul ihn auf.

»Also gut. – Ich habe den Eindruck, dass man mich verfolgt.«

»Sie werden verfolgt?« Paul konnte nicht verhehlen, dass ihn Henleins Erklärung amüsierte.

»Sehen Sie: Jetzt lachen Sie über mich!«, sagte Henlein verärgert.

»Tut mir leid«, sagte Paul schnell. »Das war nicht fair von mir.« Dann machte er einen Vorschlag: »Passen Sie auf, Herr Henlein: Wir werden das Hemd für meine Aufnahmen nur sehr kurz vor die Kamera halten müssen. Denn Bildausschnitt, Belichtung und Schärfe kann ich vorher einstellen. Es wird also niemand mitbekommen, was für ein wertvolles Stück Sie bei sich tragen. Ist das in Ordnung für Sie?«

Henlein druckste noch eine Weile herum. Dann verabschiedeten sie sich. »Bis nachher in Ansbach«, sagte Paul und legte auf.

Nachdenklich blieb er am Fenster stehen. Ein komischer Kauz, dieser Henlein. Er maß seiner Hauser-Forschung eine sehr große Bedeutung zu – nach Pauls Einschätzung eine zu große. Die Furcht vor einem Verfolger war selbstverständlich unbegründet, glaubte Paul. Die unterschwellige Angst, die in Henleins Stimme mitgeschwungen hatte, ließ aber auch ihn nicht ganz unbeteiligt.

Er ging zurück zum Schlafsofa. Sofort hatte er wieder ihren unwiderstehlichen Geruch in der Nase. – Katinka, überlegte er, wo bist du bloß geblieben?

Erst jetzt fiel ihm ein Zettel auf. Er lag auf dem Couchtisch, wahrscheinlich herausgerissen aus einem Notizbuch. Paul nahm ihn in die Hand und las:

»Mein Lieber. Wollte dich nicht wecken. Auf mich wartet zuhause viel Arbeit. Ein gemeinsames Frühstück holen wir ein andermal nach. Küsschen, Kati.«

Paul schüttelte lächelnd den Kopf: Mit der Abstimmung ihrer Schlaf- und Wachphasen mussten sie sich künftig wohl noch einigen, dachte er liebevoll.

Wieder klingelte es, diesmal an der Tür. Paul zog sich schnell seinen Morgenmantel über.

Als er die Wohnungstür öffnete, war er augenblicklich überfordert. Kaum ausgeschlafen sah er sich dem quirligsten, aufgewecktesten, neugierigsten und damit auch anstrengendsten Wesen gegenübergestellt, das er kannte. Er war geneigt, die Tür sofort wieder ins Schloss zu drücken.

»Guten Morgen!« Hannah strahlte ihn an. Die Septembersonne spielte mit ihren Locken, ihre blauen Augen leuchteten und ihre Wangen waren erwartungsvoll gerötet. Sie hob eine bis zum Platzen gefüllte Papiertüte auf Pauls Augenhöhe. »Ich gehe jede Wette ein, dass Sie noch nicht gefrühstückt haben!«

Paul kapitulierte und ließ Hannah eintreten. Sie stolzierte – eine angenehme Duftwolke schwebte ihr nach – an ihm vorbei. Sein Blick fiel wie automatisch auf ihren in eine enge Jeans gezwängten Po.

»Denken Sie immer daran, dass ich Ihre Urenkelin sein könnte«, sagte Hannah, ohne sich umzusehen.

»Woher weißt du ...?«

»Frauen haben auch im Hinterkopf Augen, war Ihnen das nicht klar?«

Paul räumte einige Zeitungen und Fotoabzüge vom Couchtisch und ließ auch Katinkas Nachricht verschwinden, um Platz für Hannahs knusprige Mitbringsel zu machen. »Wenn du mir als Urgroßvater die ketzerische Bemerkung erlaubst: Dein Outfit verführt nicht gerade dazu, dich als reife und intellektuelle Gesprächspartnerin zu akzeptieren.«

»Intellektuell?« Hannah stutzte für Sekundenbruchteile. Dann blies sie eine Strähne aus ihrem Gesicht und sagte selbstbewusst: »Intelligenz in reiner Form ist ungenießbar. Man muss sie mit einem Schuss Naivität würzen, um anerkannt zu werden.«

»Eins zu null für dich«, sagte Paul lächelnd. Er ging hinter seine Küchenzeile, um den Kaffeeautomat anzustellen. »Ich dachte immer, dass Studentinnen – insbesondere die der Wirtschaftswissenschaften – bis in die Puppen schlafen. Was treibt dich an einem Sonntagmorgen von deiner Wohnung im Noricus ins Burgviertel?«

Hannah kam ihm zu Hilfe und stellte Teller, Kaffeetassen und Besteck auf den Tisch. »Ihre große Liebe«, sagte sie leichthin.

Paul drückte auf die Taste für zwei Tassen. »Seit wann scherst du dich um mein Liebesleben?«

Hannah ließ nicht die geringste Spur eines Lächelns erkennen, als sie antwortete: »Seit ich davon selbst betroffen bin.« Ehe Paul Gelegenheit hatte, die falschen Schlüsse zu ziehen, ergänzte sie: »Es geht um Mama.«

Paul setzte sich zu ihr. Er senkte den Kopf und schaute sie von unten her an. »Stimmt irgend etwas nicht bei Katinka?« Er war äußerst misstrauisch, denn es war ja keine zwölf Stunden her, dass er einen äußerst harmonischen Abend mit ihr verbracht hatte. »Also?«, fragte er.

»Das hängt ganz von Ihrer Reaktion ab.«

»Meiner Reaktion worauf?«

»Sie brauchen gar nicht Ihren berühmten George Clooney-Dackelblick aufzusetzen«, sagte Hannah und griff zum Messer. Sie teilte mit groben Bewegungen ein Brötchen. »Ich spreche von Ihrer Reaktion auf die Neuigkeit, dass meine Mutter ein Angebot für einen neuen Job hat.«

Paul dachte im ersten Moment an einen Scherz, zog dann aber zwangsläufig in Erwägung, dass Hannah die Wahrheit sagte. Diese traf Paul völlig unerwartet: »Katinka?«, fragte er perplex. »Ein neuer Job?«

»Ja.« Hannah schlürfte am Kaffee. »Sie hat die Möglichkeit, ins Justizministerium nach Berlin zu wechseln.«

Paul überraschte die Nachricht so sehr, dass er seine Gefühle darauf kaum deuten konnte. Die Verblüffung schlug zunächst in Enttäuschung um, dann in Wut: »Warum hat sie mir davon nichts erzählt? Es muss Vorgespräche gegeben haben. So ein Wechsel kommt ja nicht von ungefähr.«

»Ich nehme an, Mama wollte Sie nicht mit ungelegten Eiern behelligen. – Vielleicht hat sie aber auch einfach Angst davor, welche Konsequenzen Sie aus der Sache ziehen.«

»Welche Konsequenzen sollte ich denn schon ziehen?«, brauste Paul auf. »Ich werde ihr alles Gute wünschen und sie bitten, mir ab und zu eine Postkarte zu schreiben.«

»Sehen Sie!«, sagte Hannah. »Genau vor so einer Antwort fürchtet sie sich.«

Paul rieb sich aufgebracht das Kinn. Gerade jetzt, da sich seine Beziehung mit Katinka nach vielen Anlaufschwierigkeiten so vielversprechend entwickelte und er sich ernsthaft Hoffnungen auf etwas Festes machte, zauberte sie ihre Berlin-Pläne aus dem Hut und durchkreuzte damit alles. Paul mochte Katinka – vielleicht liebte er sie. Er wollte sich dieses tiefe Gefühl zwar noch nicht eingestehen, war aber kurz davor.

Schließlich fragte er: »Was glaubst du denn, was für eine Antwort sie von mir hören möchte?«

»Zum Beispiel, dass Sie sie nicht allein gehen lassen werden.«

»Ich kann ja wohl kaum verlangen, dass sie mir zuliebe in Nürnberg bleibt.«

»Nein, das habe ich auch nicht gemeint. Aber Sie könnten meine Mutter ja fragen, ob Sie sie nach Berlin begleiten dürfen.«

Paul war baff. Was schlug Hannah da vor? Er sollte mit nach Berlin? Alles stehen und liegen lassen? Seine Zelte in Nürnberg abbrechen?

Hannah schien seine Gedanken zu erahnen: »Ihr Fotostudio dürfte in Berlin nicht besser oder schlechter laufen als in Nürnberg. Und ein Käseblatt wie das von Blohfeld werden Sie in der Hauptstadt allemal finden. Ich wüsste also nicht, was dagegen spricht. – Es sei denn, Sie vertreten die machohafte Ansicht, dass sich die Frau beruflich nach dem Mann zu richten hat und nicht umgekehrt.«

»Danke, dass du so bereitwillig meine Lebensplanung übernimmst, aber vielleicht habe ich da ein Wörtchen mitzureden.« Paul sah sich in seinem Atelier um, blickte aus dem Fenster hinaus auf die kaminrote Dachlandschaft des Weinmarktes, seines vertrauten Quartiers.

Er war nicht bereit dazu, auf Hannahs Vorschlag so spontan und unüberlegt einzugehen. »Nein, nein.« Er schüttelte den Kopf. »Ein Umzug kommt nicht in Frage.«

»Sie sind ein Feigling«, sagte Hannah scharf.

Paul fuhr herum: »Bei aller Freundschaft: Sei vorsichtig mit dem, was du sagst. – Mir fällt das alles auch nicht so leicht, wie es vielleicht wirkt.«

»Sorry, aber ich werde keinen Rückzieher machen.« Hannahs Augen schienen Funken zu sprühen: »Sie sind zu feige, endlich einmal Verantwortung zu übernehmen.«

»Ich übernehme jeden Tag Verantwortung: für mich und für mein Leben.«

»Was ist mit den anderen Menschen in Ihrem Leben? Sie können nicht immer nur für sich denken und handeln.«

Paul beschloss, in die Offensive zu gehen: »Warum denn nicht?«, fragte er provokativ. »Ich habe ein ausgefülltes Leben, bin meistens zufrieden, stelle keine überbordenden Ansprüche an andere und komme alles in allem mit meinen Mitmenschen ganz gut zurecht. – Also?«

»Also?«, gab Hannah die Frage zurück und schaute ihn sehr genau an. »Hören nicht allmählich auch Sie die Uhr ticken? Wann sind Sie das letzte Mal von einer wirklich attraktiven jungen Frau angemacht worden? – Ich meine: Sie scheiteln Ihr schwarzes Haar ja recht akkurat, aber an den Schläfen beginnt es grau zu werden«, stichelte sie. »Und Ihr Dreitagebart hat allmählich mehr von Alzheimer anstatt von Coolness.«

»Danke, sehr nett von dir«, sagte Paul bitter. »Ich bin fit und nehme es mit meinen Altersgenossen und so manchem Jüngeren locker auf.«

Hannah sah ihn mehr als zweifelnd an: »Klar, auch mit knapp vierzig kann man noch wie zwanzig sein – aber höchstens eine halbe Stunde am Tag. – Mensch, Flemming: Wovor haben Sie Angst? Reife heißt ja nicht, den Schwung zu verlieren und die Power, die Neugier und die Spontaneität!«

»Das ist aber großzügig von dir, dass du mir wenigstens einen Restposten an Vitalität zugestehst.«

Hannah wirkte mit einem Mal merkwürdig mild und verwundbar: »Mama liebt Sie. Wenn Sie sie verletzen, verletzen Sie auch mich.«

Paul öffnete den Mund, bekam aber keinen Ton heraus. Er spürte, wie sich ein dicker Kloß in seinem Hals festsetzte, als er sah, dass Hannah eine Träne die Wange hinunterlief.

Er zog sie zu sich heran und nahm sie fest in den Arm. »Entschuldige«, stammelte er. »Ich wollte ganz sicher nicht auf deinen Gefühlen herumtrampeln.«

»Jaja«, schluchzte Hannah. »Sie sind nun einmal so, wie Sie sind: Ihre ganz persönliche Eigenheit liegt in dem beharrlichen Bestreben, nicht erwachsen werden zu wollen. – Was werden Sie Mama nun sagen?«

»Ich weiß es noch nicht«, sagte Paul nachdenklich. »Ganz ehrlich: Ich habe keine Ahnung.«

6

Ein feiner Regen hatte eingesetzt. Paul stand vorm Markgrafenmuseum in Ansbach und dachte darüber nach, ob er hineingehen und sich die Hauser-Abteilung ansehen sollte. Einen Blick auf die berühmten blutverschmierten Beinkleider werfen, auf Hausers samtenen Gehrock und seinen Zylinder oder die vielen Zeichnungen und Skizzen, die er hinterlassen hatte.

Von der gegenüberliegenden Straßenseite drang ausgelassenes Gelächter von Gästen der *Museums-Stube* an sein Ohr. Paul blickte auf die Uhr. Zwar war er viel zu früh in Ansbach eingetroffen, da er den Verkehr auf der B 14 überschätzt hatte und dementsprechend vorzeitig in Nürnberg aufgebrochen war. Aber für einen Museumsbesuch würde sein Zeitpuffer nicht mehr reichen.

Also verließ Paul den Platz gegenüber der imposanten St. Johannis-Kirche und schlenderte über den sonntäglich verschlafenen Martin-Luther-Platz in Richtung Schloss und Hofgarten.

Das Schloss mit seiner ebenso strengen wie herrschaftlichen Fassade beeindruckte ihn jedesmal aufs Neue, wenn er – was zugegebenermaßen selten der Fall war – die Residenzstadt besuchte. Als er die mehrspurige Promenade hinüber zum Hofgarten überquerte und sich über die kurze Grünphase für Fußgänger ärgerte, rutschte er beinahe aus. Auf dem Kopfsteinpflaster der Straße lag das erste frühherbstliche Laub, und durch den Sprühregen war der Boden gefährlich glatt geworden.

Wieder schaute er auf die Uhr; noch immer lag er gut in der Zeit. Dennoch ging er nun zügig an der ockergelben Kulisse der Orangerie vorbei, vor der in Reih und Glied aufgestellte Palmentöpfe auf ihren Umzug ins Winterquartier warteten. Trotz der fortgeschrittenen Jahreszeit standen die Beete der Parkanlage noch in voller Blüte. Paul freute sich über den bunten Anblick, der einen den Winter in weiter Ferne wähnen ließ. Dann ging er auf den bewaldeten Teil des Parks zu.

Er wusste von einem früheren Besuch, welchen Weg er zum Kaspar-Hauser-Denkmal nehmen musste. Die Baumkronen, die in Farbschattierungen zwischen kräftigem Grün, Rot und Gelb variierten, schirmten das Licht ab. Als Paul das schlichte steinerne Monument zu Ehren des berühmten Bürgers der Stadt erreicht hatte, mischte sich etwas Unheimliches in die bis eben so friedfertige Stimmung. Der Stein mit der eingemeißelten lateinischen Inschrift war mit grünem Moos überzogen. Durch die Büsche rings um das Denkmal wehte ein frischer Wind. Er wirbelte eine Ansammlung Blätter vom Sockel und wehte sie gegen Pauls Hosenbeine. Paul fröstelte, als er das ebenfalls in Latein geschriebene Datum »XIV DEC. MDCCCXXXIII« las.

Es musste kalt gewesen sein an jenem Schicksalstag im Leben des jungen Hauser. Gut gestimmt hatte Hauser sich auf den Weg gemacht, denn ein Fremder wollte sich mit ihm treffen und ihm endlich seine wahre Identität preisgeben. Ob Hauser ernsthaft daran geglaubt hatte, bezweifelte Paul. Wie auch immer: Für Hauser sollte es eigentlich nur ein kurzer Spaziergang auf vertrauten Pfaden werden, denn er kannte den Hofgarten von unzähligen Gelegenheiten. – Andererseits wusste er auch um seine vielen, kaum einsehbaren Seitenwege und die Einsamkeit, die an kalten Tagen in der ausgedehnten Parkanlage herrschte. Hauser beließ es an jenem 14. Dezember nicht dabei, eine übersichtliche Runde um die Beete vor der Orangerie zu machen, sondern entfernte sich – auf der Suche nach seiner unbekannten Verabredung – von den anderen Spaziergängern. Warum, fragte sich Paul und zog den Kragen seiner Jacke enger zusammen, warum war Hauser dieses Risiko eingegangen?

Es hatte vor dem 14. Dezember ja schon die beiden anderen Attentate auf Hauser gegeben. Darüber hinaus immer wieder Warnungen. Hauser war nicht dumm gewesen; er hätte geahnt haben müssen, dass er sich mit einsamen Spaziergängen wie diesem einem Wagnis aussetzte. Hatte der junge Mann der

Gefahr ganz bewusst getrotzt oder hatte er nach all dem, was ihm bereits widerfahren war, ein so ausgeprägtes Gottvertrauen, dass er meinte, ihm könnte niemand ernstlich etwas anhaben?

Paul blickte sich nachdenklich um. Gegenüber dem Denkmal war, nur von ein paar Sträuchern getrennt, eine Lichtung. Paul wog ab: Wenn er selbst überraschend angegriffen würde, hätte er die nahe Lichtung für einen Fluchtversuch genutzt. Denn hier, zwischen den Bäumen und Büschen, gab es kaum Ausweichmöglichkeiten. Auch Hauser hätte versuchen müssen, die freie Fläche zu erreichen.

Doch – soweit Paul wusste – hatte er es nicht getan. Von dem Versuch zu fliehen oder sich entschieden zur Wehr zu setzen, hatte Paul nie etwas gehört oder gelesen. Hausers Kampf um Leben oder Tod war höchstwahrscheinlich still und schnell verlaufen. Vielleicht, dachte Paul, hatte Hauser es aufgegeben, sich seinem von Geburt an vorgegebenen Schicksal noch länger zu entziehen. Lebensgefährlich verletzt war Hauser nach dem Angriff liegen geblieben – der letzte Kampf war verloren.

Wieder wurde das Laub um Pauls Füße von einer Böe emporgeblasen. Doch das Pfeifen des Windes wurde von einem anderen Geräusch übertönt. Es war ein Schwall mehrerer Hupen. Paul hob den Kopf und versuchte die Herkunft des Hupkonzerts zu orten. Es musste von der Promenade kommen.

Da Henlein noch nicht am Treffpunkt, dem Hauser-Denkmal, angelangt war, beschloss Paul, ihm ein Stück entgegenzugehen und schlug den Weg zurück zur Orangerie ein. Er hatte den Prachtbau kaum erreicht, als er den Tumult bemerkte, der wie vermutet von der nahen Promenade ausging.

Paul beschleunigte sein Tempo; er hatte mit einem Mal ein flaues Gefühl in der Magengegend. Er verließ den Hofgarten und trat auf die breite Trasse, die die Parkanlage vom Schloss trennte. Sofort wurde sein Blick auf ein weißes Haus neben dem Schloss gelenkt, eine Eisdiele. Etwas Schlimmes war geschehen: Eine große Frontscheibe der Eisdiele war geborsten. Die Splitter lagen verteilt über das Heck eines aschgrauen Opel Kadett.

Paul beeilte sich dichter heran zu kommen. Sonntagsausflügler, Paare und einzelne Fußgänger mit ihren Hunden taten es ihm gleich. Noch während er sich fragte, was vorgefallen war, rundete sich das Bild im Näherkommen mehr und mehr ab: Der Opel war offenbar auf dem regennassen Pflaster ins Schleudern geraten und in die Eisdiele gerast.

Paul wurde von den Geschehnissen angezogen und drängte sich weiter nach vorn. Auf dem Bürgersteig vor dem Laden sah er einen einzelnen Reifen – ein komplettes Rad mit Felge.

Er mischte sich unter die Schaulustigen in der ersten Reihe – und erstarrte vor Schreck: In dem Café herrschte ein heilloses Durcheinander. Gastraum und Theke waren schwer in Mitleidenschaft gezogen. Überall lagen zerborstenes Mobiliar und Scherben. Paul nahm einen scharfen Geruch wahr – eine unheilvolle Mischung aus Benzin, Blut und Angstschweiß.

Es gab mehrere Verletzte. Ein Mann im weißen Kittel, wohl ein Angestellter der Eisdiele, lief völlig verwirrt durch das verwüstete Lokal. Sein rechter Arm war von Schnitten übersät. In einer Ecke neben einem umgefallenen Tisch hockte eine Mutter weinend neben ihrem Kind, das apathisch vor sich hinstarrte. Eine jüngere Frau, die an beiden Knien blutete, ging auf die Umstehenden zu und rief mit sich überschlagender Stimme nach einem Arzt.

Am Schlimmsten war es um den Fahrer bestellt. Paul hielt sich voller Entsetzen die Hand vor den Mund, als er ihn im Näherkommen erkannte: Über das Lenkrad gebeugt und aus einer klaffenden Stirnwunde blutend saß Franz Henlein!

Zwar hörte Paul aus der Ferne die ersten Martinshörner. Doch hier und jetzt rührte sich niemand. Ein Dutzend Passanten und die unversehrt gebliebenen Bedienungen des Eiscafés standen ratlos oder geschockt herum und gafften. Lediglich eine ältere Dame machte Anstalten, die Frau mit den verletzten Beinen zu trösten.

Paul verschaffte sich Platz und arbeitete sich bis zu dem Unfallwagen vor. Er riss die Tür auf, löste Henleins Gurt und zog den erschlafften Körper aus dem Wagen.

»Henlein!«, schrie er, während er sich daran zu erinnern versuchte, wie die stabile Seitenlage aussah und ob es sinnvoll war, sie in dieser konkreten Situation anzuwenden. »Henlein! Was ist passiert? Wo haben Sie Schmerzen?«

Henlein röchelte kraftlos. Seine Augenlider hoben sich für kurze Momente und ließen Paul in zwei schwach glimmende Pupillen blicken.

»Wie konnte das geschehen?«, fragte Paul noch einmal eindringlich und mühte sich damit ab, Henleins Kopf möglichst vorsichtig in seiner Armbeuge abzustützen.

Die Wunde auf Henleins Stirn blutete stark. Das Röcheln wurde jetzt schneller – Henlein hechelte nach Luft. Dann tastete er mit der Rechten nach seiner Brust.

Paul deutete die Geste als ein Suchen und führte Henleins Hand. Als sie die Halskette zu fassen bekam, wurde Henleins Griff fester, um das Medaillon herauszuziehen.

Paul half ihm damit, es offen zu legen, so dass Henlein seine Hand um den Kettenanhänger schließen konnte. Dann öffnete Henlein noch einmal seine Augen. Seine Mundwinkel umspielte ein zufriedenes Lächeln. Henlein atmete tief ein. Danach entspannten sich seine Züge.

Fassungslos starrte Paul den Mann in seinen Armen an. Henlein war jetzt ganz schwer. Das Röcheln war nicht mehr zu hören. Er hatte aufgehört zu leben.

7

Paul blickte auf, sah in die sensationslüsternen Gesichter der Umstehenden. Am liebsten wäre er aufgesprungen und hätte sie alle verjagt. War es nicht würdelos, einem Menschen beim Sterben zuzusehen, ohne wenigstens den Versuch unternommen zu haben, ihm zu helfen?

Stattdessen ließ Paul den Kopf des toten Henlein langsam auf den Boden sinken. Dann erhob er sich.

Die Rettungsfahrzeuge hatten ihr Ziel erreicht. Die Umstehenden wandten sich der anrückenden Feuerwehr zu und begannen sehr zögerlich eine Schneise für die Rettungskräfte zu bilden.

Paul hielt Ausschau nach dem Einsatzleiter oder einem Notarzt, um ihm von seinem gescheiterten Erste-Hilfe-Versuch zu berichten. Doch zwischen all den Uniformen konnte er nicht erkennen, wen er ansprechen musste.

Unversehens fühlte Paul eine unerwartete Berührung: Eine graue Wolldecke wurde ihm über die Schulter gelegt. Ehe Paul etwas sagen konnte, hob ein Sanitäter einen umgefallenen Stuhl auf und setzte Paul mit sanftem Druck darauf. Erst jetzt sah Paul das Blut an seinen Händen – Henleins Blut. Der Sanitäter musste Paul für eines der Opfer gehalten haben.

Um Paul herum bestimmte jetzt der organisierte Rettungsapparat das Geschehen. Die Schaulustigen waren binnen weniger Minuten aus dem Lokal geleitet worden. Während die Polizei die Zuwege absicherte, brachten mehrere Feuerwehrleute furchteinflößende Spreizscheren und Hydraulikschneider an dem Autowrack an. Womöglich vermuteten sie weitere Insassen in dem Opel, mutmaßte Paul, der das hektische Treiben um sich herum wie durch einen Schleier wahrnahm.

Die Sanitäter waren nicht dazu gekommen, sich noch einmal mit ihm zu befassen. Der verletzte Kellner, die blutende

Frau und das geschockte Kind nahmen sie voll und ganz in Beschlag. Von draußen drang das dumpfe Schlagen der Rotorblätter eines Rettungshubschraubers in den Raum.

Paul atmete tief durch. Als Fotograf, der viel für Tageszeitungen unterwegs war, war er öfters zu schweren Verkehrsunfällen geschickt worden, als ihm lieb war. Auch den Anblick von Toten hatte er in all den Jahren zu verkraften gelernt. Doch was er heute erlebte, war etwas anderes. Ein Mensch hatte in seinen Armen sein Leben ausgehaucht. Paul hatte Henlein kaum gekannt, doch das spielte keine Rolle. Paul fühlte sich mit dem Toten verbunden; er war ihm verpflichtet. Daher verwarf er einen Gedanken, der kurz in ihm aufgeblitzt war: Fotos vom Unfallort zu schießen.

Nein, auch wenn Blohfeld ihn im Nachhinein zur Schnecke machen würde, konnte Paul seinen Job in seiner jetzigen Lage nicht machen.

Paul blickte, noch immer benommen und verwirrt, zu Boden. Überall lagen Scherben auf den weißen Fliesen, und neben seinem Fuß warf eine zerfetzte Tischdecke Falten. Paul schob sie geistesabwesend mit dem Fuß zur Seite. Dann verengten sich seine Augen: Unter der Decke lugte die Ecke einer hellbraunen Aktentasche hervor.

Paul sah kurz auf. Die Rettungskräfte waren noch immer beschäftigt; niemand beachtete ihn. Paul zog die Tasche mit dem Fuß zu sich heran und befreite sie von der Tischdecke. Der VAG-Aufkleber fiel ihm sofort auf. Es war Henleins Aktentasche! Die, die er auch bei ihrer gestrigen Begegnung dabei hatte.

Paul hob sie auf. Er streifte die Wolldecke von seinen Schultern und stand auf. Mit der Aktentasche in der Hand ging er auf einen der Polizisten zu:

»Die gehörte dem Verstorbenen«, sagte Paul und hielt die Tasche dem Beamten hin.

»Wenn Sie nicht ernstlich verletzt sind, räumen Sie bitte die Unfallstelle«, wies ihn der Polizist schroff zurecht.

»Aber man sollte die Tasche nicht einfach hier liegen lassen.«

Der Polizist deutete mit ausgestrecktem Arm auf den Ausgang. »Verlassen Sie bitte den Unfallort. Meine Kollegen draußen am Einsatzwagen nehmen Ihre Aussage auf.«

Paul war verdattert und viel zu mitgenommen, um weiter mit dem Polizisten zu diskutieren. Im nächsten Augenblick wurde er von einem Feuerwehrmann angerempelt und verlor die Aktentasche. Ein weiterer Feuerwehrmann trat darauf, bevor sie Paul erneut aufheben konnte. Paul wischte mit seinem Ärmel den Stiefelabdruck von der Tasche.

Verstört verließ er die Eisdiele. Auf der Promenade, die inzwischen für den Verkehr gesperrt worden war, drängten sich immer mehr Schaulustige. Paul sah sich nach der mobilen Einsatzleitstelle um, dem für ihn üblichen Anlaufpunkt für die Presse. Er fand sie nicht. Als der Rettungshubschrauber, der auf der Straße unmittelbar vor der Eisdiele stand, den Motor anließ, wurde Paul abermals von einem Polizisten fortgeschickt:

»Sie sind im Weg!«

Paul deutete auf die Aktentasche. »Ich muss mit jemandem von der Einsatzleitung sprechen.«

»Gehen Sie hinter die Absperrung zu den anderen Gaffern«, giftete ihn der Polizist an.

Paul resignierte; ihm fehlte schlichtweg die Kraft sich zu ärgern. Mit der Tasche unterm Arm ging er über das Kopfsteinpflaster bis zu den Parkplätzen an der gegenüberliegenden Seite der Promenade, wo er seinen Renault abgestellt hatte. Er schloss auf und ließ sich in den Sitz fallen.

Er nahm eine Packung Tempotaschentücher aus dem Handschuhfach und reinigte damit seine Hände. Er klappte die Sonnenblende herunter und begutachtete sich in dem kleinen Spiegel. Seine Haare waren durcheinander und sahen ziemlich wüst aus. Unter den dunklen Augen zeichneten sich tiefe Schatten ab. Dass er sich mal wieder nicht rasiert hatte, rächte sich jetzt, da dies den miserablen Eindruck, den er auf sich selbst machte, noch verstärkte.

Paul klappte den Spiegel zurück und wandte sich der Aktentasche zu. Grübelnd fuhr er mit den Fingern über das feine, stark abgegriffene Schweinsleder.

Er würde die Tasche am besten beim nächsten Polizeirevier abgeben, war sein erster Impuls. Doch dort würde man ihn fragen, warum er sie vom Unfallort entfernt hatte. Dass die Tasche dort niemand haben wollte, würde man ihm kaum glauben, und wahrscheinlich würde er sich sogar verdächtig machen, etwas aus der Tasche herausgenommen zu haben.

Ein widersinniger Gedanke, denn was sollte er schon mit Henleins privaten Dingen anfangen? – Paul stutzte. Einem spontanen Einfall folgend tastete er die Tasche von außen ab. Der Inhalt fühlte sich weich an.

Warum hatte er Henlein in Ansbach treffen wollen? Um das neue Hauser-Hemd zu fotografieren! Sollte es Henlein in seiner Aktentasche verstaut haben? Paul hielt die Tasche in einigem Abstand vor sein Gesicht: Groß genug war sie jedenfalls.

Er haderte mit sich selbst, ob er sie öffnen und hineinsehen sollte. Er biss sich auf die Unterlippe.

Dann zog er am Reißverschluss.

Er klappte die Tasche auf und holte eine durchsichtige Folie heraus. In ihr lag, fein säuberlich gefaltet, ein gelblicher Stoff aus grobem Leinen, der am Rand rostbraun verfärbt war.

Paul spürte sein Herz schneller schlagen. Er hielt Hausers Hemd in den Händen! Wenn Henlein mit seiner Vermutung richtig gelegen hatte, war Paul nun im Besitz eines Beweisstückes, mit dem sich unter Umständen ein im 19. Jahrhundert verübter Mordanschlag aufklären ließe.

Im Besitz? Paul stolperte über seine eigenen Gedanken. Im Besitz des Hemdes war er allerhöchstens für ein paar Stunden. Denn er musste das Fundstück wieder abgeben, und wenn es die Polizei nicht haben wollte, wohl am besten an Katinka.

Oder aber besser noch an Frau Henlein. Die Witwe war ja nun die rechtmäßige Eigentümerin.

Paul verstaute das wertvolle Textil in der Tasche und steckte den Zündschlüssel ins Schloss.

Er ließ sich von einem Polizisten durchwinken und bog dann von der Promenade in die Residenzstraße ein. Noch während er die vierspurige B 14 zurück in Richtung Nürnberg fuhr, wog er ab, ob er nicht einen zweiten Rat einholen sollte. Denn er brauchte noch etwas mehr Zeit zum Nachdenken. Außerdem wollte er keinesfalls derjenige sein, der Frau Henlein beibrachte, dass sie nun Witwe war.

Im übrigen hatte er sein Geschäftsbewusstsein trotz der schockierenden Eindrücke des Tages nicht gänzlich verloren. Also steuerte er den Renault auf einen Parkplatz und nahm sein Handy zur Hand.

»Blohfeld«, meldete sich der Polizeireporter.

»Ich bin's, Flemming.« Er schilderte dem Reporter in knappen Sätzen die dramatischen Ereignisse. Bevor ihn Blohfeld der Unfähigkeit wegen der versäumten Unfallortfotos bezichtigen konnte, brachte Paul die Aktentasche mit dem Hauser-Hemd zur Sprache.

Am anderen Ende der Leitung blieb es still. Paul argwöhnte für kurze Zeit, dass Blohfeld aufgelegt hatte. Doch dann sagte der Reporter:

»Kommen Sie auf dem schnellsten Weg hierher und bringen Sie diese Tasche mit!«

8

In der Redaktion ging es – Sonntag hin oder her – geschäftig zu. Auf dem Weg in Blohfelds Büro begegnete Paul einer Volontärin. Die kleine Frau mit Brille zwinkerte ihm verschwörerisch zu – er erinnerte sich an die etwas verstockte junge Dame, denn sie hatte ihm in einem seiner früheren Fälle einen entscheidenden Tipp gegeben.

Dann betrat er die enge, verqualmte Lokalredaktion. Blohfeld residierte – seiner langen Betriebszugehörigkeit und vielleicht auch seiner Erfolge zu Ehren – in einer Art Séparée: Eine im oberen Bereich verglaste Sperrholzwand trennte ihn von den anderen.

Er begrüßte Paul mit der linken Hand, in der rechten eine Zigarre haltend. »Kommen Sie schon! Kommen Sie!« Kaum hatte Paul das schlauchartige, mit Büchern und Aktenordnern hoffnungslos überfüllte Büro betreten, schloss Blohfeld die Tür hinter ihm. Er setzte sich und blickte erwartungsvoll auf Henleins Aktentasche. Paul war entschlossen, Blohfeld von vornherein vor vollendete Tatsachen zu stellen: Nach den erschütternden Erlebnissen in Ansbach war Paul in den Fall Hauser involviert – stärker als ihm lieb war. Da das aber nun einmal nicht mehr rückgängig zu machen war, wollte er ab sofort als vollwertiger Partner mit im Boot sein und nicht bloß als Zulieferer. Und er wollte Bedingungen stellen!

Paul setzte sich Blohfeld gegenüber und presste die Aktentasche auf seinen Schoß. »Damit das klar ist: Sie können sich den Inhalt der Tasche kurz ansehen. Meinetwegen machen wir auch ein Foto. Aber danach gebe ich sie bei der Witwe ab – darüber wird nicht verhandelt.«

In Blohfelds hagerem Gesicht zeichneten sich die unterschiedlichsten Gefühlsregungen ab. Paul las Überraschung daraus und Verärgerung, ein wenig auch Enttäuschung. Am deutlichsten aber dominierte die Wut. Aber nicht die Wut auf

Paul, sondern die auf sich selbst: Blohfeld ärgerte sich ganz sicher maßlos darüber, dass er die Henlein-Story in Pauls Obhut gegeben hatte, anstatt sich selbst darum zu kümmern. So musste er alles aus zweiter Hand erfahren – und war auf Pauls Wohlwollen angewiesen.

Doch – auch das war Paul klar – Blohfeld war ein geschickter Taktiker. Er kannte seine Mittel und Wege, um sein Ziel zu erreichen. Der Reporter strich sich durch sein langes graues Haar, sah ihn aus seinen kleinen wachen Augen an und sagte: »Wenn Sie in Ansbach waren, haben Sie doch sicher das Markgrafenmuseum besucht.«

Paul stutzte und schüttelte langsam den Kopf.

Blohfeld lächelte. »Sie erinnern sich an die Briefe, die Hauser bei sich trug, als er in Nürnberg aufgegriffen wurde?«

Paul geriet ins Hintertreffen: »Briefe? Ich wusste bisher nur von einem. Und Henlein sprach mir gegenüber auch nur von einer einzigen Nachricht.«

Blohfeld neigte bedächtig den Kopf. »Nein, es waren zwei.« Blohfeld sog an seiner Zigarre und nahm einen Computerausdruck zur Hand. »Die Originalbriefe sind verschollen. Im Ansbacher Museum werden aber Faksimile davon aufbewahrt. Im ersten Brief, dem sogenannten Mägdeleinszettel, steht: ›Das Kind heißt Kaspar. Ich bin ein armes Mägdelein und kann ihn nicht ernähren. Wenn er siebzehn Jahre alt ist, schicken Sie ihn nach Nürnberg zum sechsten Regiment.‹ Der zweite Brief lautet: ›Ich bin ein armer Tagelöhner. Seine Mutter hat mir das Kind gelegt und ich habe ihn seit 1812 keinen Schritt weit aus dem Haus gelassen. Ich habe ihn mitten in der Nacht fortgeführt. Er weiß nicht, wo ich wohne.‹ Man hat natürlich graphologische Untersuchungen angestellt. Die ergaben, dass es sich bei beiden Briefen um ein und denselben Verfasser handelte. Deshalb hat Henlein wohl auch nur von einer Nachricht gesprochen.«

»Nur ein Verfasser, sagen Sie? Und gleichzeitig so widersprüchliche Inhalte? Es handelte sich logischerweise um falsche Fährten«, schlussfolgerte Paul.

Blohfeld nickte bedächtig. Er schnippte die Asche von seiner Zigarre. »Höchstwahrscheinlich ja. Aber dadurch ließen sich die handelnden Personen seinerzeit nicht irritieren. Denn schon bald begannen einflussreiche Kreise sich für Hauser zu interessieren. Nürnbergs Erster Bürgermeister Friedrich Binder suchte Hauser auf und quetschte ihn nach allen Regeln der Kunst aus.« Blohfeld hob einen ganzen Stoß bedruckter Papiere empor, bei denen es sich offenbar um die Ergebnisse seiner Hauser-Recherchen handelte. »Binder verfasste nach seinem Besuch eine Denkschrift, wonach Kaspar vorsätzlich ›um die Vorzüge einer vornehmen Geburt‹ gebracht worden sei. Der Bürgermeister machte keinen Hehl aus seiner Einstellung, und so erfuhr die Öffentlichkeit von alledem: Binders Behauptung, die übrigens als Binder-Erlass in die Geschichte eingegangen ist, setzte das Gerücht um Hausers adlige Herkunft in die Welt. Damit ging der ganze Zirkus los.«

Paul sagte nichts, doch ihm war klar, dass Blohfeld darauf spekulierte, dass er noch mehr erfahren wollte.

Der Reporter lächelte zufrieden, wohl weil er in Paul einen aufmerksamen Zuhörer gefunden hatte: »Das wilde Kind im Luginsland ...«

»Im Gefängnisturm auf der Kaiserburg?«, unterbrach ihn Paul überrascht. Ihm war nicht klar, wie viele Stationen Hauser auf seiner Odyssee durch Franken einlegen musste.

»Richtig: Unser Luginsland wurde ja auch gern als Narrenhäuschen verwendet. Und nach Meinung der Leute war Hauser in dem Turm genau richtig aufgehoben«, erklärte Blohfeld. »Aber wie gesagt: Dann kam der Binder-Erlass und schlug ein wie eine Bombe. Der Gefängnisturm der Kaiserburg wurde zur absoluten Attraktion. Klar: Die Menschen mögen solche Storys, damals genauso wie heute! Ein bisschen Aristokratie, eine Prise Neid und Missgunst und nicht zuletzt die Gerüchte um den dreisten Betrug bei der Erbfolge der Badener, zu dem der arme Junge angeblich missbraucht worden war – eine tolle Boulevardgeschichte! Plötzlich war

Hauser wer: Er wurde für die Masse interessant!« Blohfeld beugte sich vor und sah Paul eindringlich an. »Das einfache Volk strömte auf die Burg, um das Wolfskind zu bestaunen. Jeder sprach über Hauser – er war zu einer echten Berühmtheit geworden. Damit begann der kometenhafte Aufstieg eines unbekannten Fremdlings zum populären Häftling und möglichen Thronfolger – kein Wunder, dass das Thema bis heute nicht an Reiz verloren hat.«

»Warum erzählen Sie mir das alles?«, unterbrach Paul schließlich erneut Blohfelds Schwärmereien.

»Weil ich erreichen möchte, dass Sie allmählich die enorme Tragweite dieses Falls zu begreifen lernen«, sagte Blohfeld mit unverhohlener Arroganz. »Hauser war nicht irgendein beliebiges Findelkind. Sie müssen ihn in europäischen Dimensionen betrachten: Vergessen Sie nicht, dass seine potenzielle Mutter eine Adoptivtochter von Napoleon Bonaparte war! Es ist immer noch mächtig viel Musik in der Story. Unsere Leser haben ein Recht darauf, mehr über dieses Hemd zu erfahren!«

Paul nickte. »Verstehe«, presste er heraus. »Aber ich werde Ihnen trotzdem nichts anderes bieten können als ein Foto und einen kurzen Blick auf den Blutfleck.«

Blohfeld ließ seine Zigarre im Aschenbecher verglimmen, obwohl sie erst bis zur Hälfte geraucht war. »Sie wissen ja von den Gen-Untersuchungen an Hausers Beinkleidern, also der Unterhose. Im Grunde«, setzte Blohfeld theatralisch fort, »ist der Mythos Hauser ja bereits am 25. November 1996 gestorben: An diesem Tag erschien eine Spiegel-Titelstory mit der Headline ›Der entzauberte Prinz‹. Der Stoff von Hausers Unterhose war von zwei Genlaboren unabhängig voneinander untersucht worden.« Er warf Paul einen Blick zu, als wollte er abschätzen, ob das folgende Thema nicht zu hoch für ihn war: »Sie wissen ja sicher auch, dass durch den Vergleich der DNA-Strukturen verwandtschaftliche Beziehungen über Generationen hinweg nachgewiesen werden können. Der Spiegel ließ die DNA-Proben des Blutes an der Unterhose mit dem Blut von direkten Nachkommen des Hauses Baden vergleichen.«

»Ja, ja«, nickte Paul. »Ich erinnere mich.«

»Der Vergleich fiel negativ aus und zwar bei beiden Genlabors. Damit war das Haus Baden rehabilitiert«, sagte Blohfeld.

»Schön und gut.« Paul wurde zunehmend ungeduldig. »Aber das ist doch alles kalter Kaffee.«

Blohfeld kräuselte die Stirn. »Allmählich müssten Sie darauf kommen, worauf ich abziele: Der Spiegel-Beweis von 1996 fußte – wie ich ja schon neulich sagte – lediglich auf einem einzigen Indiz: dem Blutfleck auf Hausers Unterhose. An seiner Echtheit allein hing die historische Wahrheit.« Er legte eine rhetorische Pause ein. »Was aber ist, wenn das Blut auf der Unterhose tatsächlich nicht von Hauser stammte?«

»Halten Sie mich nicht für dumm, Blohfeld: Mir ist durchaus bewusst, dass Henleins Fundstück den Gegenbeweis liefern könnte. Aber Sie kriegen mich trotzdem nicht rum!«, begehrte Paul auf. »Dieses Hemd wird – wenn überhaupt – nur mit dem Einverständnis der Witwe untersucht!«

Der Reporter neigte den Kopf. »Seien Sie doch nicht so ein verbohrter Sturkopf, Flemming! Wer weiß, ob uns Frau Henlein nicht einen Strich durch die Rechnung macht?« Er nahm einen neuen Anlauf und appellierte an Paul: »Die wissenschaftlichen Methoden der DNA-Untersuchung haben sich seit dem Spiegel-Test immens weiterentwickelt. Auch Schweiß und Haare, Fingernägel, Tränen und Urin liefern Erbinformationen, die man heute entschlüsseln kann.« Blohfeld berichtete von der Analyse der mittlerweile sechs Proben aus unterschiedlichen Quellen, unter anderem von einem Hut und einer Hose aus der Hinterlassenschaft Hausers, einer Haarlocke sowie von verschiedenen persönlichen Gegenständen, die aus dem Fundus von Gerichtspräsident Feuerbach stammten und inzwischen ebenfalls untersucht worden waren.

»Und?«, fragte Paul, dem diese Tests unbekannt waren.

»Es gab gravierende Unterschiede zu den Proben aus dem Unterhosenblut. Zwar waren die DNA-Stränge zu kurz beziehungsweise zu stark beschädigt, um damit einen neuen Vergleich mit dem Erbgut der Badener machen zu können. Der Spiegel jedoch galt damit als widerlegt ...«

»... und die Hauser-Fangemeinde freut sich seitdem darüber, dass Kaspar womöglich doch der leibliche Sohn Stephanies de Beauharnais, Erbprinz von Baden und ein indirekter Verwandter Napoleons war«, folgerte Paul.

Blohfeld grinste verkniffen: »Fest steht: Hauser wurde ermordet. Und nach den Gerüchten, die damals über ihn kursierten, gab es für das Haus Baden genügend Gründe für diesen Mord. Die Geschichte um das Findelkind hatte das Fürstentum bis auf die Grundmauern erschüttert. Auf dem Friedhof von Ansbach aber stellte Hauser keine Gefahr mehr dar – jedenfalls bis heute nicht.«

»Ja, bis heute«, sagte Paul nachdenklich. »Die Möglichkeiten der modernen Gen-Analyse könnten mit einer ausreichenden Menge DNA die Wahrheit also doch noch ans Licht bringen ...«

»Sie sagen es«, pflichtete ihm Blohfeld bei und knüpfte mit unverhohlenem Blick auf Pauls Gepäck an: »Sie haben es in der Hand, den entscheidenden Beweis zu liefern! Der Blutfleck aus Henleins Hauser-Hemd dürfte groß genug sein, um daraus ausreichend unbeschädigtes Erbgut für eine neue Genanalyse zu gewinnen.«

Nun war es raus, dachte Paul: Aus Blohfelds kleinem, unbedeutenden Fotoauftrag war ganz plötzlich eine Riesenstory geworden.

Paul betrachtete sein Gegenüber. Der Reporter hielt seinem Blick stand und verzog keine Miene. Ein gerissener Hund, dachte Paul.

Was sollte er nun tun?, fragte er sich. Noch konnte er abspringen von diesem Zug, der sich von Augenblick zu Augenblick schneller fortzubewegen schien. Er war Blohfeld nichts schuldig, zumal dieser ihn wahrscheinlich ohnehin nicht am möglichen Erfolg dieser Story teilhaben lassen würde. Außerdem war er nicht scharf darauf, sich mit dem Hause Baden oder sonst irgendwelchen höheren Kreisen anzulegen, die – im Gegensatz zu ihm – sicherlich genug Geld für gute Anwälte hatten.

»Was erwarten Sie konkret von mir?«, fragte Paul schließlich halbherzig.

Blohfeld streckte begierig seine Hände aus. »Dass Sie mir das Hemd überlassen.«

Paul presste Henleins Tasche fest an sich. »Das kommt nicht in Frage! Wenn die Sache auffliegt, bin ich ein Dieb!«

»Wieso?«, fragte Blohfeld provozierend. »Henlein ist tot. Schon vergessen?«

»Aber er hinterlässt – wie gesagt – eine Frau«, sagte Paul entschieden. »Und der werde ich wie geplant die Sachen übergeben. Versuchen Sie Ihr Glück bei ihr.«

»Soweit kommt's noch!«, wetterte Blohfeld. Dann sagte er boshaft: »Kennen Sie das Sprichwort ›Der Spatz in der Hand ist besser als die Taube auf dem Dach‹?«

»Was meinen Sie damit?«, entgegnete Paul misstrauisch.

Blohfeld winkte ab. »Ach, nichts.« In versöhnlicherem Ton schlug er vor: »Was halten Sie davon, wenn wir beide uns erst einmal eine schöne, starke Tasse Kaffee genehmigen. Den haben wir uns nach all der Aufregung verdient, nicht wahr?« Er fasste in seine Hosentasche und beförderte eine Euromünze hervor. Mit gönnerischer Pose warf er den Euro auf den Tisch. »Ich gebe einen aus.«

Weil Paul nicht gleich begriff, führte der Reporter aus: »Im Erdgeschoss steht ein Kaffeeautomat. Gleich neben dem Bierautomat. Eine Tasse kostet fünfzig Cent. Ich zahle, dafür übernehmen Sie das Holen.«

Da das keine Frage, sondern eine Feststellung war, fügte sich Paul dem Willen des Reporters. Er nahm das Geld und verließ Blohfelds Büro.

Ein eigenartiger Typ war dieser Reporter, dachte Paul im Gehen. Er kannte Blohfeld schon lange, dennoch würde er sich wohl nie an dessen schroffe Art gewöhnen.

Kopfschüttelnd stand Paul am Aufzugsschacht und wartete auf den Lift. Das Geldstück auf seiner flachen Hand wendend, lief es ihm plötzlich siedendheiß den Rücken herunter.

Blohfelds Einladung zum Automatenkaffee war keineswegs ein verkorkster Versöhnungsversuch des Reporters gewesen! Nein, dachte Paul alarmiert, es war ein Trick. Ein Trick der ganz billigen Sorte!

Auf dem Absatz machte er kehrt und hetzte zurück in die Redaktionsräume.

Paul kam zu spät. Als er in Blohfelds Büro stürmte, sah er die geöffnete Aktentasche auf dem Bürostuhl liegen. Der Reporter stand vor seinem Schreibtisch. Er beugte sich über einen ausgebreiteten gelblichen Stoff. Es war das Hemd!

Völlig überrumpelt musste Paul mit ansehen, wie Blohfeld mit einer großen Schere den letzten Schnitt machte, um ein handtellergroßes Stück aus dem Tuch herauszutrennen.

»Was tun Sie ...?«, stammelte Paul hilflos. Er hätte sich auf den Reporter stürzen können. Ihn fertigmachen. Aber natürlich wäre das völlig sinnlos gewesen.

Mit spitzen Fingern legte Blohfeld den Stofffetzen in einen Umschlag und klebte ihn zu.

Dann verschränkte er die Arme vor der Brust und blickte Paul herausfordernd an. »Jetzt können Sie mich meinetwegen teeren, federn und vierteilen, aber was getan werden musste, musste getan werden!«

Paul war viel zu entsetzt über die kaltschnäuzige Vorgehensweise des Reporters, als dass er großartig widersprechen konnte. Er legte den malträtierten Rest des Hemdes zurück in die Schutzfolie und schloss die Aktentasche. Ohne sich zu verabschieden, verließ er die Redaktion.

Den Euro behielt er.

9

Paul ärgerte sich gewaltig, als er das kurze Stück bis zu seiner Wohnung am Weinmarkt ging. Es war nicht das erste Mal, dass ihn Blohfeld mit seiner arroganten, ja beinahe herrischen Art überrumpelt hatte. Er fühlte sich ausgenutzt und machte sich Selbstvorwürfe: Niemals hätte er Blohfeld mit dem Hemd allein lassen dürfen. Unter keinen Umständen. Er hätte das aggressive Vorgehen des Reporters unbedingt verhindern müssen! Paul war einfach viel zu gutgläubig. Es war immer wieder das Gleiche – er ließ sich einfach zu viel gefallen.

Aber damit war jetzt Schluss! Er nahm sich fest vor, die Aktentasche samt restlichem Inhalt bei Henleins Witwe abzuliefern und sich anschließend gänzlich aus diesem Fall auszuklinken.

Mit vor innerer Anspannung mahlenden Zähnen ging er weiter. Er spürte das kalte Leder der Aktentasche unter seinem Arm – und wurde abermals unsicher: Sollte er nicht vor der Fahrt zur Witwe zumindest noch eine weitere Meinung dazu hören?

Sollte – oder vielmehr – musste er nicht Katinka einweihen und um Rat fragen? Er zog sein Handy aus der Hosentasche und wählte ihre Nummer.

Dann hielt er plötzlich inne. Wie sollte er ihr erklären, dass er es nicht verhindern hatte können, dass Blohfeld ein Stück aus dem Hauser-Hemd schnitt? Er drückte die Auflegetaste. Einen Moment lang verfiel er wieder in seine alte Gewohnheit, auf der Unterlippe zu kauen. Dann entschied er sich für einen Kompromiss: Er würde Katinka eine SMS schicken.

»Hallo – stecke in Schwierigkeiten – dein Rat wäre Gold wert«, tippte er in sein Handy und wartete auf ihre Reaktion, während er weiterging.

In Höhe des *Café Neef,* vor dem etliche Gäste bei frischem Pflaumenkuchen mit üppiger Sahnehaube an den kleinen Tischen saßen und die milde Septembersonne genossen, zirpte sein Handy auf:

»Keine Zeit. – Wenn du was willst, lade mich zum Essen ein.«

Verwundert schaute er von seinem Handy auf. Dann schrieb er: »Es ist aber wichtig und eilig.«

Die Antwort folgte keine Minute später: »Heute Abend, halb acht, bei Jan-Patrick.«

Paul wollte sein Handy schon einstecken, als noch eine weitere SMS kam: »Du zahlst.«

Paul traf viel zu früh im *Goldenen Ritter* ein. Henleins Aktentasche hatte er in seinem Loft zurückgelassen, aus dem er vor lauter Nervosität und innerer Unruhe so schnell wie möglich wieder geflüchtet war.

»Bonsoir«, begrüßte ihn Marlen im noch beinahe menschenleeren Gastraum, »wir haben für Frau Blohm und dich den Erkertisch im Obergeschoss reserviert.« Sie zwinkerte ihm verschmitzt zu.

»Jan-Patrick ist in der Küche, nehme ich an?«, fragte er freundlich.

Die zierliche brünette Kellnerin schenkte ihm ein herzliches Lächeln und nickte.

Paul fand den Küchenchef wie immer beschäftigt vor. Heute war sein weißer Kittel ausnahmsweise mal nicht in einwandfreiem Zustand, sondern mit einigen Flecken gesprenkelt. Auch in der kleinen Küche roch es anders als sonst: Statt nach mediterranen Kräutern, sorgsam geschmortem Fleisch und auf Kohle gegrillten Nürnberger Rostbratwürstchen roch es nach herbstlicher Natur – würzig, beinah erdig.

»Fischwasser«, erklärte Jan-Patrick, der anscheinend aus Pauls leicht entgleisten Gesichtszügen auf dessen Gedanken geschlossen hatte. Der kleine Küchenmeister mit dem öligen, pechschwarzen Haar, den dunklen, immer bewegten Augen und der großen Nase, strahlte seinen Freund an: »Willkommen zur Eröffnung der Karpfensaison!«

Paul lächelte und umarmte seinen Nachbarn, der dabei sein großes scharfes Messer tunlichst auf Abstand hielt.

»Verzeih mir, aber ich muss die Jünger der R-Monate befriedigen und habe deshalb jede Menge zu tun.«

Paul brauchte keine weiteren Erklärungen. Die R-Monate waren die der Karpfensaison, also Monate, die den Buchstaben R in ihren Namen trugen. Nun konnte sich Paul auch den typischen Geruch erklären: In großen, an der Längsseite der Küche aufgestellten Becken schwammen die dickleibigen Fische Seite an Seite.

Paul trat an eines der überdimensionalen Aquarien näher heran. Die Wasseroberfläche wurde beständig aufgewühlt. Die Mäuler der schwarzgrauen Schuppenträger stupsten gegen Luftbläschen, die sie durch die Schläge ihrer Flossen selbst erzeugt hatten, und rangen anscheinend um den besten Platz im eng umkämpften Becken.

Jan-Patrick schob Paul einen Schritt zur Seite und versenkte einen Kescher in einem Becken. Ein mittelgroßes Exemplar ging ihm ins Netz und protestierte mit wilden Flossenschlägen gegen die Gefangennahme.

»Jetzt pass genau auf, dann kannst du noch etwas lernen: Zuerst nehmen wir den Karpfen heraus«, sagte Jan-Patrick, während er den Kescher über ein Spülbecken aus Aluminium hielt. »Wenn er frisch geschlachtet ist, also noch kurz vor der Zubereitung gelebt hat, schmeckt er am besten.« Mit geübten Griffen befreite der Koch den Fisch aus dem Netz und legte ihn auf ein dickes Holzbrett.

Der Karpfen zappelte in Todesangst. Er krümmte sich und schnappte mit seinem Maul panisch nach Luft.

»Du musst ihn mit dem Bauch fest auf die Unterlage drücken«, erklärte Jan-Patrick, »und ihm dann einen kräftigen

Schlag auf den Kopf verpassen.« Mit der Rechten griff er hinter sich und bekam einen Holzknüppel zu fassen.

Paul zuckte zusammen, als der Koch ausholte und gezielt auf die Stirn des Tieres schlug.

»Wenn sich der Karpfen nicht mehr wehrt, war die Knüppelbetäubung erfolgreich«, sagte Jan-Patrick fachmännisch.

Paul senkte den Blick, als sein Freund die nächsten Schritte seines Handelns kommentierte:

»Ein scharfes, langes Messer in die Stirn stechen. Mit einem Ruck den Kopf bis hin zum Maul teilen. Den Bauch vorsichtig der Länge nach bis zur Schwanzflosse aufschneiden. Aber aufgepasst: nicht zu tief! Dann vorsichtig in die Bauchhöhle fassen und die Innereien herausnehmen.«

Paul, dem nie besonders daran gelegen war, allzu viel über die Art und Weise zu erfahren, wie die Tiere seiner Lieblingsspeise geschlachtet wurden, schaute nur widerwillig hin.

»Dabei ist zu beachten, dass die Galle, also die sogenannte grüne Blase, nicht platzt«, setzte Jan-Patrick seine Ausführungen nüchtern fort, »sonst schmeckt das Fleisch hinterher bitter.« Er vollzog eine geschickte Bewegung: »Den Fisch wenden und mit dem Messer in der Bauchhöhle vom Kopf bis zur Schwanzflosse am Rückgrat entlang teilen.«

Jan-Patrick ging zurück zum Aluminiumbecken: »Beide Hälften gut waschen und dabei den schleimigen Überzug auf der Außenseite entfernen.« Dann landete der Fisch wieder auf dem Holzbrett. Jan-Patricks Bewegungen waren sicher und geübt. »Die Hälften in Bier legen, gut salzen und gleich in Mehl wälzen.« Er nahm die Fischhälften auf. »Nun darf der Karpfen, im Fett schwimmend, seine letzte Runde drehen.« Es zischte. »Das Ergebnis sieht am besten aus, wenn der Fisch gekrümmt, also u-förmig und mit der Außenseite nach innen goldgelb herausgebacken wird.«

Der Koch wischte sich die Hände an der Schürze ab und fragte: »Möchtet ihr einen fränkischen Kartoffelsalat und ein Dunkles dazu?«

Paul lächelte zufrieden: »Gerne, ich nehme ein Landbier aus der Fränkischen Schweiz, Katinka wird wohl eine Weinschorle vorziehen.«

Mit diesen Worten verabschiedete sich Paul aus der Küche und ging die schmale, bei jedem Schritt ächzende Holztreppe zum Obergeschoss hinauf. In der spärlich beleuchteten Erkernische hatte es sich Katinka bereits bequem gemacht.

Gut sieht sie aus!, dachte Paul im Näherkommen. Verdammt gut sogar. Katinka war definitiv eine Frau, der das Älterwerden nichts anhaben konnte. Ihren jugendlich energiegeladenen Gesichtsausdruck konnten auch ein paar Fältchen nicht schmälern. Und ihr blondes Haar war lang und glänzte wie das eines Teenagers, bemerkte Paul anerkennend, während er mit einem Lächeln ihr gegenüber Platz nahm.

Katinka lächelte zurück, doch Paul konnte kaum umhin, um ihre Mundwinkel herum einen verkniffenen Zug zu erahnen.

»Was ist denn los?« Er legte seine Hand auf ihre.

Katinka quittierte seine Geste mit einem langen nachdenklichen Blick. »Das sollte ich dich wohl besser fragen«, sagte sie nach einer Weile. »Schließlich wolltest du dich doch mit mir treffen und nicht umgekehrt.«

Paul musste kein Ratekünstler sein, um zu erahnen, was Katinka auf der Seele lag: Wahrscheinlich hatte Hannah mit ihr gesprochen und gepetzt. Dennoch hatte er nicht vor, gleich zu Beginn ihres Treffens das Thema Berlin anzuschneiden. Demonstrativ wandte er sich der Speisekarte zu: »Weißt du schon, was du zum Karpfen dazu nimmst? Jan-Patrick empfiehlt Kartoffelsalat.«

Katinka deutete ein Nicken an, ohne ihren Blick von Paul abzuwenden. »Ich habe schon darin geblättert. Aber ich habe keinen sonderlich großen Appetit. Das saure Karpfensüppchen reicht für mich«, sagte sie wenig euphorisch.

»Ich nehme jedenfalls einen halben Gebackenen«, sagte Paul und klang dabei trotziger als beabsichtigt.

Marlen kam die Treppe herauf und nahm ihre Bestellung entgegen. Kaum waren sie wieder allein, setzte Katinka erneut an: »Was war das also für eine dringende Angelegenheit, in der du mich sprechen wolltest?«

Paul gab es auf, diesem Rendezvous mit letzter Kraft einen Hauch von Romantik abtrotzen zu wollen. Nüchtern sagte er: »Ich habe bei einem schlimmen Unfall Erste Hilfe geleistet.« Er berichtete von seinem gescheiterten Versuch, Henlein das Leben zu retten. »Das Ganze war einfach nur schrecklich. Der Unfall ist ja quasi vor meinen Augen passiert. Und ich werde den Gedanken nicht los, dass ich eine gewisse Mitschuld an Henleins Tod trage. Er ist ja nur wegen unserer Verabredung nach Ansbach gefahren.«

Katinka schüttelte vehement den Kopf. »Nein, nein, Paul. Selbstvorwürfe sind hier absolut fehl am Platz. Weißt du«, sagte sie und wirkte nun sehr geschäftsmäßig, »wahrscheinlich ist dieser Heinlein ...«

»Henlein«, verbesserte Paul sie.

»Meinetwegen auch Henlein. Er ist sicherlich zu schnell gefahren. Oder er hat sich durch irgendetwas ablenken lassen. Oftmals sind es die kleinen Fahrlässigkeiten, die Unfälle wie diesen verursachen.« Sie straffte die Schultern und sagte resolut: »Aber auf jeden Fall ist das keine Sache für die Nürnberger Staatsanwaltschaft. Ich kann dir da also nicht weiterhelfen.«

Paul hob erstaunt die Brauen. Er wusste, dass seine dunkelbraunen Augen so stärker zur Geltung kamen. »Vielleicht ist es aber doch ein Fall für euch«, sagte er gewinnend.

Katinka beugte sich vor. Leise, aber entschieden fragte sie: »Immer wenn du diesen speziellen Blick aufsetzt, bin ich auf eine böse Überraschung gefasst. Also, was hast du nun schon wieder ausgefressen?«

Paul erzählte ihr von Henleins Aktentasche und seinem misslungenen Versuch, sie ordnungsgemäß den Behörden beziehungsweise der Witwe zu übergeben. Er berichtete von seinen Überlegungen darüber, was er mit dem Hauser-Hemd anfangen sollte. Dabei sparte er auch nicht die unschöne Szene bei Blohfeld aus, die darin gegipfelt war, dass sich der Reporter einen Fetzen des Hemdes einfach herausgeschnitten hatte.

Katinka reagierte erwartungsgemäß ungehalten. Wegen seiner sträflichen Eigenmächtigkeit machte sie Blohfeld schwere Vorwürfe, sparte aber auch nicht mit Kritik an Paul: »Wenn du wirklich vorgehabt hast, die Tasche abzugeben, hättest du sicherlich eine Möglichkeit dafür gefunden!«

»Aber ich habe es doch wirklich versucht«, beteuerte Paul seine Unschuld.

»Du hättest auf dem schnellsten Weg zum Polizeipräsidium fahren sollen und die Angelegenheit aufklären müssen, anstatt alles diesem Schmierenreporter zuzuspielen.« Katinkas Wangen glühten. »Du kannst froh sein, dass es sich bei Henleins Tod um einen gewöhnlichen Unfall handelt, sonst könnten meine Ansbacher Kollegen dich unter Umständen noch wegen Unterschlagung von Beweismitteln drankriegen.«

»Schon gut, schon gut. Ich habe ja verstanden.« Paul sah schuldbewusst zu Boden.

Im nächsten Moment spürte er Katinkas zarte Finger, die ihm durchs Haar strichen. »Nichts ist gut, und das weißt du genau«, sagte sie sehr sanft.

Paul fragte sich, ob sich diese Bemerkung noch auf den Fall Henlein oder bereits auf das nächste fällige Thema bezog, als Marlen ihre traute Zweisamkeit störte.

»Einmal die saure Karpfensuppe mit Bauernbrot frisch aus dem Ofen«, sagte sie freundlich, »und der halbe gebackene Karpfen mit hausgemachtem Kartoffelsalat.« Dazu servierte sie die Getränke.

Katinka wartete, bis Marlen außer Hörweite war, bevor sie den Faden wieder aufnahm: »Du weißt von meinem Ruf nach Berlin?«

Paul stieg der köstliche Duft des Karpfens in die Nase. Goldgelb gebacken lag er auf seinem Teller und schien nur darauf zu warten, dass Paul die krosse Haut und das butterweiche

Fleisch von den Gräten löste. Aber irgendwie hatte er überhaupt keinen Appetit mehr.

»Es war ganz sicher keine Initiativbewerbung von mir, sonst hätte ich dir längst davon erzählt«, redete Katinka weiter. »Aber offenbar schätzt man meine Arbeit an höherer Stelle.«

Paul drehte die verlockend abstehende Rückenflosse des Karpfens heraus und begann, nervös an ihr herumzuknabbern.

»Für mich bedeutet Berlin einen ganz großen Karrieresprung«, fuhr Katinka fort, ohne ihre verheißungsvoll dampfende Suppe anzurühren. »Ich verbessere mich im Gehalt ebenso wie im Ansehen. Eine solche Chance werde ich kein zweites Mal bekommen.«

»Katinka«, sagte Paul und legte die Flosse wieder beiseite. »Ich weiß, was du von mir erwartest.«

»Von dir?« Katinka lächelte gekünstelt. »Gar nichts erwarte ich von dir.«

»Doch, das tust du«, sagte Paul, »aber ich muss offen gestehen, dass ich bisher noch nicht genügend Zeit gehabt habe, darüber nachzudenken.«

»Ich bitte dich, Paul.« Katinka nahm ein Stück Brot und tauchte es in ihre Suppe. »Du musst über nichts nachdenken. Du lebst dein Leben, und ich lebe meins.«

»Katinka – bitte: Lass uns doch einfach vernünftig darüber reden«, sagte Paul und griff erneut nach ihrer freien Hand. Doch diesmal war Katinka schneller und entzog sie ihm.

»Wir reden doch vernünftig.« Sie biss in ihr mit Suppe vollgesogenes Brot. »Ganz schön heiß.«

»Du kannst nicht einfach davon ausgehen, dass ich deiner Karriere zuliebe meine berufliche Laufbahn in Nürnberg Knall auf Fall beende«, wurde Paul konkreter. »Ich habe hier viele wichtige berufliche Kontakte. Soll ich die etwa alle aufgeben?«

»Warum denn nicht?«, fragte Katinka. »So etwas haben bereits Millionen von Frauen für ihre Männer getan. Es wird Zeit, dass auch einmal ein Gegenexempel statuiert wird.«

Paul stieß die Gabel in den Karpfen. »Aber ich müsste ja nicht nur mein Atelier auflösen, sondern würde auch meinen Freundeskreis verlieren – meine Heimat.«

»Es wird wirklich Zeit, dass du mit deinen annähernd vierzig Jahren mal einen Blick über den Tellerrand wirfst«, sagte Katinka nun energisch. »Warst du überhaupt schon einmal für länger als einen Monat außerhalb der Stadtmauern Nürnbergs?«

Paul nickte heftig. »Klar, zum Grundwehrdienst bei den Heeresfliegern in Roth.«

Katinka fand kurzfristig ihr Lächeln wieder. Wieder war sie es, die Kontakt zu Paul suchte und ihre Hand auf seine legte. »Mit uns beiden läuft es doch eigentlich sehr gut. Warum sollen wir das aufs Spiel setzen?«

»Ich habe doch überhaupt nicht vor, irgendetwas aufs Spiel zu setzen«, sagte Paul ehrlich.

Katinka blickte ihn intensiv an, als wollte sie ihn fragen, ob er sie liebte. Sie suchte in seinem Gesicht nach Antworten – doch die blieb Paul ihr schuldig. Schließlich löste sie ihre Hand von seiner, und sie beendeten schweigend ihre Mahlzeit.

Ihre Verabschiedung voneinander geriet profan: »Du hast zur Zeit doch kein Fahrrad, stimmt's?«, erkundigte sich Katinka.

»Stimmt«, bestätigte Paul ein wenig verwundert über ihre Frage. »Es wurde mir letztes Jahr zusammengefahren – leider. Schrottplatzreif.«

»Ich habe da einen Tipp für dich, da ich annehme, dass du gerade kein Geld für ein neues hast«, sagte Katinka gönnerhaft. »Beteilige dich an der nächsten Polizeiversteigerung morgen früh. Da kommt Diebesgut unter den Hammer, dessen ursprüngliche Besitzer nicht mehr zu ermitteln waren. Vielleicht ist ja etwas für dich dabei.«

10

Paul war nach dieser Begegnung viel zu aufgewühlt, um direkt schlafen zu gehen. Katinka hatte ihn auflaufen lassen. Sie hatte ihn nicht wirklich vor eine Wahl gestellt, sondern ihm nur eine einzige Möglichkeit für seine Entscheidung gelassen. Wollte Paul mit Katinka zusammenbleiben, musste er sich ihrem Willen beugen und ihr nach Berlin folgen, dachte er verbittert. Auf seine Interessen und seine Lebensplanung wurde dabei anscheinend keine Rücksicht genommen.

Der Weinmarkt, Pauls Refugium, lag in spätabendlicher Ruhe und Geborgenheit vor ihm. Gedankenversunken schritt er über das Kopfsteinpflaster und spürte, wie die Luft allmählich herbstlich frisch wurde.

War Katinka wirklich so selbstsüchtig? Erwartete sie von ihm, dass er sein eigenes Leben dem ihrem unterordnete? – Oder hatte er selber ein verzerrtes Bild von der Realität?

Zugegeben: Beruflich wäre es vielleicht wirklich kein großes Opfer für ihn, den Standort Nürnberg gegen einen anderen, womöglich sogar abwechslungsreicheren, einzutauschen, überlegte Paul, während er den Weinmarkt wieder verließ, er wollte noch nicht nach Hause. Auch seine privaten Kontakte waren kein wirklicher Grund, einen Ortswechsel kategorisch auszuschließen. Aber wie stand es mit seiner emotionalen Bindung an Nürnberg, an Franken? Danach fragte keiner!

Ohne festes Ziel steuerte Paul auf den verwaisten Hauptmarkt zu, der ohne die vielen Gemüsestände und Menschen, die ihn am Tag füllten, kahl und trostlos wirkte. Das Kopfsteinpflaster glänzte nächtlich schwarz.

Was sollte er nun tun? Für einen Kneipenbesuch war es entschieden zu spät. Außerdem stand ihm der Sinn nicht mehr nach Geselligkeit.

Er ging die Königstraße hinauf, als er zwei Männern begegnete. Beide hatten die Krägen ihrer Mäntel hochgeschlagen und sahen ihn extrem argwöhnisch, beinahe feindselig an.

Mit einem Mal fühlte Paul sich nicht mehr wohl in seiner Haut, und er überlegte, ob er nicht besser umkehren sollte. Doch dann fühlte er sich an den Fall Kaspar Hauser erinnert: Ob Hauser bei seinen Spaziergängen durch Nürnberg auch solchen kritischen Blicken ausgesetzt gewesen war wie soeben Paul?

Er beschloss spontan, einen Abstecher zur Insel Schütt zu unternehmen, wo Hauser untergekommen war. Er wollte ihm nahe sein, versuchen, für einige Momente auf seinen Spuren zu wandeln.

Die dunkle Pegnitz floss unterhalb des rostbraunen Schuldturms aus Sandstein entlang und reflektierte das flaue Mondlicht. Das Gurgeln des Flusses, das tagsüber vom Motorengeräusch der Autos und den Stimmen der Passanten übertönt wurde, war deutlich zu hören. Vor Paul lag das dunkle Plateau der Insel. Hausers damalige Unterkunft gab es nicht mehr, das hatte Henlein gesagt, aber die Umgebung war größtenteils die gleiche geblieben.

Er war Hausers damaliger Bleibe nun sehr nahe: Hier, unweit von ihm, hatte das Haus gestanden, in dem er mehrere Jahre lang gelebt hatte.

Hauser war in Nürnberg viel herumgereicht worden, rekapitulierte Paul. Erst zum Verhör auf die Neutorwache, dann auf die Polizeiwache Rathaus und schließlich in den Gefängnisturm Luginsland. Im Juli 1828 – das wusste Paul aus seiner nächtlichen Lektüre – war Hauser bei Lehrer Daumer eingezogen. Nach den erfolglosen Anschlägen wurde es Daumer allerdings zu viel, so dass Hauser 1830 ins Haus des Kaufmanns Biberbach am Hübnersplatz 5 umquartiert wurde, nur um kurz darauf in die Burgstraße 1, zur Familie des Barons von Tucher umzuziehen. 1831 folgte auf Anregung Feuerbachs dann sein letzter Umzug nach Ansbach.

Doch heute Nacht ging es Paul um Hausers frühe Jahre in Nürnberg, um seine Behausung bei Lehrer Daumer auf der Insel Schütt: Sie war bis zum Krieg in eine Vorinsel, die

Hintere Insel Schütt sowie die durch einen Nebenarm der Pegnitz abgetrennte Kleine Insel Schütt unterteilt gewesen. Der Pegnitz-Nordarm wurde später stillgelegt, wodurch die vorgelagerte Insel und die Hauptinsel miteinander verschmolzen. Paul kannte etliche Details noch aus dem Schulunterricht und aus seinen Büchern.

Langsam ging er weiter. Trockenes Laub raschelte unter jedem seiner Schritte.

Daumer war Privatgelehrter gewesen. Unter seiner Obhut hatte Kaspar Hauser lesen und schreiben gelernt. Soweit Paul wusste, war Daumer überrascht von Kaspars Wissensdurst und seiner schnellen Auffassungsgabe gewesen. Was andere in Jahren lernten, begriff Hauser in Tagen. Unerklärlich erschien Daumer die gestochen klare Handschrift seines Schützlings; und auch Paul empfand die Tatsache als sehr ungewöhnlich für ein Findelkind.

Die Liebe fürs Malen und Zeichnen hatte Hausers Fleiß und Eifer beim Schreiben sogar noch übertroffen: Seine Bilder zeugten von tiefer Empfindsamkeit. Blitzartig erinnerte sich Paul an solche Zeichnungen: Figuren, Spielzeuge, Wappen ...

Paul verlangsamte noch einmal sein Tempo. Die Insel Schütt, umfangen von nächtlicher Dunkelheit, wirkte verlassen und beinahe gespenstisch einsam. Nichts als eine plane Ebene, größtenteils gepflastert, unterbrochen nur von Rasenflächen und kreisrunden hüfthohen Hochbeeten, auf denen dichte Büsche wucherten. Paul musste seine Fantasie anstrengen, um sich an der gleichen Stelle das alte Haus von Professor Daumer vorzustellen. Nach Henleins vagen Beschreibungen musste es eines von vielen schmalen und windschiefen Gebäuden gewesen sein. Eines dieser geschichtsträchtigen Häuser, die bis zu den verheerenden Bombennächten des Zweiten Weltkriegs einerseits das romantische Bild der Nürnberger Altstadt geprägt hatten, andererseits aber auch vielen Bürgern als Rattennester ein Dorn im Auge gewesen waren.

Paul sah sich aufmerksam um und ließ die nächtlichen Eindrücke auf sich wirken.

Hausers Aufzeichnungen, seine Bilder und sein auffallendes Talent galten seinerzeit als Indiz für seine vornehme Abstammung. Daumer musste sich allein schon aus Neugierde überaus intensiv mit seinem Schützling befasst haben, dachte Paul. Denn sicherlich war der Professor – genau wie jeder andere – brennend daran interessiert gewesen, die wahre Herkunft Hausers aufzudecken. Soweit Paul bekannt war, hatte Daumer Hauser sogar nachts überwacht, weil er hoffte, dass er im Schlaf sprechen und einen Hinweis auf seine Herkunft geben würde. Doch Hauser versagte ihm diesen Gefallen und behielt sein Geheimnis für sich.

Der Mond stand direkt über der Insel. Paul sah hinauf, und ihm wurde mulmig bei dem Gedanken an jenen blutigen Samstag im Oktober 1829, über den er gelesen hatte: das missglückte zweite Attentat.

Wie mochte diese Nacht verlaufen sein? Paul kannte inzwischen immerhin so viele Details, dass er sich ein einigermaßen stimmiges Bild machen konnte: Siebzehn Monate nach Hausers Auftauchen in Nürnberg verschafften sich Unbekannte Zugang zu Daumers Wohnhaus. Es war eine herbstlich kühle Nacht. Vielleicht schien – so wie heute – der Mond. Andere Lichtquellen, wie etwa die Gaslaternen, waren zu dieser fortgeschrittenen Uhrzeit längst gelöscht worden. Die Stadt war in Dunkelheit getaucht.

Niemand bemerkte etwas. Kein Zeuge konnte später Hausers Schilderungen bestätigen: Zwei dunkel gekleidete Männer in langen wallenden Mänteln, mit schwarzen Zylindern und schwarzen Augenmasken drangen in Hausers Zimmer ein. Sie überwältigten ihr Opfer. Hauser wehrte sich. Er schrie. Doch den Angreifern gelang es, ihm mit einer scharfkantigen Waffe erhebliche Verletzungen zuzufügen. Nur weil Hauser so laut um Hilfe rief, brachen die Angreifer ihr Vorhaben, ihn zu ermorden, ab und flüchteten in die Nacht.

Daumer kümmerte sich um den Verletzten und ließ seine Wunden versorgen. Hauser wurde sofort befragt, doch seine Beschreibungen der Angreifer waren zu dürftig: Die Attentäter blieben für immer Phantome. Immerhin fertigte er eine exakte Zeichnung der Tatwaffe an. Eine eigentümliche Kreuzung aus Messer und Beil mit einem klobig gerundeten Griff und einem scharfkantigen Sporn am oberen Rand der Klinge. Paul hatte die Zeichnung der Waffe noch deutlich vor Augen, in seinen Büchern hatte es Abbildungen davon gegeben.

Die Nachricht von dem missglückten Mord breitete sich seinerzeit wie ein Lauffeuer aus. In Nürnberg, in Franken und schließlich im ganzen Land. Welche Kreise hatten ein solch gesteigertes Interesse an Hausers Tod, um so einen Überfall zu wagen? Wenigstens blieb das Attentat nicht ohne Folgen: Paul erinnerte sich, dass Bayernkönig Ludwig I. zeitweise eine polizeiliche Schutzwache für Hauser aufstellen ließ und sogar eine Belohnung für Hinweise auf die Täter aussetzte.

Ein sachter Windstoß fuhr durch das Gebüsch und zerrte leicht an den Ästen. Aus seinen Gedanken gerissen, schaute Paul auf die Uhr: fast eins. Eigentlich Zeit, um nach Hause zu gehen!

Der Einfachheit halber wählte er den Rückweg durch die Straße Am Sand. Erst als er im Vorbeigehen das Straßenschild las, wurde ihm bewusst, dass Henlein hier gewohnt hatte: Am Sand 6, Paul hatte sich die Adresse gemerkt.

Die Insel Schütt war noch in Sichtweite, als Paul das Mehrfamilienhaus mit der entsprechenden Hausnummer fand. Es war ein typischer Bau aus den späten sechziger Jahren. Ein schlichtes, schnörkelloses Gebäude mit bunten Glasbausteinen in den Treppenhausfenstern und markisenbewehrten Balkonen, die in Richtung Pegnitz zeigten. Ein Durchschnittsbau, einer, der in jeder beliebigen Stadt stehen könnte.

Immerhin hatte sich der Architekt trotz der unverkennbaren Sparzwänge eine individuelle Note gegönnt. Paul bemerkte sie erst, als er an dem Gebäude schon fast vorbeigegangen war: Die Giebelseite, die von einer Straßenlaterne beleuchtet wurde, war mit einer großen ockerfarbenen Wandmalerei verziert. Auch sie war im Stil der Sechziger gehalten. Dargestellt wurde der Brauch des Fischerstechens: Zwei Männer standen einander mit ihren Booten auf der Pegnitz gegenüber und versuchten, sich mit Hilfe langer Holzlanzen gegenseitig ins Wasser zu stoßen.

Es war also ein Mietshaus, das trotz aller spartanischen Zweckmäßigkeit die Nürnberger Traditionen nicht aussparte, dachte Paul. Ob Henlein deshalb hier eingezogen war? Oder aber hatte die Nähe zum einstigen Quartier seines Seelenverwandten Kaspar Hauser den Ausschlag gegeben?

Paul betrachtete die szenische Darstellung des Fischerstechens noch einmal genau und fühlte sich an ein anderes Bild erinnert, das in seinem Kopf herumspukte: die symbolische Blume auf Henleins Medaillon. Die bewaffneten Fischer vor Augen, überlegte Paul, ob nicht auch die Blume Bezug auf ein Ereignis oder eine Tradition längst vergangener Zeiten nahm. Womöglich war sie doch mehr als bloß ein belangloses Kindheitsgeschenk gewesen, an dem Henlein allein aus sentimentalen Gründen gehangen hatte. Vielleicht sagte sie ja etwas über Henleins Leben oder sogar über seine Herkunftsregion aus.

Die Idee begleitete Paul auf dem Nachhauseweg. Er nahm sich vor, das Medaillon – oder wenigstens das Foto davon – bei Gelegenheit noch einmal eingehend zu untersuchen.

11

Paul gönnte sich eine Auszeit. Vor dem kleinen italienischen Café an der Plobenhofstraße standen noch Stühle, und so genoss er seinen Espresso im Freien. Neben ihm – sorgsam an die Wand gelehnt – stand sein neues Fahrrad. Heute Morgen erst hatte er es ersteigert. Katinka hatte Recht behalten: Es war ungeheuer günstig gewesen und tipptopp in Ordnung. Allerdings musste sich Paul erst noch an sein Äußeres gewöhnen: violett und noch dazu mit knallgelben Blümchen verziert. Er würde es schleunigst umspritzen müssen, wenn er nicht auffallen wollte wie ein bunter Hund.

Paul nippte an seinem Espresso und überlegte: Am Abend zuvor – oder besser gesagt: in der Nacht – hatte er noch gute zwei Stunden lang weitere Wissenslücken über Kaspar Hauser gefüllt und vergeblich nach der Bedeutung des Medaillons und der Blume darauf gesucht, bevor er auf seinem Sofa in einen traumlosen Schlaf gefallen war. Heute früh gab es dann gleich den Stress mit der Radversteigerung, und nun war er hier, auf dem Weg zu Henleins Wohnung. Er wollte endlich sein Gewissen erleichtern und das abgeben, was nicht sein Eigentum war – selbst wenn Blohfeld einen Teil davon herausgeschnitten hatte.

Während er die kleine Tasse erneut zum Mund führte, fiel sein Blick auf sein Ebenbild in der Frontscheibe des Cafés. Ein Mann mit leicht geneigtem Kopf spiegelte sich darin. Die schwarzen Haare waren kurz geschnitten und die Koteletten gestutzt, auf der Stirn zeichneten sich drei tiefe Falten ab. Über den dunklen Augen standen zwei kräftige, geschwungene Augenbrauen. Die Nase war schmal und gerade. Um den Mund mit den ausdrucksvollen Lippen stand der Schatten eines Dreitagebartes. Das Konterfei hatte ein markantes Kinn und kleine Grübchen in den Wangen.

Paul überlegte, ob er mit dem, was er da sah, zufrieden sein sollte. Da das Spiegelbild leicht verschwommen war und somit sowohl die ersten weißen Haare als auch eine Vielzahl weiterer Falten und Fältchen unterschlug, beschloss er, seinen Anblick wohlwollend aufzunehmen und guter Dinge in den weiteren Tag zu starten. Er zahlte und schwang sich auf sein buntes neues Vehikel.

Bei Tageslicht betrachtet sah das Haus Am Sand 6 wesentlich freundlicher aus als noch in der Nacht zuvor. Zwar blieb es ein recht durchschnittliches Wohnhaus, aber die liebevoll bepflanzten Balkonkästen und das warme Zartrosa des Verputzes waren in der Dunkelheit nicht zu erkennen gewesen und stimmten Paul wohlgesonnen.

Noch bevor er mit Henleins Aktentasche unter dem Arm die Haustür erreicht hatte, wurde er von einem älteren Herrn angesprochen: »Zu wem möchten Sie, bitte sehr?«

Der Mann war nach Pauls Schätzung um die siebzig. Ein rüstiger Rentner, reichlich korpulent, mit aufmerksamen Augen.

»Ich wollte nur etwas abgeben«, sagte Paul höflich.

»Für wen?«, erkundigte sich der Alte, wobei er seine Neugierde mit einem Lächeln zu kaschieren versuchte.

Paul beschloss, ihm offen zu antworten. Wer wusste schon, ob er nicht die ein oder andere neue Information gewinnen konnte: »Für die Frau Henlein.«

Schlagartig verfinsterte sich die Miene seines Gegenübers. »Oh – eine schlimme Sache, das mit Herrn Henlein.« Der ältere Herr kratzte sich am Nacken und verzog das Gesicht. »Ein guter und anständiger Nachbar. Schon seit vielen Jahren. Immer anständig und sehr korrekt. – Aber vielleicht ein wenig zu sparsam, wenn Sie mich fragen.«

Paul hatte nicht den Hauch einer Ahnung, auf was der Mann hinauswollte und sah ihn auffordernd an.

»Ich möchte meinem Nachbarn nichts Schlechtes nachsagen«, fuhr der Mann fort. Dabei trat er näher an Paul heran und sprach leise weiter: »Meiner Meinung nach hat es Henlein mit dem Knausern übertrieben. All sein Geld steckte er in sein Hobby, den Kaspar Hauser. Für was anderes blieb nichts übrig.« Dann flüsterte er nur noch: »Er war ja nicht mehr der Jüngste, und in unserem Alter sollte man sich zum Reifenwechsel eine Werkstatt leisten, finden Sie nicht auch?«

»Wollen Sie damit sagen, dass Herr Henlein seine Reifen selbst gewechselt hat?«, fragte Paul erstaunt.

Der Mann nickte. »Ja, zweimal jährlich, im Frühjahr und im Herbst. Hier im Hof, vor den Garagen. Dieses Mal ist er besonders ins Schwitzen gekommen. Ich habe ihm dabei zugesehen, wie er die Schrauben nachgezogen hat. Mit seinem altmodischen Werkzeug war das jedes Mal ein umständlicher Akt. Das musste ja irgendwann schiefgehen.«

»Sie glauben also, dass Herr Henlein seinen Unfall selbst verschuldet hat?«, fragte Paul.

Sein Gesprächspartner schaute ihn zunächst zustimmend an, senkte dann aber schnell den Kopf. »Natürlich nicht. – Der arme Henlein. Es war ein dummer Zufall. Niemand kann das Schicksal aufhalten.« Damit zog sich der Mann zurück und ließ Paul alleine vor der Haustür stehen.

Nachdenklich drückte Paul den Klingelknopf. Er musste sich eine Weile gedulden, dann surrte endlich der Türöffner. Im Hausflur roch es nach Waschpulver und Blumenkohl. Eine üble Mischung. Die Wohnung der Henleins lag Parterre am anderen Ende des Gangs.

In der Wohnungstür empfing ihn eine Frau, deren Eindruck er erst einmal auf sich wirken lassen musste: Frau Henlein schien etliche Jahre jünger zu sein als ihr verstorbener Mann. Sie war klein, hatte dauergewelltes, helles Haar, und ihr pummeliger Körper steckte in einem weiten Morgenmantel. Sie trug rosafarbene Plüschschlappen.

Paul bemerkte ihren Blick, der auf die Aktentasche unter seinem Arm fiel, dennoch fragte Frau Henlein erst einmal: »Wollen Sie zu mir?« Sie klang gleichzeitig schüchtern und entschieden.

Mit gesenkter Stimme drückte Paul seine Anteilnahme aus. Er deutete auf die Aktentasche und bat, eintreten zu dürfen.

Etwas Unstetes war in Frau Henleins Blick. Paul konnte immer nur für Momente in ihre Augen schauen. Sie bewegten sich schnell und ziellos, waren überall und nirgendwo. Die Witwe wirkte einerseits aufgelöst und nervös, andererseits aber durchaus gefasst. Womöglich wollte sie einem Fremden gegenüber ihre Trauer nicht allzu offen zeigen, mutmaßte Paul.

Er wurde eingelassen, dann ging Frau Henlein mit schnellen Schritten voran.

Die Henleins lebten in bescheidenen Verhältnissen. Für Paul erschloss sich der Aufbau der Wohnung innerhalb der ersten Sekunden. Zwei Zimmer, Küche, Bad. Mehr war ihnen nicht vergönnt gewesen, aber mehr hatten sie vielleicht auch gar nicht gewollt, dachte er.

Obwohl die Wohnung sehr sauber und aufgeräumt war, machte sie auf Paul einen einengenden Eindruck. Sehr bald wusste er auch warum: Der Flur und auch das Wohnzimmer waren mit Bücherregalen und Schränken vollgestellt. Überall gab es Aktenordner, und auf jedem prangte – mit dickem Filzstift geschrieben – immer der gleiche Name: Kaspar Hauser!

Paul folgte der Witwe zu einer Sitzecke im überheizten Wohnzimmer. Beigefarbenes Lederimitat. Das Polster ächzte, als Paul sich niederließ. »Die ganze Geschichte tut mir ausgesprochen leid«, fing Paul an.

Frau Henlein knetete unruhig ihre Hände. Obwohl sie ihm gegenübersaß, hatte Paul den Eindruck, als wäre sie gedanklich schon wieder weit weg. Ihre Pupillen flackerten nervös.

»Ich war dabei, als es passierte«, sagte Paul und sah sie einfühlsam an. Er streckte die Hand mit der Aktentasche aus. »Ihr Mann hatte diese Mappe bei sich, als er starb.«

Plötzlich kamen die Augen der Frau zur Ruhe: Wie auf Kommando richteten sie sich erst auf die Tasche und dann lange auf Pauls Gesicht. »Wie kommen Sie darauf, dass ich an dieser Aktentasche interessiert bin?«, fragte sie beinahe beleidigt.

Paul stutzte. »Ich dachte ... ich meinte ... – Wollen Sie denn nicht wissen, womit sich Ihr Mann kurz vor seinem Tod beschäftigt hat?«

Langsam, aber sehr entschieden schüttelte die Witwe ihren Kopf. »Sehen Sie sich um.«

Erst jetzt nahm Paul die Bilder an den Wänden wahr. Zeichnungen, Stiche, Malereien. Er erkannte Kaspar Hauser auf einem halben Dutzend der Bilder wieder. »Ihr Mann hatte nun einmal eine Schwäche für ...«, deutete Paul an.

»Ich würde es eher einen ausgeprägten Spleen nennen«, unterbrach ihn Frau Henlein resolut. »Er hat alles gesammelt, was auch nur im Entferntesten mit dem Namen Hauser in Verbindung gebracht werden konnte. – Wir waren dreiunddreißig Jahre lang verheiratet. Haben Sie eine Ahnung, wie viel man in dieser Zeit sammeln kann?«

Paul warf einen Blick auf die Buchtitel in den Regalen. »Wenigstens war es ein sinnvolles Hobby«, versuchte er die Witwe zu trösten.

Diese schüttelte abermals den Kopf. »Nein – eher ein sehr teures.« Plötzlich und ohne jede Vorwarnung verlor Frau Henlein ihre ohnehin erstaunliche Selbstbeherrschung. Ihre Wangen färbten sich rot, und im gleichen Moment schossen ihr die Tränen in die Augen. Laut schluchzend verbarg sie ihr Gesicht in den Händen.

Paul stand auf und beugte sich über sie. Er wollte zum Trost seinen Arm um sie legen, ließ es dann aber bleiben. Er war kein Vertrauter, vielleicht wäre eine solche Geste zu aufdringlich.

Behutsam sagte er: »Ich glaube, es ist besser, wenn ich mich jetzt verabschiede.« Als die Witwe nicht antwortete, sondern nur heftig weiterweinte, wandte sich Paul zum Gehen.

Doch ebenso unvermittelt, wie sie zu weinen begonnen hatte, fing sich Frau Henlein auch wieder. Mit geröteten Augen sah sie Paul an. »Jeder weiß, dass mein Mann damit nur seine eigene unbekannte Herkunft aufarbeiten wollte.« Traurig fügte sie hinzu: »Ich habe ihn dabei immer unterstützt. – Es hat uns sehr viel Geld gekostet, aber ich habe mit ihm an den Erfolg seiner Bemühungen geglaubt.«

»Dann sollten Sie das da aber wirklich Ihrer gemeinsamen Sammlung hinzufügen«, sagte Paul und zeigte auf die Aktentasche.

Tatsächlich nahm Frau Henlein nun die Mappe an sich. Sanft streichelte sie über das abgenutzte Leder. »Danke. Es war sehr nett von Ihnen, sie mir zu bringen.« Sie legte die Aktentasche neben sich und nestelte in der Tasche ihres Morgenmantels herum. »Kann ich mich irgendwie erkenntlich zeigen?« Sie schneuzte sich in das gefundene Taschentuch. »Ich habe nicht viel Geld. Als Witwe eines pensionierten VAG-Buchhalters kann ich keine großen Sprünge machen, aber ein kleiner Finderlohn muss natürlich sein.«

»Auf gar keinen Fall.« Paul hob abwehrend die Hände.

Frau Henleins Augen nahmen ihr nervöses Flackern wieder auf. »Können Sie sich denken, wie viel so ein Hobby verschlingt? Wie es einem zunächst das Geld aus der Tasche zieht und dann die Kraft raubt?«

Paul konnte sich nur allzu gut vorstellen, mit welchen inneren Qualen die Witwe so kurz nach dem Tod ihres Mannes kämpfen musste. Offensichtlich war sie hin- und hergerissen zwischen aufrichtiger Trauer um ihren Mann und dem Nachklang ihrer Wut über seine exzessive Beschäftigung mit Hauser.

Eigentlich war ihm vollkommen klar, dass er jetzt gehen musste und die verzweifelte Lage der Witwe nicht ausnutzen durfte. Dennoch wagte er einen Vorstoß in eigener Sache, denn seine Neugierde war stärker als sein Mitleid: »Was ist eigentlich aus dem Medaillon geworden, das Ihr Mann um den Hals getragen hat?«

In ihrer flatterhaften Art antwortete die Witwe: »Medaillon? Wie kommen Sie ausgerechnet auf das Medaillon?« Sie klang entgeistert. »Sie haben keinerlei Vorstellung von dem, was man nach dem Tod eines nahe stehenden Menschen alles erledigen muss, habe ich recht? Sonst würden Sie solche Fragen nicht stellen.«

Er hatte die Antwort verdient, dachte Paul beschämt.

»Das Medaillon ist mir wirklich egal.« Frau Henlein verzog jetzt zornig das Gesicht. »Mein Mann hing daran – aber es hat in all den Jahren unserer Ehe zwischen uns gestanden. Ich möchte es nie wieder sehen!«

Sie standen im Hausflur, als die Witwe einen versöhnlichen Ton anschlug. »Entschuldigen Sie bitte, dass ich so grob war – aber diese Tage sind sehr bitter und schwer für mich. Der verfluchte Kaspar Hauser verfolgt mich selbst noch nach dem Tod meines Mannes! Sie sind heute bereits der Zweite, mit dem ich über dieses Thema reden muss.«

»Sie brauchen sich nicht zu entschuldigen«, sagte Paul, »ich verstehe Sie gut. – Kam der andere Besucher von der Polizei?«

»Polizei?« Ein großes Fragezeichen stand in ihrem Gesicht geschrieben. »Nein, es war Herr Zetschke, Gunnar Zetschke.«

Paul hatte den Namen noch nie gehört, mochte aber die Witwe nicht mit weiteren Fragen behelligen. Zur Verabschiedung reichte er ihr die Hand.

»Zetschke war einer dieser Windhunde, die meinem Mann für teures Geld Material über Hauser angedreht haben«, fuhr sie auf einmal aufgebracht fort. »Ich habe ihn zum Teufel gejagt. Glaubt der denn, er kann sein falsches Spiel mit mir fortsetzen?«

»Zetschke?«, fragte Paul nun doch, schon in der Tür stehend. »Muss einem dieser Name etwas sagen?«

»Na, dieser schmierige Betrüger vom Trödelmarkt, der Devotionalienhändler.« Leise schimpfend zog sie mit einem genuschelten »Wiedersehen« die Tür ins Schloss. Anscheinend hatte sie Pauls Besuch schon vergessen. Verdrängung zum Selbstschutz, glaubte Paul mitfühlend. Früher war die Witwe sicher eine lebenslustige und temperamentvolle Frau gewesen, die laut lachen konnte und die Tage so nahm, wie sie kamen. Jedenfalls hatte Paul diesen Eindruck trotz der oberflächlichen Unhöflichkeit von ihr gewonnen. Und er fragte sich, ob sie die Unbeschwertheit, mit der sie vielleicht einmal gelebt hatte, jemals wiedererlangen konnte. Frau Henlein tat ihm sehr leid.

12

Aus einem Zeitungskasten fischte er sich die Tageszeitung, um zu erfahren, was Blohfeld über Henleins Tod geschrieben hatte. Während er die Pegnitz entlangging, schlug Paul das Blatt auf und wurde schnell fündig:

»Grausamer Unfall überschattet Forschungserfolge«, las er und dachte: typisch Victor Blohfeld!

»Ein tödlicher Unfall trübt die Freude über die neuen sensationellen Enthüllungen im Fall Kaspar Hauser. Wie berichtet, war der Nürnberger Hobbyforscher und Hauser-Experte Franz H. auf eine neue Spur gestoßen, durch die er die wahre Herkunft des berühmten Findelkindes endgültig zu klären hoffte. In der Hauser-Stadt Ansbach verunglückte H. tödlich. Es ist uns jedoch gelungen, exklusiv in den Besitz von Forschungsunterlagen des verstorbenen Experten zu gelangen.«

Paul lachte spöttisch auf, musste aber im gleichen Moment einen Sprung nach rechts machen, denn beinahe hätte er einen Passanten umgerannt. Er las weiter.

»Die Untersuchungen von H. konzentrierten sich auf ein Wäschestück, das Hauser während eines gescheiterten Attentats am 17. Oktober 1829 getragen hatte. Bei dem Angriff auf der Hinteren Insel Schütt war Hauser erheblich verletzt worden. Durch die auf dem gut erhaltenen Stoff hinterlassenen Blutspuren erhoffte sich H. Aufschluss über den genetischen Fingerabdruck Hausers.

Bei seinen jahrelangen intensiven Forschungen war H. stets davon ausgegangen, dass Hauser tatsächlich aus adligem Hause stammte. Er stützte sich dabei weitgehend auf die Unterlagen des königlichen Kriminologen Anselm Ritter von Feuerbach. Der Staatsrat und Präsident des Appelationsgerichts Ansbach hatte sich seinerzeit der Untersuchung des Mordfalls Hauser angenommen und eine grundlegende These aufgestellt: Er war der Frage nachgegangen, warum den Findling Hauser niemand vermisst hatte, und hatte vermutet, dass ein verschlepptes Kind nur dann nicht als verschollen gilt, wenn man es für tot hält. Feuerbachs wegweisende Schlussfolgerung: ›Will man also Kaspars wahre Identität herausfinden, so muss man ihn unter den Toten suchen.‹ Der Nürnberger Hauser-Experte H. hatte diese eingängige These aufgegriffen und geäußert, dass in einem dem Adel geweihten Grab ein fremdes Kind anstelle von Hauser gebettet worden war und bis zum heutigen Tag dort liegt.«

Den Rest des Artikels überflog Paul nur, doch es waren keine weiteren interessanten Details enthalten. Dann faltete er die Zeitung zusammen, klemmte sie sich unter den Arm und sah auf die Uhr. Es war kurz vor zwölf. Hoffentlich machte Zetschke keine Mittagspause, dachte Paul, während er durch die Karlstraße eilte.

Er kannte den Laden, ein kleiner Devotionalienhandel am Trödelmarkt, weil er unzählige Male daran vorbeigegangen war. Zetschke selbst aber war ihm unbekannt.

Der Trödelmarkt war eine Insel, die wie ein vertäutes Schiff in der Pegnitz lag. Als Taue fungierten Brücken und Stege, die den Trödelmarkt praktisch von allen Seiten zugänglich machten. Paul hatte sich kein Konzept zurechtgelegt, als er das innerstädtische Eiland mit seinen liebevoll rekonstruierten Fachwerkbauten kurz darauf erreichte und auf Zetschkes Geschäft zusteuerte. Er wollte den Mann zunächst einmal nur auf sich wirken lassen und mit etwas Glück ein paar weitere Informationen über Henlein und dessen Hauser-Sucht gewinnen. Nicht mehr und nicht weniger erwartete er, als er die Holztür mit den quadratischen Glasfenstern öffnete und in einen schmalen, dunklen Verkaufsraum trat.

Es roch stark nach Kerzenwachs und Weihrauch. Paul stand einem Tresen aus dunklem Holz gegenüber, dahinter waren geschnitzte Heilige, Kruzifixe und Kerzen in allen erdenklichen Größen und Ausstattungen in einem übervollen Regal ausgestellt. Der Raum war klein, und als sich Paul suchend nach Zetschke umsah, hätte er beinahe einen Korb mit Marien umgestoßen. Die Figuren waren bereits leicht lädiert, und beim näheren Hinsehen bemerkte Paul die roten Aufkleber mit dem Hinweis »Reduziert«.

»Grüß Gott!« Ein freundlich lächelnder Mann lüftete einen Vorhang, der offenbar ein Nebenzimmer abtrennte, und kam auf Paul zu. Er war mittelgroß, um die vierzig und trug einen lässig sitzenden, dunkelbraunen Cordanzug. Schwarzes, welliges Haar reichte ihm bis knapp über die Schultern. Sein Gesicht wirkte leicht verlebt, das unrasierte Kinn unterstrich diesen Eindruck. »Wie kann ich Ihnen helfen?«

Paul sah ihn ein wenig ratlos an. Er konnte ja wohl kaum mit der Tür ins Haus fallen und Zetschke über Henlein ausfragen, also musste er zunächst einmal sein Vertrauen gewinnen.

Doch der Händler machte es ihm leicht. Mit einer weit ausholenden Handbewegung zeigte er auf sein schier unüberschaubares Sortiment. »Katholisch? Suchen Sie nach einer gut erhaltenen Madonnenstatue oder darf es vielleicht die Replik eines Altarkreuzes sein? Ich könnte Ihnen sogar einen ausgedienten Ambo besorgen, ein Predigtpult.«

Paul schüttelte dankend den Kopf.

»Protestantisch also«, stellte Zetschke fest und fügte mit geschäftstüchtigem Lächeln hinzu, »das ist ja in der ersten reformierten Reichsstadt des Landes keine Schande.« Er deutete in eine andere dunkle Ecke seines Ladens. »Ich kann Ihnen sehr günstig einen Hostienteller überlassen. Auch einen Altarteppich und mehrere Kelche habe ich diesen Monat im Angebot.«

»Nein, nein«, lehnte Paul dankend ab. Inzwischen war ihm ein vorgeschobener Einkaufswunsch eingefallen: »Ich suche eigentlich nur nach einer Taufkerze für mein Patenkind.«

»Selbstverständlich«, sagte Zetschke ein wenig enttäuscht und rollte einen Ständer mit verschiedenfarbigen Kerzen heran. »Mädchen oder Junge?«

»Bitte? – Ach ja, ein Junge.«

Schnell hatte sich Paul für eine recht kleine und preisgünstige Kerze entschieden. Als Zetschke sie in Papier einwickelte und den Preis in eine altertümlich anmutende Registrierkasse tippte, sah Paul den passenden Moment gekommen, um sein eigentliches Anliegen vorzubringen: »Sagen Sie mal, ich habe gehört, dass man bei Ihnen auch echte Raritäten erwerben kann?«

Ein unverhohlenes Leuchten trat in Zetschkes Augen. »Aber ja. Sagte ich es nicht bereits? Ich habe sehr gute Beziehungen und kann Ihnen fast jeden Wunsch erfüllen. Sogar ein Mosaikfenster aus einer entweihten Kirche ließe sich organisieren. Gehen Ihre Vorstellungen in diese Richtung?«

Kompliment, ein verkaufstüchtiger Geschäftsmann!, dachte Paul. Er war sich sicher, dass Zetschke ihm auch einen Originalsplitter aus dem Kreuz Jesu besorgt hätte. Die Quellen und die Authentizität seiner Waren ließen Paul allerdings zweifeln. Vorsichtig erkundigte er sich: »Ein guter Freund von mir nannte Sie im Zusammenhang mit seinem Hobby, der Kaspar Hauser-Forschung.«

Zetschke behielt sein zuvorkommendes Lächeln bei, doch seine Augen verrieten plötzliche Anspannung: »Hauser?«, fragte er erstaunt. Doch er schauspielerte schlecht. »Nein, tut mir leid, aber das ist nun wirklich nicht mein Metier.«

»So?«, fragte Paul, wobei er sich anmerken ließ, dass er seinem Gegenüber nicht glaubte. »Aber Sie haben doch Kunden, die nach solcher Ware verlangen, oder?«

»Bitte haben Sie Verständnis dafür, dass ich über meine Kundschaft keine Auskünfte gebe«, sagte Zetschke, wobei seine Selbstbeherrschung merklich zu bröckeln begann.

»Sie haben ja sicher von Herrn Henleins Unfall gehört«, sagte Paul jetzt ganz offen. »Er war doch Kunde bei Ihnen?«

Zetschke reichte Paul die eingepackte Kerze. »Wissen Sie, ich habe sehr viele Kunden. – Aber natürlich habe ich den Zeitungsartikel über das Unglück gelesen. Wirklich sehr tragisch.«

Paul schwieg für einen Moment, aber Zetschke tat ihm nicht den Gefallen weiterzureden. »Dann herzlichen Dank«, sagte Paul mit leisem Bedauern und wandte sich zum Gehen.

»Auf Wiedersehen«, antwortete Zetschke höflich.

»Nur noch eines.« Paul hielt inne. »Haben *Sie* für Herrn Henlein das Hemd besorgt – das mit dem Blutfleck?«

Zetschke hielt eisern an seinem Lächeln fest. »Vertraulichkeit ist in meiner Branche das A und O«, sagte er. »Viel Freude bei der Taufe.«

»Ja, danke, meine Nichte wird sich sicher über die Kerze freuen.«

»Ich dachte, es sei Ihr Neffe?«

»Ach ja, Neffe. Danke für den Hinweis.«

Als Paul den Laden verließ, knurrte sein Magen. Auf der Suche nach einem Mittagssnack machte er sich auf den Weg zurück nach Hause.

Was sollte er nun von diesem Zetschke halten? War er seriös? Wohl kaum, eher doch ein charmanter Aufschneider. Paul hatte das sichere Gefühl, dass Zetschke Henlein das angebliche Hauser-Hemd besorgt und einen horrenden Preis dafür verlangt hatte. Nur würde es über diesen Deal wohl kaum eine Quittung geben.

Plötzlich kam ihm ein vager Verdacht. Gesetzt den Fall, dass Zetschke Henlein eine Fälschung verkauft hatte: Mit der Gen-Analyse des Blutflecks, die Henlein sich ja fest vorgenommen hatte, wäre der ganze Schwindel aufgeflogen und Zetschke damit als Betrüger entlarvt worden.

Paul konnte sich vorstellen, was das für Zetschkes Renommee und seine weiteren Geschäfte bedeutet hätte – und er spielte mit dem düsteren Gedanken daran, dass sich Zetschke seines lästig gewordenen Kunden womöglich kurzerhand entledigt hatte ...

War Henleins Unfall am Ende gar kein Unfall gewesen?

Paul schüttelte den Kopf. Da ging wohl wieder mal die Fantasie mit ihm durch. Zwischen einfachem Betrug und vorsätzlichem Mord lagen Welten! So weit wäre selbst Zetschke kaum gegangen. Außerdem hätte er – wenn es denn Schwierigkeiten mit Henlein gegeben hätte – mühelos vorgeben können, dass er selbst an die Echtheit des Hemdes geglaubt und nach bestem Wissen und Gewissen gehandelt hatte, legte sich Paul zurecht.

Auf dem Hauptmarkt herrschte nun – ganz im Gegensatz zur letzten Nacht – geschäftiges Treiben. Türkische Obstverkäufer priesen ihre Waren lautstark im Wettbewerb mit Gemüsebauern aus dem Knoblauchsland an. Unter den rotweiß gestreiften Dächern der Stände wurde um die Preise von frischen Eiern, hausgemachter Butter, Fleisch und Blumen gefeilscht. An einem Fischstand aus dem Aischgrund blieb Paul stehen und kaufte eine mit Karpfencreme bestrichene Bauernbrotscheibe.

13

Die junge Frau zog sich so schnell aus, dass er gar nicht dazu kam, sie hinter den Paravent zu bitten, wo für derartige Zwecke immer ein Kimono bereitlag.

Paul verschanzte sich hinter seiner Kamera und tat beschäftigt, während das Model seine Wäsche über eine Stuhllehne drapierte.

Es war ein sonniger Dienstag. Das schreckliche Wochenende lag zwei Tage zurück, und allmählich konnte Paul wenigstens zwischenzeitlich wieder an etwas anderes denken als an den blutüberströmten Körper des sterbenden Henlein und an Hauser, Hauser, Hauser.

Mit dem Fototermin und dem jungen Mädchen in seinem Atelier hatte ihn glücklicherweise der Alltag wieder eingeholt. Paul überprüfte seine Blitzanlage, dann positionierte er zwei zusätzliche Strahler: den einen etwa neunzig Grad schräg vor dem Model, den anderen auf die Rückwand gerichtet, damit sich die Konturen besser vom Hintergrund abhoben. Während er ihre Schokoladenseite direkt beleuchtete, wollte er die andere Gesichtshälfte der jungen Frau mit einem Faltreflektor aufhellen.

Inzwischen stand auch Henleins Beerdigungstermin fest: heute Nachmittag. Paul hatte ihn in den Amtlichen Bekanntmachungen gelesen und sich vorgenommen, zum Südfriedhof zu fahren, um Henlein die letzte Ehre zu erweisen. Das war er ihm nach alledem schuldig. Zudem interessierte es ihn zu sehen, in was für einer Verfassung die Witwe war. Möglicherweise brauchte sie Unterstützung. Paul fühlte sich durch das Unfallerlebnis nicht nur mit ihr verbunden, sondern ihr auch verpflichtet. Er dachte über die Herkunft dieser Gefühle nach, während er seine Kamera justierte, bis das mit gekreuzten Beinen im Licht der Scheinwerfer stehende Model hüstelte.

»Ach, Sie sind schon so weit?«, fragte Paul die gertenschlanke Brünette.

Sie nickte verhuscht, woraufhin Paul das Stativ mit seiner Kamera erst einmal beiseite schob und auf sie zuging. Er musste erreichen, dass sich das Mädchen wohl fühlte und lockerer wurde. Umso natürlicher würden später die Aufnahmen wirken.

»Sie wirken ein bisschen ...«, er wollte das Wort »verkrampft« vermeiden und suchte nach Alternativen. »Am besten ist es, wenn Sie für einen Moment die Augen schließen«, schlug er vor. »Stellen Sie sich eine Sommerwiese vor. Folgen Sie in Gedanken den Schmetterlingen, genießen Sie den Duft der Blumen.«

Während er sprach betrachtete er mit nüchterner Professionalität den Körper der jungen Frau, um die Lichtquellen nachkorrigieren zu können. Der große Busen bedeutete einen stärkeren Schattenwurf, der Po war relativ flach, also musste er hier mit dem Seitenlicht tricksen ...

Blohfeld war also wild entschlossen, die verkaufsträchtige Story über Henlein und die neue Hauser-Spur weiter auszuschlachten. Das hatte er Paul gegenüber vorhin am Telefon angedeutet. Die Zeitung fand zur Zeit offenbar reißenden Absatz, und Blohfeld hoffte wohl mal wieder auf eine Beförderung und Ruhm in seinen reifen Reporterjahren. Paul fragte sich allerdings, wie Blohfeld die Genanalyse finanzieren wollte, da Henlein als Geldgeber ja nun ausgeschieden war. Aus der Portokasse?

Nach einigen Anlaufschwierigkeiten erwies sich das Model als recht talentiert. Nach den ersten Posen aus Pauls Standardprogramm machte sie sogar eigene Vorschläge, darunter erstaunlicherweise auch recht freizügige.

Paul konnte seine männliche Sexualität während solcher Shootings ausblenden, und das war auch notwendig, wenn er in einem Geschäft überleben wollte, in dem der untadelige Ruf alles zählte. – In diesem Zusammenhang musste er an Zetschke denken und dessen Weigerung, ihm Auskünfte über Henlein zu geben. Paul hätte an seiner Stelle wohl nicht anders gehandelt.

Seine milde Stimmung hielt noch an, als das Mädchen sich wieder anzog. Ein junges Ding, vielleicht zwanzig, einundzwanzig Jahre alt. Wahrscheinlich eine Auszubildende oder Studentin, die die Fotos benötigte, um sich als Hobbymodel zu bewerben oder sie einfach nur ihrem Freund schenken wollte. Ganz sicher hatte sie nicht viel Geld, mutmaßte Paul.

Als sie ihm die Scheine reichte, überlegte er nicht lange: »Weil heute so schönes Wetter ist, bezahlen Sie nur die Hälfte des üblichen Preises«, sagte Paul und gab ihr einen Teil des Geldes zurück. »Wenn Ihnen die Bilder gefallen, gewinne ich Sie ja vielleicht als Stammkundin«, fügte er wegen ihres irritierten Blickes hinzu. Mit einem schüchternen Dankeschön nahm die Brünette die CD mit den Aufnahmen entgegen und entschwebte aus seiner Atelierwohnung.

Paul ging zu der Fensterfront, die hinaus auf den Weinmarkt zeigte und ließ sich die wärmende Spätsommersonne ins Gesicht scheinen.

Als er nach unten blickte, fiel sein Blick auf ein rotes Porsche Cabriolet. Das Faltdach war aufgeklappt, so dass Paul den Fahrer sehen konnte. Selbst aus der relativ großen Entfernung identifizierte Paul ihn als reichen Schnösel, dessen gelacktes Haar die Farbe seiner schwarzen Lederjacke imitierte.

In diesem Augenblick kam das Model aus dem Hauseingang und ging geradewegs auf den Porsche zu. Mit Befremden beobachtete Paul, wie sie sich auf der Beifahrertür abstützte und sich dann darüber in den Sitz schwang. Sie küsste den Fahrer ausgiebig, woraufhin dieser den Motor des Sportwagens mit einem lauten Röhren anwarf.

Paul war wieder einmal fassungslos über seine schlechte Menschenkenntnis, kam jedoch nicht dazu, sich über seinen Preisnachlass und damit über sich selbst zu ärgern, denn auf dem Gehsteig neben dem Porsche erschien bereits die nächste bekannte Figur auf der Bildfläche: Paul beobachtete, dass sich

Victor Blohfeld – wie üblich im beigefarbenen Trenchcoat – mit Stielaugen nach der Brünetten umsah.

»War das etwa eine Ihrer Kundinnen?«, fragte Blohfeld anzüglich, als Paul ihm wenig später die Wohnungstür öffnete.

»Gut zahlende Kundschaft war es jedenfalls nicht«, sagte Paul selbstkritisch und ging dem Reporter voran zu seiner Sitzecke unterhalb des großen, ovalen Oberlichts.

»Ich stecke ein wenig in der Zwickmühle«, räumte Blohfeld in seltener Freimütigkeit ein, als er sich gesetzt hatte.

»Henlein?«, gab Paul das Stichwort.

Blohfeld nickte. Er war sehr blass, nur seine schmale Himmelfahrtsnase schimmerte in leichtem Rosa. »Es gibt gewisse Schwierigkeiten damit, eine Genanalyse des Hauser-Hemds zu bekommen.«

»Rechtliche oder finanzielle?«, wollte Paul wissen, der sich etwas Ähnliches ja bereits gedacht hatte.

»Beides«, sagte Blohfeld grüblerisch. »Wissen Sie, was die Labors für einen läppischen Gentest verlangen?«

»Na ja, ganz so läppisch wird er nicht sein. Immerhin müssen ja auch noch Gegenproben berücksichtigt werden, um einen Vergleich mit dem adligen Erbgut überhaupt möglich zu machen«, sagte Paul, dem durchaus klar war, dass Hausers Herkunftsbestimmung ganz sicher keine Peanuts waren.

»Das müssen Sie mir nicht erzählen«, sagte Blohfeld eingeschnappt. »Untersucht wird die DNA der Mitochondrien, das sind die Kraftwerke der Körperzellen, da die über die Eizelle der Mutter an das Kind weitervererbt werden und somit auch mehrere Generationen später weitestgehend unverändert bleiben.«

»Und da jede Zelle Mitochondrien enthält, lässt sich die mütterliche Erbschaftslinie relativ einfach nachvollziehen«, nahm Paul den Faden auf. »Aber eben nur, wenn Sie Genmaterial einer Nachfahrin der angeblichen Mutter von Kaspar Hauser als Gegenprobe zur Verfügung haben.«

»Haben wir«, sagte Blohfeld bestimmt. »Die liegt von dem früheren Vergleich mit den Blutspuren aus Hausers Unterhose vor: dem Spiegel-Test.«

»Na, dann ...« Paul wartete darauf, dass Blohfeld den eigentlichen Grund seiner schlechten Laune nannte.

»Die Analyse der neuen Probe und der Vergleich mit den alten Untersuchungsergebnissen kosten zusammen zehntausend Euro – und das ist das Minimum!«

»Und? Ihr Boulevardblatt schwimmt doch spätestens seit den Verkaufserfolgen der letzten Tage in Geld«, ärgerte ihn Paul.

Blohfeld sah ihn scheel an. »Haben Sie eine Vorstellung davon, wie geizig mein Verleger sein kann? Der würde es sogar fertig bringen, mir das Geld vom Gehalt abzuziehen.«

Paul rieb sich nachdenklich das Kinn. Er dachte an Zetschke und an seine vage Vermutung, dass das Hauser-Hemd womöglich nur eine Fälschung sein könnte. »Sind Sie denn davon überzeugt, dass sich der Aufwand tatsächlich lohnt?«

Blohfeld schaute ihn mit gequältem Blick an. »Genau das ist es – ich bin es nämlich nicht. Normalerweise ist eine Genanalyse narrensicher, aber bei so altem Material? Die Zellen können beschädigt und das Genmaterial unvollständig sein. Der Blutfleck ist zwar groß und damit ergiebiger als jede andere frühere DNA-Quelle, aber ein Restrisiko bleibt trotzdem bestehen.«

»Ein Vabanquespiel also«, folgerte Paul und entschloss sich, dem Reporter von seinem Besuch in dem Devotionaliengeschäft am Trödelmarkt zu erzählen.

Blohfeld richtete sich interessiert auf, als Paul von Zetschkes lebhaftem Handel und seinen Angeboten berichtete und seine Vermutung äußerte, dass der Kaufmann einer von Henleins Belieferern gewesen sein könnte.

»Sie meinen also, wir sollten Vorsicht walten lassen?«, fragte der Reporter skeptisch.

Paul erinnerte sich, dass Blohfeld schon einmal einem Schwindel ähnlicher Art aufgesessen war und aus diesem Grund einen Spitzenjob bei einer Hamburger Illustrierten verloren hatte. Er wollte nicht mehr Salz in die Wunden streuen als nötig – dennoch hielt er es für ratsam, den Reporter zu bremsen: »Ja, das sollten wir!«

»In Ordnung«, sagte Blohfeld nach längerem innerlichen Ringen. »Ich werde diesen Zetschke und sein Treiben im Auge behalten, bevor ich den Verleger weiter löchere. Auch ohne Gentest ist die Story noch ein paar Tage haltbar und somit gut verkäuflich.« Wie aus dem Nichts zog er einen Memorystick hervor. »Könnten Sie den bitte an Ihren Rechner anschließen?«

Keine Minute später saßen beide einträchtig nebeneinander an Pauls Schreibtisch und starrten auf den großen Flachbildschirm. Blohfelds Stick enthielt mehrere, von Hand gezeichnete Bilder. Sie waren sämtlich sehr detailliert und zeugten vom sicheren Umgang mit der Feder. Es waren historische Bilder – und Paul erkannte viele von ihnen wieder.

»Die stammen von Hauser«, stellte Paul fest. »Warum zeigen Sie mir die?«

Blohfeld schmunzelte und zog eine Zigarre aus seiner Jacketttasche.

»Bitte nicht hier«, sagte Paul.

»Schade.« Blohfeld ließ die Zigarre wieder in seiner Tasche verschwinden. »Das sind Beweisfotos«, sagte er dann theatralisch. »Mordwerkzeuge, Gesichter potenzieller Täter, Details ihrer Kleidung. Das hat Hauser alles nach den ersten Anschlägen gezeichnet.«

»Bilder von beiden ersten Anschlägen?«, fragte Paul verblüfft. »Ich hatte angenommen, es gäbe nur Material über das Attentat auf der Insel Schütt.«

»Nein, auch den anderen Attentatsversuch nahm Hauser sehr ernst«, erklärte Blohfeld. »Sehen Sie hier: Im Juni 1829 warf sich in der Platnersanlage vor dem Tiergärtnertor ein Mann auf Hauser. Als sich Passanten näherten, floh er unerkannt.«

»Trotzdem noch einmal die Frage: Warum zeigen Sie mir diese Bilder?«

»Weil sie mein Trumpf im Ärmel sind«, sagte Blohfeld geheimnistuerisch. »Sollte sich die DNA-Spur als falsch erweisen, hänge ich mich an die Ermittlungen von damals.«

»Ich verstehe immer noch nicht, worauf Sie hinauswollen.« Blohfeld klickte mehrmals mit der Maustaste und ließ eine geschwungene Unterschrift auf dem Bildschirm erscheinen.

Paul konnte mühsam das Wort »Feuer« entziffern. »Ritter von Feuerbach?«, fragte er verwundert.

»Genau, Anselm Ritter von Feuerbach«, las Blohfeld betont langsam vor. »Er leitete seinerzeit die Ermittlungen, wie Sie ja wissen. Und in seinen Aufzeichnungen bin ich auf diese Bilder und jede Menge Anmerkungen gestoßen – und auf einen vielversprechenden Hinweis.« Blohfeld wartete, um die Spannung zu steigern. »Feuerbach hatte offenbar verschiedene nach den früheren Attentatsversuchen sichergestellte Materialien aufbewahrt, darunter auch Kleidungsstücke. Sie galten später als verschollen, wahrscheinlich wurden sie vernichtet.«

»Und Sie glauben, dass Henlein in den Besitz von einem dieser Beweisstücke gelangt ist«, folgerte Paul.

Blohfeld nickte bedeutsam. »Ja. Wenn Sie mit Ihrem Argwohn gegenüber diesem Zetschke falsch liegen – was ich hoffe! –, könnte Feuerbachs Wille posthum dank unserer Zeitung doch noch erfüllt und die Täter von damals überführt werden.«

»Sie sind also wirklich davon überzeugt, dass Henlein das große Los gezogen hatte?«

»Auf jeden Fall«, sagte Blohfeld entschieden. »Ich glaube, dass sich Henleins jahrelange Bemühungen schon bald ausgezahlt und die Ergebnisse einigen Staub aufgewirbelt hätten.« Blohfeld ließ sich den Memorystick zurückgeben. Bevor er ihn einsteckte, fragte er: »Sie können mir nicht zufällig ein paar Fotos von der Brünetten von vorhin draufziehen?«

Doch bevor Paul reagieren konnte, ließ er ihn wieder in seiner Hosentasche verschwinden. »Kleiner Scherz. Aber um auf

Henlein zurückzukommen: Wenn er nicht verunglückt wäre, müsste er sich jetzt überlegen, wie er sich und seine Frau vor den Folgen seiner Enthüllungen schützen könnte.«

»Meinen Sie nicht, diese Befürchtung ist etwas übertrieben?«, fragte Paul zweifelnd.

»Nein, durchaus nicht. Das Thema hat noch immer ungeheures Potenzial. Es könnte die europäische Geschichtsschreibung nachträglich verändern. Denken Sie nur an die Verbindung zur napoleonischen Linie ...«

Paul konnte sich ein Lachen nicht verkneifen. »Jetzt übertreiben Sie aber wirklich!«

Doch Blohfeld verzog keine Miene.

»Also gut«, sagte Paul schließlich, »Sie sind sicher aus einem ganz bestimmten Grund zu mir gekommen. Wie kann ich Ihnen denn nun helfen?«

Der Reporter druckste noch ein wenig herum, bevor er mit der Wahrheit herausrückte: »Ich stehe mit meiner Hauser-Euphorie trotz der guten Verkaufszahlen bei uns im Hause ziemlich isoliert da. Der Verleger will – wie gesagt – kein Geld herausrücken, und die Kollegen warten nur darauf, dass sich die ganze Sache als Windei entpuppt und ich dumm dastehe.«

»Und was habe ich damit zu tun?«

»Heute Nachmittag ist doch Henleins Beerdigung. Ich möchte nur ungern einen internen Fotografen meiner Zeitung dabei haben, sonst wird mir zu viel über die Sache gequatscht.«

»Ach, und mir trauen Sie die nötige Diskretion also zu?«, fragte Paul belustigt und geehrt zugleich.

»Ja, das tue ich«, sagte Blohfeld ernst. »Kann ich auf Sie zählen?«

Paul wollte dem Reporter nicht auf die Nase binden, dass er ohnehin dorthin gegangen wäre, stattdessen erklärte er voller Inbrunst: »Ich bin Ihr Mann. Die Aufnahmen müssen mir aber mindestens den Verlust der Shootinggebühr wettmachen.« Er hielt ihm die Hand hin.

»Einverstanden«, sagte Blohfeld und schlug ein. »Ach, fast hätte ich es vergessen: die aktuellste Ausgabe!« Damit knallte er Paul ein Exemplar der Boulevardzeitung auf den Tisch.

14

Paul las konzentriert den Artikel:

»Hausers Bluthemd: Untersuchungen beunruhigen Adelskreise«, lautete die – wie üblich überspitzt formulierte – Überschrift. »Zwar gestalten sich die gentechnischen Analysen des Blutflecks auf einem Hemd des berühmten Findelkindes Kaspar Hauser (wir berichteten) als sehr zeitintensiv, doch sind die laufenden Untersuchungen auch Nährboden für vielfältige Spekulationen. In Adelskreisen ist man dem Vernehmen nach bereits besorgt, steht doch auf dem Spiel, dass mit der Aufklärung von Hausers Herkunft ein auf höchster Ebene ersonnenes, historisches Mordkomplott aufgedeckt werden könnte.

Bereits der damalige Fahnder im Fall Hauser, Gerichtspräsident Anselm Ritter von Feuerbach, hatte auf eine verdächtige Entwicklung im Hause Baden hingewiesen. Der Kriminologe hatte in verschiedenen Stammbüchern geforscht und Fälle von plötzlichem Kindstod in europäischen Fürstenhäusern untersucht. Dabei war er sehr schnell auf das Haus Baden aufmerksam geworden: In Karlsruhe regierte zu Hausers Lebzeiten bereits seit Generationen das Geschlecht der Zähringer über das wohlhabende Großherzogtum. Am 29. September 1812 wurde im Karlsruher Schloss ein Junge geboren. Fürstin Stephanie de Beauharnais erholte sich nur sehr langsam von der schweren Geburt. Die Freude über den Erbprinzen und potenziellen Nachfolger von Großherzog Karl von Baden sollte nicht lange währen, in der Nacht zum 16. Oktober erkrankte der Säugling plötzlich und verstarb, noch nicht einmal drei Wochen alt.«

Paul sah nachdenklich auf. Inzwischen kannte er viele Details der Hauser-Story und wurde bei neuen Einzelheiten jedes Mal wieder misstrauisch.

»Die Kinderleiche wurde in der Familiengruft, der Pforzheimer Schlosskirche von Sankt Michael, beigesetzt. Doch lag in dem Kindersarg wirklich der Erbprinz? Feuerbach hegte Zweifel und stellte den Verdacht auf, dass ein heimlich untergeschobenes, sterbenskrankes Kind die Rolle des Thronfolgers übernommen hatte. Der echte Zähringer-Spross dagegen sei klammheimlich in die Verbannung geschickt worden, damit die Karten für die Thronfolge neu gemischt werden konnten.

Ein stichhaltiges Motiv hätte die als besonders ehrgeizig geltende Gräfin Luise von Hochberg haben können: Ihre Ehe als zweite Frau des Markgrafen Carl Friedrich war nicht standesgemäß, daher hatten ihre Söhne auch keinen Anspruch auf den Thron. Es sei denn: Es gäbe keine männlichen Nachkommen aus erster Linie. Seltsamerweise starben alle männlichen Erbfolgeberechtigten der Zähringer-Linie – insgesamt sieben Tote aus vier Generationen! Mit dem Ausschalten von Hauser – so Feuerbachs Hypothese – war der Weg endlich frei für die Hochberg-Linie und Luises Sohn Leopold. Dieser konnte 1830 auch tatsächlich den Thron besteigen.

Der kürzlich bei einem Verkehrsunfall verstorbene Nürnberger Hauser-Forscher Franz H. war bekennender Anhänger dieser Theorie. Eine Überprüfung von Feuerbachs These blieb H. allerdings – wie anderen Hauser-Experten auch – verwehrt: Das Haus Baden lässt noch immer keine Untersuchungen in der Familiengruft zu ...«

Paul hatte den Artikel noch nicht zu Ende gelesen, doch ein Blick auf seine Armbanduhr mahnte ihn, dass es an der Zeit war. Er musste sich schleunigst in seinen inzwischen viel zu engen, schwarzen Anzug zwängen.

15

Paul näherte sich der Trauergemeinde zögerlich. Am Nachmittag war der Himmel merklich zugezogen – als wollte er die angebrachte, eher düstere Atmosphäre für die Trauerfeier schaffen. Auf Friedhöfen fühlte sich Paul immer unwohl und konnte sie nicht unbefangen betreten. Selbst eine Anlage von parkähnlicher Größe wie der Südfriedhof beeinträchtigte seine Stimmung erheblich.

Seine Kamera hielt er unter dem Mantel verborgen. Er würde sie erst hervorholen, wenn er entweder einen unauffälligen Platz zwischen den Trauernden oder, wenn dies nicht möglich sein sollte, hinter einem Baum gefunden hatte.

Ungefähr zwei Dutzend Gäste hatten sich an dem noch offenen Grab eingefunden. Frau Henlein stach mit ihren hellen Haaren, die unter ihrem durchsichtigen Trauerflor leuchteten, aus der Menge heraus. Sie hatte ihren drallen Körper in ein knappes schwarzes Kostüm gezwängt und trippelte unruhig von einem Fuß auf den anderen.

Die anderen Trauernden kannte Paul nicht namentlich, aber einige Gesichter kamen ihm bekannt vor. Blohfeld, der wie angekündigt auch anwesend war, hatte sich einen Platz nahe dem Pfarrer gesucht und bemühte sich ungeschickt, seinen Notizblock zu verbergen.

Der Pfarrer – Paul stutzte überrascht: Der Mann war eindeutig jenseits der Pensionsgrenze. Er war ein groß gewachsener Herr im schwarzen Talar und trug sein volles, weißes Haar auf der linken Seite gescheitelt. Sein Gesicht war kantig.

Vorsichtig zog Paul seine Kamera unter dem Mantel hervor und begann zu fotografieren.

»Im festen Glauben«, tönte der Pfarrer, »hoffen wir auf die Verheißung deines eingeborenen Sohnes, der gesagt hat: Ich bin die Auferstehung und das Leben. Jeder, der im Glauben an mich lebt, wird nicht sterben in Ewigkeit ...« Er setzte seine

Trauerrede, die er – soweit Paul wusste – bereits in der Kapelle begonnen hatte, fort, während Mitarbeiter des Bestattungsinstituts mit pietätvoller Gemächlichkeit damit begannen, den Sarg in die Grube abzusenken.

»Wir haben uns hier versammelt, um Abschied zu nehmen. Abschied von einem besonderen Mann – einem Mann mit ungewöhnlicher Biografie ...«

Paul machte Aufnahmen von der Witwe und den weiteren Trauergästen.

»... durch die heilige Taufe werden wir in die Gemeinschaft der Gläubigen aufgenommen. Franz Henlein war ein Kind Gottes, das zeitlebens darüber besorgt gewesen war, dass es die kostbare Zeremonie der Taufe erst in so späten Jahren erfahren konnte – denn Franz Henlein war eine Waise unbekannter Herkunft. Doch ich sage euch, liebe Trauergemeinde, diese Sorge war unberechtigt. Der Herr, unser Hirte, hatte Franz Henlein in seiner Güte von Beginn an aufgenommen ...«

Paul lichtete den Sarg ab und schwenkte dann auf den Pfarrer.

»... Es war mir vergönnt, diesen außergewöhnlichen Mann seit Kindheitstagen begleiten zu dürfen. Es begann in den gnadenlosen Nachkriegsjahren – die Jahre unserer schweren Prüfung: Er war ein Heranwachsender, der nach Orientierung und Halt suchte, und ich ein junger Vikar, ebenfalls unfertig und als von Gott zu formendes Individuum, einer hoffnungsvollen Zukunft gegenüberstehend. Wir beide konnten uns in unseren Gedanken, unseren Bestrebungen und unserem Wirken befruchten und bestärken. Ich hatte – mit Gottes Hilfe – dazu beigetragen, die ungnädige Kluft in seinen Erinnerungen zu überwinden. Doch ein Wermutstropfen blieb für immer: Trotz vereinter Kräfte gelang es uns nie, das Vergessene zurückzuholen. Aber Franz Henlein hat dennoch nie mit seinem Glauben gehadert ...«

Paul zoomte näher an den Geistlichen heran. Die vielen Falten in seinem Gesicht ließen Paul vermuten, dass der Pfarrer noch älter war, als er zunächst angenommen hatte. Siebzig, fünfundsiebzig Jahre, vielleicht sogar um die achtzig. Andererseits wirkte er noch sehr rüstig.

»... Henlein war ein Opfer des Krieges. Über sechzehn Millionen der heute lebenden Deutschen stammen aus den Jahrgängen 1927 bis 1948. Dreißig Prozent von ihnen wurden durch die Kriegserlebnisse traumatisiert, sagen die Psychologen. Die meisten wuchsen auf, ohne ihr Leid mit Hilfe von Eltern oder anderen Bezugspersonen aufarbeiten zu können. Henlein erging es noch schlimmer – ihm war es nicht einmal vergönnt, um seine wahrscheinlich in einer Bombennacht oder auf der Flucht getöteten Eltern trauern zu können. Aufgrund seiner Amnesie blieb ihm nicht einmal die Erinnerung an sie ...«

Dann entdeckte Paul zu seiner Überraschung einen alten Bekannten: volles rundes Gesicht, mit schwarzem Pferdeschwanz. Das war unverkennbar Hannes Fink, der Pfarrer von St. Sebald! Paul hatte seinen Freund und Nachbarn seit Längerem nicht gesehen, und mit der Aussicht, ihn nach der Trauerfeier sprechen zu können, besserte sich seine trübe Stimmung spürbar.

»... Was hieß es denn, eine Waise im zerstörten Nürnberg zu sein?«, fragte der alte Pfarrer rhetorisch in die Trauergemeinde. »Fast die Hälfte aller Kinder hatte in den Nachkriegsjahren kein eigenes Bett, ihre Freizeit verbrachten sie in Ruinen: Die Schuttberge und Bombentrichter waren ihr riesiger Abenteuerspielplatz. In der Zeit des Mangels und der Not war für Trauerarbeit kein Platz – und vielleicht war das sogar ein Segen, ein Glück für den jungen Franz ...«

Paul beobachtete, wie Fink seine Hände knetete. Offenbar fühlte er sich auf einer Beerdigung unwohl, bei der nicht er das Sagen hatte, sondern sein betagter Kollege:

»... Halten wir uns darum vor Augen: Die persönliche Trauer um seine Angehörigen blieb Franz Henlein zeitlebens verwehrt – wir aber können nun um ihn trauern. Um einen warmherzigen und gütigen, um einen zielstrebigen und fleißigen Menschen, um einen aus tiefstem Herzen gläubigen Protestanten ...«

Paul umrundete die Trauergemeinde, um die Perspektive seiner Fotos zu variieren. Bis auf die letzten Sätze, die der alte Pfarrer murmelte, während die Bestatter den Sarg in die Gruft hinabließen, bekam er vom Rest der Predigt kaum noch etwas mit:

»Nur Gott allein weiß um das Geheimnis seiner Herkunft. Und er wird sich seiner annehmen: Die Gerechten werden ewig leben und bei dem Herrn ihren Lohn haben.« Der Pfarrer ließ salbungsvoll seine Hand über das Grab hinweggleiten. »Gott wird abwischen die Tränen von ihren Augen, und der Tod wird nicht mehr sein, noch leid, noch Geschrei, noch Schmerz wird mehr sein, denn das Erste ist vergangen. So vertrauen wir Franz Henlein Seiner barmherzigen Liebe an und übergeben seinen Leib der Erde. Erde zu Erde, Asche zu Asche, Staub zu Staub. Lass uns nicht vergessen, dass wir sterbliche Menschen sind. Amen.«

Die Witwe war die erste, die eine Blume in das Grab warf. Gleich darauf wandte sie sich ab und eilte im Kreise einiger gleichaltriger Frauen schluchzend davon, dicht gefolgt vom alten Pfarrer. Während die anderen Trauernden noch am offenen Grab standen, begannen die Friedhofsmitarbeiter schon damit, die Grube mit Erde zu füllen.

Paul hielt nach seinem Freund Hannes Fink Ausschau und erwischte ihn gerade noch, als er im Begriff war, mit den anderen Trauergästen fortzugehen:

»Hannes, warte!«, rief Paul.

Der korpulente Pfarrer drehte sich um. »Paul?«

»Hallo.« Paul lächelte ihn an. »Lange nicht gesehen. Was suchst du denn auf einer Beerdigung, die einer deiner Konkurrenten hält?«

»Ach was«, tat Fink die Sache erheitert ab. »Pfarrer Hertel zählt nicht zur Konkurrenz. Gottfried und ich sind seit vielen Jahren gute Bekannte.«

»Hertel?« Langsam dämmerte es Paul.

»Genau«, nickte Fink. »Gottfried Hertel, der ehemalige Pfarrer von St. Lorenz.«

»Also doch ...«, witzelte Paul.

»Aber nein«, tadelte ihn Fink und ließ beim Kopfschütteln seinen Pferdeschwanz schwingen. »Der gute Gottfried ist längst nicht mehr in Amt und Würden. Bis auf seltene Ausnahmen, so wie diese. Für die Familie Henlein hat er viel getan: Er war die gute Seele des Paares.«

Auf Pauls interessierten Blick hin ergänzte Fink: »Henlein war ein Nichts in den Nachkriegswirren. Eine Waise unter hunderten. Hertel hat sich seiner aus Nächstenliebe angenommen. Er half ihm, über die schweren Anfangsjahre hinwegzukommen. Und diese Bindung hat all die Zeit überdauert.«

Paul hätte gern länger mit Fink geplaudert, aber Blohfeld machte ihm einen Strich durch die Rechnung. Unsanft stieß ihn der Reporter in die Rippen. »Ich bin gerade angepiepst worden«, zischte er.

»Und ich unterhalte mich«, entgegnete Paul, verärgert über die Unterbrechung.

»Dann beenden Sie eben die Unterhaltung«, befahl Blohfeld.

Ehe Paul Einwände äußern konnte, fuhr er fort:

»Wir haben einen neuen Auftrag. Einen Mord. Im Germanischen Nationalmuseum!«

Paul spürte die Zornesröte in sich aufsteigen. Würde er Blohfeld und seine Macken nicht so genau kennen, hätte er ihm gehörig die Leviten gelesen. So aber beließ er es bei einem wütenden Blick und einem entschuldigenden Achselzucken in Richtung Fink, der mit einsichtigem Lächeln nickte, so dass sich Paul Blohfeld ohne schlechtes Gewissen anschließen konnte. Eilig verließen sie den Friedhof.

»Was denn für ein Mord? Und warum ausgerechnet im Germanischen Nationalmuseum?«, fragte Paul gehetzt.

»Warum denn nicht im Museum?«, entgegnete Blohfeld

schnodderig. »Im GNM zu sterben, ist doch nicht die schlechteste Wahl.«

»Sehr witzig. Wissen Sie schon, wer der oder die Tote ist?«

»Ein Mitarbeiter des Museums«, keuchte Blohfeld beim Laufen.

16

Sie stellten den Wagen im Parkhaus Sterntor ab und hatten es nun eilig, zum Germanischen Nationalmuseum zu gelangen. Der Tag war inzwischen weit vorangeschritten, und die Sonne begann, hinter den Giebeln zu verschwinden. Paul und Blohfeld durchquerten die von weißen Säulen umsäumte Straße der Menschenrechte und gingen direkt auf das gläserne Entree des Museums zu. Mehrere Polizeifahrzeuge und zwei Krankenwagen standen zwischen den Säulen, bei einigen blitzten noch die Blaulichter.

Blohfeld hielt einem Uniformierten am Eingang seinen Presseausweis unter die Nase, worauf sie durchgewinkt wurden.

»Haben die Ihnen schon irgendwelche Details genannt?«, wollte Paul wissen, als sie die riesige Empfangshalle betraten. Das moderne, ganz in weiß gehaltene Foyer erstreckte sich über mehrere Stockwerke und wurde von einem Glasdach abgeschlossen, das sich in kühnem Bogen über die Halle spannte. In dem Raum standen sorgsam platzierte, matt silberne Pflanzenkübel und ein Ensemble farbenfroher Designersofas. Ein Blickfang in knalligem Gelb, Blau und Rot.

Auf dem roten Sofa entdeckte Paul eine Frau mit langen blonden Haaren, die offenbar in ein Telefongespräch vertieft war und ihnen den Rücken zuwandte.

Ohne Blohfelds Antwort abzuwarten, ließ er ihn stehen und ging geradewegs auf das Sofa zu.

»Hallo«, sagte er, als sie ihr Handy beiseite gelegt hatte.

Katinka erhob sich von dem Ledersofa. »Wenn ich Zynikerin wäre, würde ich jetzt sagen: Der Tote ist noch nicht einmal ganz kalt, aber die Presse ist schon da.« Bevor Paul oder der hinter ihm stehende Blohfeld überhaupt etwas fragen konnte, hob Katinka schon abwehrend die Hände: »Keine Chance. Ich kann euch da nicht hineinlassen. Hier hat jemand eine ziemlich große Sauerei angerichtet. So etwas ist mir in all meinen Nürnberger Jahren nicht untergekommen. Euren Lesern könnt ihr ein solches Bild jedenfalls nicht zumuten.«

Paul spürte genau, wie erregt und nervös Katinka war. Offenbar hatte sie Schlimmes gesehen, und Paul verstand nur zu gut, dass sie den Tatort vor der Öffentlichkeit abschirmen wollte.

»Jetzt seien Sie mal nicht allzu übereifrig. Überlassen Sie ruhig uns die Entscheidung darüber, was man der Öffentlichkeit zumuten kann und was nicht«, mischte sich Blohfeld in belehrendem Tonfall ein. »Wir haben das Recht auf Berichterstattung – und Sie übrigens die Pflicht, uns bei unserer Arbeit zu unterstützen.«

»Das ist Auslegungssache«, sagte Katinka scharf und verschränkte die Arme.

»Keineswegs. Muss ich Sie etwa daran erinnern, dass die Pressefreiheit im Grundgesetz verankert ist?«

»Jede Freiheit hat ihre Grenzen!«

»Stopp!« Paul hob schlichtend die Hände und stellte sich zwischen die beiden Streithähne. »Könnte mich vielleicht mal jemand darüber aufklären, worum es hier eigentlich geht?«

Katinka funkelte Blohfeld noch einige Momente böse an, dann sagte sie in ihrer professionellen Staatsanwältinnen-Stimme: »Ein Angestellter des Museums ist auf sehr bizarre Weise ums Leben gekommen. Man hat ihn inmitten einer Blutlache im Waffensaal aufgefunden. Er wurde mit einem Schwert aus dem 16. Jahrhundert getötet, und das Ganze ist – wie gesagt – überaus unappetitlich.«

Blohfeld blickte auf die Uhr. »Es ist gerade erst halb sieben. Das Museum schließt um achtzehn Uhr, das heißt, der Mord ist während der Öffnungszeit geschehen. Gibt es Zeugen?«

Katinka schien mit sich zu ringen, ob sie dem Reporter zu diesem frühen Zeitpunkt der Ermittlungen weitere Details preisgeben sollte. »Nein, die Waffenkammer schließt bereits um siebzehn Uhr. Normalerweise wären danach im kompletten Osttrakt die Alarmanlagen aktiviert und die Feuertüren geschlossen worden. Aber der Tote –«, sie kramte nach ihrem Notizblock, »ein gewisser Dr. Helmut Sloboda – hatte in der Sicherheitszentrale darum gebeten, die Alarmanlage heute erst später einzuschalten. Niemand weiß warum.«

»Also kein Publikumsverkehr mehr – das bedeutet, er war allein mit dem Killer«, folgerte Blohfeld und stellte dann die nahe liegende Frage: »Gibt es Kameraaufzeichnungen?«

»Soweit wir bisher wissen nicht. Die Videoüberwachung ist auf die besonders wertvollen Exponate beschränkt.«

»Na dann: Viel Spaß bei der Mördersuche!«, sagte Blohfeld und wandte sich zum Gehen um.

»Eins noch«, sagte Paul zu Katinka, »was für eine Funktion hatte dieser Sloboda im Museum? Wachmann?«

»Ein Wachmann mit Doktortitel? Nein, Sloboda war wissenschaftlicher Mitarbeiter, Heraldiker.«

»Was für ein Allergiker?«, fragte Blohfeld.

»Heraldiker, das heißt Wappenforscher«, belehrte ihn Paul.

»Ja, weiß ich natürlich. Die Frage war auch nicht ernst gemeint«, nuschelte Blohfeld verschnupft und steuerte auf den Ausgang zu.

»Sie gehen in die falsche Richtung«, rief Paul, als er Blohfeld in der Straße der Menschenrechte einholte, »zum Parkhaus müssen wir nach links.«

»Ich dachte, Ihre Lieblingsstaatsanwältin wäre längst in Berlin«, zog Blohfeld Paul auf und ging unbeirrt weiter. »Kann sie den Museumsmord nicht ihrem hoffentlich weniger komplizierten Nachfolger überlassen?«

»Wohin gehen Sie?« Paul musste sich beeilen, um mit Blohfelds Tempo mithalten zu können, und ärgerte sich, dass auch er anscheinend schon von Katinkas Jobwechsel wusste.

Blohfeld öffnete die Tür des alten Hauptportals vom historischen Teil des Museums, der heute – soweit Paul wusste – nur noch als Personaleingang genutzt wurde. Sie standen in einer Pförtnerloge, in der es nach kaltem Kaffee und scharfem Reinigungsmittel roch.

»'n Abend, Schorsch«, grüßte Blohfeld den Pförtner und sagte in schnodderigem Ton, »wir sind wegen eures Toten hier. Der in der Waffenkammer.«

Der Pförtner tippte an den Schirm seiner blauen Kappe. Sein runzliges Gesicht verzog sich zu einem Grinsen: »Victor! Wie geht es dir? Du warst aber schon lange nicht mehr zum Karteln hier.«

»Immer im Stress«, sagte Blohfeld lässig, »lässt du uns rein, Schorsch?«

Der Pförtner stieß den neben ihm sitzenden jungen Kollegen an: »Heinz, du führst die beiden zur Waffenkammer«, befahl er und wandte sich dann noch einmal augenzwinkernd Blohfeld und Paul zu, »aber lasst ja nichts mitgehen.«

Sie passierten einige wirr verlaufende Gänge und gelangten dann in die menschenleeren Ausstellungsräume der Früh- und Vorgeschichte. Heinz legte ein strammes Tempo vor, und so bogen sie nur wenig später in den klösterlichen Kreuzgang ein, in dem die Deckenbeleuchtung ausgeschaltet war. Nur das schwächer werdende Tageslicht, das durch die hohen schmalen Fenster auf die an den Wänden aufgehängten, sandsteinernen Grabdenkmäler fiel, ließ sie ihren Weg finden.

Der Pförtner erwies sich als wortkarger Mann, bis sie im Übergangsbereich zum Osttrakt einem Polizisten begegneten, dem er kurz, knapp und sehr entschieden erklärte, dass er zwei Pressevertreter zum Tatort führe, um dann schnell weiterzugehen.

Das Gleiche wiederholte sich an der gläsernen Flügeltür, die zur Waffenabteilung führte. Ohne Schwierigkeiten ließ man sie durch. Anscheinend hatte Katinka nur die am Haupteingang postierten Aufpasser instruiert, niemanden reinzulassen, reimte sich Paul zusammen.

In dem großen hohen Raum der Waffenkammer bot sich ihnen eine eigentümliche, beinahe gespenstische Szenerie: In den zahlreichen Vitrinen und Schaukästen erkannte Paul im Vorbeigehen Hellebarden, vierkantige Panzerstecher, Waidbestecke und allerlei scharfkantige Gegenstände, von denen er lieber gar nicht so genau wissen wollte, zu was sie einmal gedient hatten. Auf einer Seite standen Ritter in voller Montur. Dominiert wurde die Gruppe von einem Rittersmann in silbern glänzender Rüstung. Er saß auf einem weißen, zum Teil gepanzerten Pferd und hielt in der Rechten – angriffslustig nach vorn gerichtet – eine Lanze. Die letzten Sonnenstrahlen spiegelten sich in den großen Glasfronten des Museums, fanden ihren Weg durch die oberen Fenster in den Saal und zeichneten die Silhouette des Reiters als riesigen schwarzen Schatten auf den marmornen Bodenplatten nach.

Wenige Meter von den Rittern entfernt waren auf dürren Klappstativen Scheinwerfer aufgebaut worden, die ein Karree von rund drei mal drei Metern ausleuchteten. Im Lichtschein lag der Körper eines fülligen Mannes von etwa fünfzig Jahren. Seine Beine und Arme waren weit auseinandergespreizt, die Kleidung seines Oberkörpers bestand nur noch aus Fetzen. Darunter waren mehrere tiefe Schnittverletzungen zu erkennen. Das schlimmste Bild aber bot sein Gesicht: blutüberströmt, mit qualvoll verdrehten Augen.

»Los jetzt!« Blohfeld stieß Paul an.

Paul schaute sich nach den Kripobeamten um, die sich offenbar zu einer Lagebesprechung in einen anderen Teil des großen Saals zurückgezogen hatten. Er griff nach seiner Kamera und trat widerwillig näher heran.

Als er durch sein Objektiv blickte und an den Toten heranzoomte, erkannte er das wahre Ausmaß der Verletzungen. Entsetzt stellte er fest, dass die Ränder der Wunden stark ausgefranst waren. Mindestens fünf Mal hatte der Täter zugestochen und das allein am Oberkörper. Ein Gemetzel!

Offensichtlich war die Tatwaffe nicht besonders scharf gewesen, denn nur so konnte sich Paul das brachiale Vorgehen des Täters und die Art der Verletzungen erklären. In schneller Folge machte Paul zwanzig Fotos.

Die Bestätigung für seine Annahme fand Paul unmittelbar neben dem Körper des Toten, als er den am Boden Liegenden halb umrundet hatte. Auf dem Marmor funkelte ein langes schlankes Schwert mit silberner Schneide und dunkel angelaufenem Metallgriff. Die Spitze der Klinge war auf einer Seite stärker verjüngt als auf der anderen, so dass sie die Form eines Widerhakens bildete. Als Paul mit seinem Teleobjektiv näher heranfuhr, erkannte er fein ziselierte Gravuren auf dem stumpfen Klingenblatt. Mehrere altertümlich gekleidete Personen waren dargestellt, dazu rankende Blumenmuster und Wappen. Er schoss von der kompletten Tatwaffe sowie den einzelnen Details Fotos.

Dann bemerkte er zwei Schritte rechts neben dem Toten eine leere Standvitrine, die weit geöffnet war. Ein Schlüsselbund, wohl der des Toten, steckte im Schloss. Paul folgerte daraus, dass das Schwert in der Vitrine ausgestellt gewesen war, und warf einen Blick auf eine danebenstehende Informationstafel:

»Schwert. Einschneidige Klinge mit Ätzungsarbeiten. Gefäß Eisen, geschwärzt«, las er leise. »Nürnberg nach 1534. Stilisierte Darstellungen biblischer Szenen. Das Bildprogramm der Vorderseite ist dem 10. Kapitel der Sprüche Salomos (Vers 4–7) entnommen. Grotesken als ornamentartiges Dekor auf der Rückseite. Trägt die Wappen der Patrizierfamilien.« Weiter unten war ein zusätzlicher Hinweis vermerkt: »Das Schwert ist vermutlich als Geschenk der Patrizierfamilien für Ottheinrich von der Pfalz geschaffen worden, der sich ab 1542 offen zu den Lehren Luthers bekannte.«

Wieder betätigte Paul den Auslöser der Kamera, um den Text abzulichten. Durch die Beschreibung des Schwertes aufmerksam geworden, ging er noch einmal zurück und beugte sich dicht über die Waffe. Tatsächlich erkannte er neben etlichen bildlichen Darstellungen auch einzelne Verse:

»DEN SEGEN HAT DAS HAUPT DES GERECHTEN«, las er. Dann entzifferte er mit Mühe einen weiteren, schwer leserlichen Satz:

»ABER DER MUND DES GOTLOSEN WIRT IR FREVEL UBERFALLEN – DAS GEDAECHTNIS DER GERECHTEN BLEIBT IM SEGEN.«

Abermals machte Paul eine Aufnahme. Als er sich nach Blohfeld umwenden wollte, stellte er fest, dass er seinen Fuß nicht heben konnte, und schaute nach unten. Sein Schuh klebte fest, als wäre er auf einen großen Kaugummi getreten. Doch es war kein Kaugummi, der ihn am Gehen hinderte, sondern eine siruparttige rote Flüssigkeit.

Angewidert machte Paul einen Satz zur Seite. »Igitt!«

Blohfeld reichte ihm kommentarlos ein Papiertaschentuch.

»Eine schöne Tatwaffe, nicht wahr?«, raunte ihm der Reporter zu. »Damit hat sich der Metallstecher seinerzeit richtig Mühe gegeben.«

»Ja«, sagte Paul gequält, als er sich das Blut von der Sohle zu wischen versuchte, »nur leider hat das Opfer davon nicht viel gehabt. Im Gegenteil. Dieses Zierschwert taugt nicht zur Waffe. Der Mörder musste seine ganze Kraft verwenden – so wie es aussieht, hatte der arme Dr. Sloboda einen langen Todeskampf.«

Plötzlich kam in die Gruppe der Kripobeamten Bewegung. Zwei von ihnen steuerten auf Paul und Blohfeld zu.

»Verschwinden wir«, sagte der Reporter rasch. »Wir sind fertig.«

17

Ein köstlicher Duft stieg ihm im schmalen Eingangsbereich des *Goldenen Ritters* in die Nase. Paul sah sich nach Marlen um, doch das urige Lokal war vollgestopft und die Kellnerin sicher schwer beschäftigt.

Also ging er direkt durch die Galerieräume bis in die Küche, in der es aus einem halben Dutzend Töpfen gleichzeitig dampfte. Jan-Patricks Herd hatte die Ausmaße eines kleinen Panzers, und Paul fragte sich nicht zum ersten Mal, wie dieses Monstrum eigentlich in die enge Küche gelangt war, ohne dass dafür eine Wand eingerissen werden musste. Sein Freund wirbelte geschäftig durch sein Reich, hantierte mit Pfannen aus schwerem Gusseisen und Kupfer und nahm frische Zutaten aus einem der beiden riesigen Kühlschränke aus poliertem Stahl, um gleich darauf zu der Marmorplatte zu eilen, auf der er gerade parallel zu diversen Vor- und Hauptspeisen vielversprechend aussehende Teigwaren zubereitete.

»Hallo, Jan-Patrick«, rief Paul in das Chaos.

Der Küchenmeister wandte sich von der Arbeitsplatte ab und gab einem Küchengehilfen einen Wink, damit dieser seine Arbeit übernahm. Im Gehen griff er nach einer Flasche und zwei Gläsern.

»Musst du mich ausgerechnet immer dann besuchen, wenn ich am meisten zu tun habe?«, fragte Jan-Patrick mit aufgesetztem Vorwurf im Blick. »Na ja, so habe ich wenigstens einen Anlass für eine Pause. – Du trinkst doch einen Sherry mit, oder?«

Paul nickte. »Aber nur einen kleinen. Ich habe heute Abend noch viel am Computer zu tun«, erklärte Paul und berichtete stichwortartig von dem Mord im Museum. »Einige Bilder hat Blohfeld gleich für die aktuelle Ausgabe mitgenommen, aber die große Masse muss ich heute Nacht wohl noch herunterladen und bearbeiten.«

»Und da wolltest du dir eine kleine Auszeit gönnen und nach kulinarischer Abwechslung suchen«, folgerte der Koch, als er eingoss. Jan-Patricks Gesichtsausdruck – betont durch den stets braunen Teint und die tiefen Falten um Mund und Augen – verriet seine große Zuneigung zu seinem Freund und Nachbarn Paul.

»Besser hätte ich es beim besten Willen nicht ausdrücken können«, sagte Paul, während er sich demonstrativ in der Küche umsah. »Hast du dir schon wieder etwas Neues für die Karpfensaison ausgedacht?«

Jan-Patrick nickte zufrieden und grinste Paul über seine kräftige Nase hinweg an: »Diesmal habe ich den Karpfen in ein First Class-Menü integriert. Ich gebe zu, ein bisschen gewagt für so einen proletarischen Fisch, aber die ersten zufriedenen Gästestimmen hat Marlen bereits eingesammelt.«

»Schieß los!«, forderte ihn Paul neugierig auf.

Der Koch schob seine Ärmel zurück. »Zunächst eine Terrine von Taubenbrust und Wachtel mit Frankenweingelee. Das ist die kleine, aber feine Einstimmung. Dann der große Auftritt für unseren geschuppten Freund: Karpfenfilet auf Steinpilzrisotto mit Tomaten-Basilikumjus.« Er blickte seinen Freund erwartungsvoll an.

»Das klingt tatsächlich ziemlich gewagt«, sagte Paul und wiegte den Kopf.

»Es ist eben ein Experiment«, räumte der Küchenmeister ein. »Ich möchte den Karpfen aus der bodenständig deftigen Ecke herausholen und ihn in die Nouvelle Cuisine einführen.« Auf Pauls zweifelnden Blick hin ergänzte er: »Und für die hartnäckigen Skeptiker gibt es sogar einen karpfenfreien Zwischengang: Crepinette vom Lammrücken mit weißem Bohnenpüree und Kartoffelgratin. – Nun zufrieden?«

Paul zwinkerte seinem Freund zu. »Natürlich, wie immer. – Darf ich probieren?«

»Natürlich, wie immer. Und wie immer bist du eingeladen.«

Die beiden setzten sich an einen kleinen Tisch, der in unmittelbarer Nähe zur Küche am Ende des schlauchförmigen Restaurants stand. Die Tischbeine waren unterschiedlich lang und daher mit zusammengefalteten Bierdeckeln ausbalanciert worden.

Als die Vorspeise vor ihm stand und er sich die Terrine auf der Zunge zergehen ließ, rechnete Paul fest damit, dass ihn Jan-Patrick wegen des Mordes ausfragen würde. Doch überraschenderweise wählte er ein völlig anderes Thema:

Mit verlegenem Blick zog der Koch einen gefalteten Zettel aus seiner Hosentasche und beugte sich vor: »Du hast doch viel mit Zeitungen zu tun, kennst dich also aus.« Er schob den Zettel über den Tisch. »Lies das mal und sag, ob man das so schreiben kann.«

Paul entfaltete das Blatt, las die wenigen und reichlich unbeholfen formulierten Zeilen und stutzte. Er sah Jan-Patrick grinsend an: »Ist das wirklich das, was ich denke? Der Entwurf für eine Kontaktanzeige?«

Der Koch sah sich nach den anderen Gästen um und signalisierte Paul, leiser zu sprechen. »Pst! Es wäre nett, wenn du mir ein bisschen bei den Formulierungen helfen könntest. Meinst du, ich sollte bei den Eigenschaften ›humorvoll‹ hinzufügen? Frauen mögen es doch, wenn man sie zum Lachen bringt.«

»Aha, mögen sie das?«, fragte Paul mit unüberhörbarer Ironie. »Männer lachen übrigens auch gern. Und deshalb möchte ich sofort von dir hören, dass diese Anzeige nur ein Scherz ist.«

Der Küchenmeister sah ihn etwas verärgert an. »Nein, Paul, es ist mir Ernst damit.«

Paul legte seine Gabel beiseite und musterte Jan-Patrick. In seiner weißen Schürze und nach einem langen Tag hinterm Herd sah er noch immer frisch und unternehmungslustig aus. Er war nicht groß, nicht besonders kräftig gebaut, aber er hatte Charme. Und durch sein selbstsicheres Auftreten hatte er – soweit Paul wusste – auch nie Probleme damit gehabt,

Frauen kennenzulernen. Einige Enttäuschungen waren da allerdings inklusive gewesen.

»Hängst du noch immer Verena nach?«, mutmaßte Paul, der darin die einzige Erklärung für das seltsame Vorgehen seines Freundes sah. Verena, eine Kellnerin, war mehrere Jahre seine Freundin gewesen, bevor er sie sich vom früheren Tourismusamtsleiter der Stadt hatte ausspannen lassen. Das war mittlerweile zwar ein alter Hut, aber bei Jan-Patrick offenbar noch immer nicht vergessen.

»Es geht überhaupt nicht um Verena«, winkte der Koch entschieden ab. »Ich war inzwischen ja nicht ganz untätig – aber all meine Versuche, eine neue Beziehung aufzubauen, scheitern, weil die Frauen einfach andere Erwartungen haben als ich.« Er lehnte sich in seinem Stuhl zurück und atmete tief durch. »Ich bin ein angesehener Wirt, bei mir verkehrt Nürnbergs feine Gesellschaft, schön und gut, aber was habe ich persönlich davon? Die ein oder andere Einladung zum Golfspielen und ab und zu die Bekanntschaft einer sexuell frustrierten Geschäftsfrau oder Unternehmergattin.«

»Warum so bissig?«

»Weil ich die Nase gestrichen voll habe von meinem aufgezwungenen Single-Dasein. In unserem Alter sollte es einem doch endlich gelungen sein, die Frau fürs Leben gefunden zu haben, meinst du nicht auch?«

»Aber doch nicht auf diesem Weg.« Paul schob Jan-Patrick den Zettel zurück. »Kann es vielleicht sein, dass deine Probleme bei der Partnersuche ganz woanders liegen? Hast du Angst davor?«

»Angst vorm Sex?«, fragte der Koch beinahe entrüstet.

»Nein – vorm Verlieben.«

Jan-Patrick sah ihn ebenso überrascht wie nachdenklich an. Nach einer Pause sagte er ernst: »Wahrscheinlich hast du recht. Wer einmal verletzt wurde, so wie ich, der scheut vor zu großen Gefühlen zurück. Vielleicht schiebe ich ja andere Dinge sogar vor, um mich nicht binden zu müssen.«

Er schlug mit der geballten Faust auf den Tisch. Kräftig, aber leise, damit seine Gäste es nicht mitbekamen. »Wahrscheinlich verbaue ich mir mit meiner blöden eigenen Verbohrtheit die Zukunft. – Wir sind doch ein Jahrgang, Paul. Wir waren einige Jahre zusammen auf der Schule und immer gute Freunde.« Ein zuversichtliches Lächeln breitete sich auf seinem Gesicht aus. »Ich gönne dir dein Glück wirklich und beneide dich manches Mal darum: Du hast keine Angst vor großen Gefühlen. Du stehst zu deiner Beziehung und willst für euch beide eine glückliche Zukunft aufbauen.« Er stieß Paul kumpelhaft gegen den Arm, der plötzlich verkrampft schluckte. »Mensch, Paul! Ich bin richtig stolz auf dich und deine Kati!«

Paul zuckte zurück und setzte sich steif in seinem Stuhl auf. »Ich weiß nicht, ob ich tatsächlich das geeignete Vorbild für dich bin.«

»Sei doch nicht so bescheiden!«, lachte Jan-Patrick auf. »Ich werde dich zwar hier sehr vermissen, aber deine Entscheidung, Katinka nach Berlin zu begleiten, ist die einzig richtige.«

»Hallo?«, Paul schob seinen Teller beiseite. Mit einer solchen Diskussion hatte er ganz sicher nicht gerechnet, als er zur Entspannung in den *Goldenen Ritter* gegangen war. Erstaunlich fand er vor allem, wie aus einem Problem seines Freundes so schnell sein eigenes werden konnte. »Die Sache mit Berlin ist bei weitem noch nicht sicher. Außerdem: Vom wem weißt du das überhaupt?«

»Eigentlich hätte ich es ja von dir erfahren sollen.« Ein leiser Vorwurf schwang in Jan-Patricks Stimme mit. »Aber als mir Hannah neulich von Katis Karrieresprung in die Hauptstadt erzählt hat, war mir klar, dass du nicht lange fackeln und dich ihr anschließen würdest.«

Paul kratzte sich am Hinterkopf. »Hast du vielleicht noch eine offene Flasche Wein? Ich glaube, ich muss da so einiges in dem edlen Bild zurechtrücken, das du von mir hast ...«

Als sie mit dem Essen fertig waren, hatten beide Freunde ein gerötetes Gesicht. Sie hatten sehr lange und ausführlich über die Zwickmühle gesprochen, in der sich Paul gefangen sah. Über seine innere Zerrissenheit zwischen der Zuneigung zu Katinka auf der einen und seinem Wunsch, in Nürnberg und damit sein eigener Herr zu bleiben, auf der anderen Seite.

Beim Abschied hatten sie jedoch kein Patentrezept für ihre derzeitigen Probleme gefunden. Dennoch war Paul froh, seine Gedanken mit einem guten Freund geteilt zu haben. Er legte seine Hand auf Jan-Patricks Schulter: »Danke für das gute Essen und das gute Gespräch.«

»Und den guten Wein verschweigst du?«

»Nein«, lachte Paul, »natürlich auch für den formidablen Wein!«

Er wollte gerade gehen, als der Koch beiläufig fragte: »Gibt es eigentlich etwas Neues über den Tod dieses Hauser-Forschers?«

»Über Henlein?«, fragte Paul überrascht. »Nein, weshalb? Es war ein Verkehrsunfall. Sehr, sehr tragisch, aber nicht mehr rückgängig zu machen. Warum fragst du?«

»Ein Unfall, soso. Wenn ich mir die Artikel deines Kumpels Blohfeld durchlese, klingt mir das aber ganz und gar nicht nach Unfall.«

»Und warum?«, fragte Paul skeptisch. Er hielt wenig von Jan-Patricks sporadischen Ausflügen in die Kriminalistik.

»Den Berichten nach zu urteilen war Henleins Entdeckung ja wohl reines Dynamit. Da liegt es doch beinah auf der Hand, dass gewisse Kreise ihre Finger im Spiel hatten, um den unbequemen Hauser-Forscher aus dem Weg zu räumen.« Der Koch hob mahnend den Zeigefinger. »Pass nur auf: Wenn du und Blohfeld so weitermacht, seid ihr die nächsten.«

Paul tat Jan-Patricks Bemerkung mit einer wegwerfenden Handbewegung ab. »Geh lieber wieder in deine Küche und kümmere dich um Dinge, von denen du etwas verstehst«, sagte er und lächelte seinem Freund zu.

Als er den *Goldenen Ritter* verließ, war es überraschend kalt und dunkel. Nach Jan-Patricks Anspielungen hatte Paul wieder die Bilder des Unfalltages vor Augen. Das verwüstete Eiscafé, das Autowrack, das losgelöste Rad – und den sterbenden Henlein in seinen Armen.

Was hatte der Koch gesagt? Es hörte sich nicht nach Unfall an ... Das war – trotz seiner eigenen Überlegungen nach dem Gespräch mit Zetschke – blanker Unsinn. Paul war ja quasi Augenzeuge des Unglücks gewesen: Da war niemand anderes beteiligt gewesen außer Henlein, der beim Reifenwechseln womöglich die Schrauben nicht fest genug angezogen hatte.

Paul versuchte noch einmal, den Unfallhergang ganz rational zu beurteilen, während er die wenigen Schritte bis hinüber in seine Atelierwohnung ging. Obwohl alles so klar erschien, kamen ihm mit einem Mal wieder Zweifel: Jan-Patrick war zwar in Ansbach nicht dabei gewesen und kannte auch nur Bruchstücke der ganzen Geschichte – aber er verfügte doch immerhin über einen gesunden Menschenverstand.

Während er die Wohnungstür aufschloss, überlegte er hin und her: Konnte er etwas tun, um sich selbst zu beruhigen? Sein Atelier lag in vollkommener Dunkelheit vor ihm, nur durch das große Oval des Dachfensters fiel dünnes Mondlicht. Paul verzichtete darauf, den Lichtschalter zu betätigen, und ging nachdenklich durch die Räume.

Er legte sich auf sein Schlafsofa, blickte in den sternenklaren Himmel und verspürte nicht die geringste Lust, heute noch die verbliebenen Fotos vom Tatort im Germanischen Nationalmuseum zu bearbeiten. In den letzten Tagen hatte er genug gehört und gesehen, was den Tod anbelangte. Und die Sache mit Henlein ... – Vielleicht, so dachte er, sollte er zur Abwechslung mal in einem Roman schmökern, um auf andere Gedanken zu kommen.

Meistens las er zwei Bücher gleichzeitig, mal ein paar Seiten aus dem einen, mal einige aus dem anderen. Zur Zeit war es Pedro Juan Gutiérrez' *Schmutzige Havanna Trilogie* und Philippe Djians *Schwarze Tage, weiße Nächte*. Beides alles andere als Langweiler und voll knisternder Erotik, doch selbst darauf hatte Paul keine rechte Lust.

Langsam gewöhnten sich seine Augen an das Dunkel, und er bemerkte das blinkende rote Licht auf seinem Anrufbeantworter. Er schwang sich auf, um die Nachrichten abzuhören.

Zwar hatte niemand etwas draufgesprochen, doch die Nummer auf dem Display zeigte ihm, dass Katinka versucht hatte, ihn zu erreichen.

Grübelnd harrte er vor dem Anrufbeantworter aus. Womöglich war Katinka die Lösung für sein Dilemma. Vielleicht sollte er mit ihr noch einmal ausführlich über Henlein sprechen und über Jan-Patricks Vermutung.

Aber wahrscheinlich würde sie ihn nur auslachen. Es war einfach zu absurd, im Zusammenhang mit Kaspar Hauser allen Ernstes einen Mord in heutigen Tagen zu konstruieren. Außerdem war Kati wegen Berlin noch eingeschnappt. Und er hatte absolut kein Bedürfnis, das Thema an diesem späten Abend noch einmal aufzukochen.

Trotzdem griff er nach einigem Ringen mit sich selbst zum Telefon und wählte ihre Nummer.

»Blohm.« Paul hörte ihre angenehm klare Stimme schon nach dem zweiten Tuten.

»Ich bin es: Paul.« Er ließ Katinka keine Zeit, ihm Vorhaltungen jedweder Art zu machen. »Ich weiß, dass es spät ist. Und ich weiß auch, dass du sauer auf mich bist. Aber hör mir bitte zu ...«

»Paul?«, unterbrach ihn Katinka.

»Nein, nein, sag jetzt bitte nichts. Ich brauche deine Meinung zu einer Sache, die sich in deinen Ohren sicher ein wenig kindisch anhört.«

»Paul, ich ...«

»Warte! Lass mich erst erklären, worum es geht: Wir haben doch über diese Geschichte mit Henlein gesprochen. Es ist ja so, dass ich die ganze Sache für einen Unfall gehalten habe und eigentlich noch immer dafür halte.«

»Lieber Paul, bitte ...«

»Einen Moment noch, lass mich zu Ende sprechen: Henlein hatte mit seinen Recherchen einigen Staub aufgewirbelt. Was ist, wenn seine Entdeckungen jemandem geschadet hätten? Was, wenn man ihn gezielt daran hindern wollte, seine Erkenntnisse über den Fall Hauser an die Öffentlichkeit zu bringen?«

»Paul, ich glaube ...«

»Bitte halte mich jetzt nicht für einen Einfaltspinsel, und ich möchte dir auch keinesfalls mit halbgaren Vermutungen auf die Nerven fallen, aber ich möchte wirklich wissen ...«

Diesmal war es Katinka, die mit einem energischen »Stopp!«, seinen Redefluss bremste: »Jetzt halt doch mal den Mund! Ich habe bereits vor zwei Stunden versucht, dich zu erreichen. Aber es hat niemand abgenommen. Tatsächlich gibt es im Fall Henlein Neuigkeiten, und ich dachte mir, dass dich die interessieren würden.«

»So?«, fragte Paul kleinlaut.

»Ja, seine Lebensversicherung macht Schwierigkeiten. Bevor sie die Summe an seine Witwe auszahlt, will sie einen Selbstmord sicher ausgeschlossen wissen.«

»Lebensversicherung? Selbstmord?« Paul war verblüfft.

»Nun – da sich offensichtlich ein Rad von dem Wagen gelöst hat und Henlein seine Reifen eigenhändig wechselte, könnten überkritische Gutachter unterstellen, dass er mit Vorsatz gehandelt hat.«

»Aber das ist doch absurd.«

»Nicht in den Augen einer Versicherung, die sich fünfzigtausend Euro sparen könnte. Jedenfalls haben meine Ansbacher Kollegen die Akte an uns weitergereicht, und morgen haben wir den Unfallwagen und können ihn unter die Lupe nehmen. – Ich habe mir gedacht, dass du vielleicht dabei sein möchtest?«

Paul wurde ganz warm ums Herz angesichts Katinkas freundlichem Tonfall und ihrem großzügigen Angebot. »Sicher, gerne! Aber geht das denn?«, fragte er.

»Mein lieber, lieber Paul«, säuselte Katinka in den Hörer, »noch bin ich Staatsanwältin in Nürnberg und nicht in Berlin. Ich werde dich einfach mitnehmen. Wir treffen uns dann pünktlich um neun vorm Polizeipräsidium am Ludwigsplatz.«

18

Die Kfz-Werkstätten des Erkennungsdienstes befanden sich in dem weitläufigen Innenhof des Polizeipräsidiums Mittelfranken. Über die hohe Mauer hinweg, die den Hof vor unbefugten Eindringlingen und neugierigen Blicken schützte, war die imposante Kuppel der St. Elisabethkirche zu sehen. Paul war an Katinkas Seite anstandslos an dem Polizeibeamten an der Hauptpforte vorbeigekommen und näherte sich nun – mit Sichtausweis ans Revers geheftet – einer großen, offenen Garage.

Schon von weitem erkannte er das brutal zertrümmerte Wrack. Prompt wurde er von der gleichen Beklommenheit ergriffen, die er seit seinen Ansbacher Erlebnissen immer wieder spürte.

Zusammen betraten sie die Garage. Henleins Auto war mit einer Hebebühne auf Hüfthöhe angehoben worden. Unter dem Wrack lag, halb verdeckt durch die verbogene Karosserie, ein Monteur im obligatorischen Blaumann.

Katinka räusperte sich laut, um auf sich und Paul aufmerksam zu machen.

Augenblicklich tauchte der Monteur aus seiner Arbeitsposition auf. Paul staunte nicht schlecht, als sich vor ihm eine junge Frau mit sportlicher Figur, rotblonden, kurzen Haaren und ölverschmiertem Gesicht aufrichtete.

Mit ihren ebenfalls ölgeschwärzten Händen wischte sie sich über die Stirn, musterte Katinka unverhohlen von der Fußspitze bis zum Scheitel und fragte dann in schnodderigem Tonfall: »Kann ich Ihnen irgendwie weiterhelfen?«

Paul sah Katinka fragend an. Diese gönnte es sich zunächst, die Mechanikerin auf gleiche Weise zu taxieren, bevor sie ziemlich unterkühlt feststellte: »Wir haben uns nicht verlaufen, falls Sie das annehmen sollten.« Dann sagte sie mit durchaus arrogantem Augenaufschlag: »Blohm ist mein Name. Staatsanwältin Katinka Blohm. Wir möchten uns mit einem der Beamten vom Kommissariat 33 unterhalten, der Kriminaltechnik. Es wäre nett, wenn Sie uns anmelden könnten.«

Die Rothaarige verzog keine Miene: »Da sind Sie bei mir schon an der richtigen Adresse«, sagte sie und streckte Katinka ihre verdreckte Hand entgegen. »Gestatten: Kriminaloberkommissarin Jasmin Stahl vom K 33.«

»Ja, aber ...«, stammelte Katinka sichtlich überrascht und konnte sich nicht dazu überwinden, die verschmutzte Hand zu drücken.

»Um genau zu sein: Diplom-Ingenieurin Stahl«, ergänzte die junge Frau selbstbewusst. »Wir vom K 33 sind eine ziemlich heterogene Truppe. Spurensuche, erkennungsdienstliche Personenbehandlung, kriminaltechnische Untersuchungen – die ganze Bandbreite eben«, fuhr sie forsch fort.

Als er Katinka ansah, musste Paul sich ein Schmunzeln verkneifen, um sie nicht zu verärgern. Gleichwohl war er gespannt auf den weiteren Verlauf dieses so interessant begonnenen Gesprächs.

»Sie wissen also, warum wir hier sind?«, fragte Katinka in äußerst geschäftsmäßigem Ton. Sie korrigierte mit einer schnellen Handbewegung den Sitz ihres hellbraunen Kostüms.

»Klar.« Die Oberkommissarin zog ein Taschentuch aus ihrem Overall und schneuzte sich. »'Schuldigung. Schon ziemlich frisch um diese Jahreszeit. Ich arbeite viel im Freien, da zieht man sich rasch eine Erkältung zu.«

»Also ...«, Katinka schien ernsthafte Probleme im Umgang mit dieser unkonventionellen Frau zu haben, konstatierte Paul amüsiert. »Also«, hob sie erneut an, »wir würden gern die Ergebnisse Ihrer Untersuchungen erfahren.«

Jasmin Stahl bedeutete Katinka und Paul, sich zu setzen. Als Platz bot sie ihnen einen Stapel aufgetürmter Reifen an. Paul nahm an, doch Katinka blieb stehen.

Die junge Polizistin zog ein mit Alufolie verpacktes Etwas aus einer Jeanshandtasche und wickelte ein dickes Schinkenbrot aus.

»Sie haben doch nichts dagegen, wenn ich dabei etwas esse?«

Katinka schüttelte mit ausdrucksloser Miene den Kopf.

»Ich habe mir das Fahrgestell angesehen, genauer gesagt die Radaufhängung«, begann Jasmin Stahl kauend mit ihren Ausführungen. »Viel ist ja nicht davon übrig geblieben. – Das ganze Ding«, sagte sie schmatzend, » ist eigentlich nur noch ein Haufen Schrott.«

»Sind Sie denn auf Abnormitäten gestoßen?«, fragte Katinka gestelzt.

»So würde ich das nicht unbedingt bezeichnen«, antwortete die Polizistin und wischte sich etwas Butter vom Mund. »Aber ungewöhnlich ist es schon.« Sie griff nach einem kleinen transparenten Plastikbeutel. »Sehen Sie die Schrauben hier? Die stammen alle vom linken Vorderrad.«

Paul musterte die Tüte und erkannte einige verbogene und teilweise abgebrochene Schrauben. »Von dem Rad, das sich vom Wagen gelöst hat?«, erkundigte er sich.

Zum ersten Mal seit ihrer Begegnung sah ihm die Rothaarige in die Augen. Sie verweilte einige Momente darin und antwortete: »Genau. Alle vier Schrauben sind gebrochen. Ich schließe daraus, dass zumindest eine von ihnen nicht fachgerecht verschraubt wurde. Die erhöhte Krafteinwirkung auf die anderen Schrauben führte dann zu einer Materialermüdung und schließlich zum Bruch.«

»Also gibt es tatsächlich Indizien für einen Selbstmord?«, wollte Katinka wissen.

Jasmin Stahl winkte ab. »Aber nein. Wenn Sie mich fragen, spricht das eher für Nachlässigkeit. Der Fahrer hat bei der Montage seiner Winterreifen ganz einfach geschlampt. Wahrscheinlich waren die Schrauben bei dieser alten Karre ohnehin schon korrodiert.«

»Werden Sie das so auch der Versicherung weitergeben?«, fragte Katinka.

»So vielleicht nicht.« Die junge Frau grinste offen. »Aber in etwas geschliffenerem Deutsch werde ich denen schreiben, dass sie sich getäuscht haben und die Kohle gefälligst für die trauernde Witwe herausrücken sollen.«

Paul musste sich abermals dazu zwingen, seine Erheiterung zu unterdrücken, trotzdem sah ihn Katinka bitterböse an und gab ihm unterschwellig Zeichen zu gehen. Als die jedoch nichts nutzten, sagte sie laut zu der Oberkommissarin: »Wir werden uns wieder bei Ihnen melden«, und zog Paul am Ärmel davon.

»Und soll ich mit meinen Untersuchungen weitermachen?«, fragte die Rothaarige noch.

»Nicht nötig«, antwortete Katinka im Gehen.

»Es gäbe da noch ein paar Möglichkeiten«, rief ihnen Jasmin Stahl nach. »Nicht ganz strikt nach Vorschrift, aber dafür ergiebig. Was halten Sie davon, wenn ich ...«

»Nichts!« Katinka würgte sie ab, ohne sich noch einmal umzudrehen.

»Eine überzeugende Vorstellung, was?«, fragte Paul, als sie das Präsidium verlassen hatten und über den Ludwigsplatz in Richtung Weißer Turm gingen.

»Diese Frage meinst du hoffentlich nicht ernst«, schalt ihn Katinka. »Die Frau ist doch absolut indiskutabel! Ich werde mich wohl oder übel über sie beschweren müssen.«

»Ich meine aber gar nicht Frau Stahl«, sagte Paul in ruhigem Tonfall, woraufhin Katinka prompt errötete. »Ich wollte bloß wissen, wie du den Henlein-Unfall einschätzt.«

»Ach so.« Katinkas Brauen verengten sich. »Ich denke, die Versicherung wird zahlen müssen. Henleins Tod war ein Unfall – und dabei bleibt es.«

19

Paul knipste seine Schreibtischlampe an. Ein – bis auf den Besuch im Polizeipräsidium am Morgen – ereignisloser Tag lag hinter ihm. Den ganzen Nachmittag hatte er sich davor gedrückt, endlich die letzten Museumsbilder von seiner Kamera auf den Rechner zu überspielen und zu bearbeiten. Auch vor der Hausarbeit, die sich in Form von Geschirrbergen auf der Arbeitsfläche seiner Küchenzeile stapelte, hatte er gekniffen. Nun war längst der Abend angebrochen.

Während er also gezwungenermaßen doch noch den Computer startete, dachte er über die Gründe für seine Trägheit nach und fand eine mögliche Erklärung darin, dass er Mittwoche noch nie gemocht hatte. Der Mittwoch war am weitesten vom Wochenende entfernt – und zwar zeitlich in beide Richtungen betrachtet. Somit suggerierte der Mittwoch Paul nichts anderes als Arbeit, Arbeit, Arbeit, ohne Aussicht auf Entspannung.

Obwohl der PC jetzt hochgefahren und die Kamera per USB-Kabel angeschlossen war, gelang es Paul tatsächlich, seine dringlichsten Aufgaben abermals beiseite zu schieben. Statt sein Bildbearbeitungsprogramm zu starten, ging er zuerst einmal ins Internet.

Sein Kinn auf seine gefalteten Hände abstützend, studierte er die Trefferliste, die ihm Google auf das Stichwort »Feuerbach« geliefert hatte. Anselm von Feuerbach, der streitbare Ansbacher

Gerichtspräsident und Hauser-Förderer, war ihm die ganze Zeit über nicht mehr aus dem Kopf gegangen.

1832, las Paul im Internet, zog Feuerbach das unmissverständliche Fazit aus seinen Nachforschungen über Kaspar Hauser: Er hielt ihn definitiv für den entführten Erbprinzen aus dem Hause Baden und machte seine Meinung öffentlich. Am 29. Mai 1833, in Hausers Todesjahr, starb auch Anselm von Feuerbach in Frankfurt am Main. Todesursache ungeklärt, womöglich eine Vergiftung. Das alles wusste Paul bereits aus seinen Büchern, doch dann entdeckte er unten rechts auf dem Bildschirm einen Link einer weiteren Seite; offenbar ein Chatroom zum Thema Hauser.

Neugierig geworden, klickte er den Link an und fand sich auf einer ziemlich chaotischen Seite wieder. Scheinbar wahllos kommunizierten hier diverse Internetnutzer unter Fantasienamen zu den unterschiedlichsten Fragen über den Fall Hauser. Paul gab als Suchwort abermals »Feuerbach« ein und erhielt eine Reihe von bisherigen Einträgen, die sich mit dem Gerichtspräsidenten beschäftigten.

Ein gewisser »Spuerhund« ging ziemlich detailliert auf die Giftmordtheorie ein. Paul beschloss, sich in dem Chatroom anzumelden, um mit ihm Kontakt aufnehmen zu können.

Die standardisierte Anmeldeprozedur hatte er fix erledigt. Nun gab er eine unverfängliche, aber interessierte Botschaft an »Spuerhund« ein.

So, das war's fürs Erste. Er stand auf, um sich aus seinem Kühlschrank ein dunkles Gutmann-Weizen zu holen.

Gespannt setzte er sich wieder vor den Bildschirm. »Spuerhund« war offenbar gerade online, denn er hatte auf Pauls Anfrage bereits geantwortet:

»Hallo, Hauser-Neuling. Du klingst in deiner Mail so distanziert? Feuerbach ist ermordet worden, da besteht kein Zweifel. Oder hältst du uns etwa für Spinner?«

Paul schmunzelte wegen der sehr direkten Art seines anonymen Chatpartners. Er zog die Tastatur näher zu sich heran und schrieb: »Bin von Natur aus Zweifler. Wo sind die Beweise für einen Mord?«

Keine Minute war verstrichen, als die Antwort aufpoppte: »Feuerbach hatte Unterlagen gefunden, die Hausers wahre Herkunft vor Gericht bestätigt hätten. Er wollte sie nach seiner Rückkehr aus Frankfurt in Ansbach vorstellen. Sein Vorhaben wurde nur durch das feige Giftattentat vereitelt.«

»Klingt dramatisch, ist aber meilenweit von einem wirklichen Beweis entfernt«, gab Paul ein.

»Die Unterlagen sind der Beweis.«

Paul lächelte abermals. »Spuerhund« verstand es ausgezeichnet, vom eigentlichen Thema abzulenken. »Die Unterlagen sind aber doch nie aufgetaucht, oder?«, hakte Paul nach.

»Nein, ihre Verbreitung wird bis heute verhindert.«

»Von wem?«

»Von den Verschwörern.«

Paul lachte und trank einen großen Schluck Bier. »Jetzt wird es aber unglaubwürdig. Sitzen die Verschwörer im Haus Baden?«

»Sie kennen die Antwort, wenn Sie sich mit dem Fall Hauser näher befasst haben. Das Haus Baden ist nur ein kleines Rad im großen Laufwerk der Geschichte.«

Paul ahnte, worauf sein Chatpartner anspielte: »Die Verbindung nach Frankreich? Stichwort Napoleon?«

»Ja«, kam es knapp zurück.

»Aber Hausers eventuelle Mutter war doch bloß eine Adoptivtochter des großen Franzosen«, wandte Paul ein.

Die Antwort, die folgte, war ausführlich und klang Pauls Meinung nach ziemlich kompetent:

»1805 wollte Napoleon die Häuser Bonaparte und Zähringen durch seine Heirat verbinden und wählte Stephanie aus, denn ihr Vater war unter Napoleon französischer Senator. Die Mutter des badischen Erbprinzen Karl hasste Napoleon und wollte die Heirat unter dem Vorwand von Stephanies niedrigem Adelsstand verhindern. Daraufhin adoptierte Napoleon Stephanie

Beauharnais, machte sie zur Fille de France und verlieh ihr den Rang einer kaiserlichen Prinzessin. – Überzeugt?«

»Nicht ganz«, tippte Paul in die Tastatur, obwohl er tatsächlich beeindruckt war. »Existieren denn Feuerbachs Unterlagen wirklich noch?«, kam er auf das ursprüngliche Thema zurück.

»Ja.«

Paul war verblüfft über die abermals kurze und gleichsam so überzeugte Antwort. »Wer hat sie?«, wollte er wissen.

»Das ist unbekannt. Aber ein Mitglied unserer Organisation stand kurz davor, sie zu erwerben.«

»Was ist das für eine Organisation?«

»Wir haben uns der Aufklärung der beiden Fälle Hauser und Feuerbach verschrieben.«

Paul dachte nach. Dann schrieb er: »Warum hat das Mitglied die Unterlagen nicht bekommen können?«

»Er wurde daran gehindert.«

»Hat man ihm gedroht?«

»Nein.«

»Wie sonst?«

Pauls Chatpartner ließ sich mit seiner Antwort unverhältnismäßig lange Zeit.

»Spuerhund, sind Sie noch online?«, hakte Paul nach.

»Ja.«

»Was ist mit Ihrem Kollegen geschehen?«

»Er wurde liquidiert.«

Vor Überraschung stieß sich Paul von seinem Schreibtisch ab. Er las die Antwort ein zweites Mal, bevor er selbst wieder in der Lage war, etwas zu schreiben: »Wollen Sie sagen, dass Ihr Freund nicht mehr lebt?«

»Er wurde liquidiert«, wiederholte »Spuerhund«.

»Das klingt sehr abenteuerlich«, tippte Paul. »Machen Sie sich über mich lustig?«

»Nein«, antwortete »Spuerhund«.

»Was ist geschehen?«

Wieder ließ »Spuerhund« lange Sekunden verstreichen. »Woher weiß ich, dass Sie kein Spion sind?«

»Ich bin kein Spion. Was ist mit Ihrem Freund passiert?«

»Er hatte einen Unfall.«

»Gerade haben Sie doch noch das Wort ›Liquidation‹ benutzt.«

»Habe ich?«

»JA!«

Da »Spuerhund« wieder schwieg, startete Paul einen neuen Versuch. Es war einfach zu nahe liegend, diese Frage zu stellen: »Hieß Ihr Bekannter vielleicht Henlein?«

»Spuerhund« reagierte nicht. Vielleicht musste er mal aufs Klo, oder vielleicht holte er sich auch ein Bier, dachte Paul. Vielleicht war er auch gar kein Er, sondern eine Sie. Und vielleicht wohnte diese Sie ganz in seiner Nähe.

Paul grübelte über seinen Chatpartner und die Andeutungen, die er gemacht hatte, nach. Eine weitere Antwort aber erhielt er nicht.

»Spuerhund – bitte melden!«, schrieb er wieder und wieder.

Nach einer halben Stunde gab er auf. Noch immer sehr nachdenklich klickte er in sein Fotoarchiv und schaute sich die unbearbeiteten Fotos an, die er im Germanischen Nationalmuseum gemacht hatte.

Inzwischen hatte Paul sein Bier ausgetrunken. Mit routinierter Schnelligkeit klickte er die Bilder des Tatorts an und sortierte sie in die Unterordner »Gut«, »Mittel« und »Ausschuss« ein. Immer wieder blitzte für einige Sekunden der tote Museumsmitarbeiter auf seinem großen Flachbildschirm auf, dann kamen die Fotos von der Waffenkammer in der Totalen und im Detail.

Schließlich gelangte Paul zu den Aufnahmen von der Tatwaffe. Auch diese beurteilte er nach Schärfe, Belichtung und Ausschnitt und schob sie in den jeweiligen Ordner.

Dann aber hielt er plötzlich inne, ein Motiv auf der reichlich bebilderten Klinge des Schwertes hatte ihn stutzen lassen.

Er holte ein bereits in den Unterordner »Mittel« verschobenes Foto zurück und stellte es bildfüllend dar.

Am oberen Bildrand war der ihm bereits bekannte Spruch zu lesen: »DEN SEGEN HAT DAS HAUPT DES GERECHTEN.« Im unteren Teil der Satz: »ABER DER MUND DES GOTLOSEN WIRT IR FREVEL UBERFALLEN – DAS GEDAECHTNIS DER GERECHTEN BLEIBT IM SEGEN.« Zwar kannte Paul diese Sätze schon, aber die sorgsam gestochene Abbildung einer Blüte unmittelbar neben dem zweiten Schriftzug war ihm bisher noch nicht aufgefallen.

Erst jetzt, vielfach vergrößert auf seinem Monitor, konnte er die Darstellung erkennen: eine kelchförmige Blüte mit schmalen, weit geöffneten und an den Enden leicht herunterhängenden Blütenblättern und zwei Staubgefäßen in der Mitte. Eine Lilie, schoss es Paul durch den Kopf. – Und genau diese Zeichnung einer Lilie hatte er schon einmal gesehen!

Paul wurde es vor Aufregung abwechselnd heiß und kalt. Vielleicht lag es an seinem Mailverkehr mit »Spuerhund«, vielleicht nur an dem Hefeweizen, wer wusste das schon. Mit der Maus klickte er sich bis zu dem Ordner zurück, den er nach seinem Treffen mit Henlein angefertigt hatte. Es dauerte nicht lange, bis er die Fotos fand, die Henleins Medaillon zeigten. Paul vergrößerte die Aufnahmen – und verharrte ehrfürchtig vor dem Bildschirm. Ganz wie es Paul in Erinnerung hatte, stellte das Motiv in Henleins Medaillon ebenfalls eine Blume dar: eine Lilie, die der auf dem Schwert verblüffend ähnlich sah.

Was hatte das zu bedeuten?, fragte sich Paul.

Plötzlich fühlte er sich wieder wach. Er musste noch einmal an den Tatort zurück: ins Germanische Nationalmuseum! Er musste eine Erklärung für die Bedeutung dieser Lilie finden, musste in Erfahrung bringen, welche Rolle sie spielte!

Paul stand auf und fuhr sich nervös über seine Bartstoppeln. Die Blume war im Zusammenhang mit zwei Toten aufgetaucht, zwei Todesfälle, die bis zu diesem Augenblick nichts miteinander zu tun gehabt hatten. – Doch das hatte sich nun schlagartig geändert.

Paul sah auf die Uhr: Für einen Besuch im Museum war es eindeutig zu spät; wohl oder übel musste er bis morgen warten. Um schlafen zu gehen, war er allerdings viel zu aufgeregt. Vielleicht würde abermals Jan-Patrick ein offenes Ohr für ihn haben – und einen guten Wein, um ihm die nötige Bettschwere zu verschaffen ...

20

»Soso«, grinste Jan-Patrick und wischte sich seine Hände an seiner Schürze ab, die – mit Flecken übersät – vom Ende eines langen arbeitsreichen Abends in der Küche zeugte. »Ein Mitternachtsschmaus schwebt dem Herrn Hoffotografen, meinem derzeit treusten Kunden, also vor.«

»Ja, so in etwa«, sagte Paul mit einschmeichelndem Lächeln auf den Lippen. Er hatte wieder am Tisch neben dem Küchenzugang Platz genommen. Das Lokal war jetzt fast leer, nur ein Liebespärchen hielt sich einige Tische weiter noch beim Nachtisch auf. Marlen wartete im Hintergrund schon mit der Rechnung.

»Wärst du eine Stunde früher gekommen, hätte ich dir den Renner des Abends, sauer mariniertes Karpfenfilet mit Olivenöl und Milchschaum, kredenzen können.«

»Ist wohl schon aus, was?«, folgerte Paul.

Der Küchenmeister nickte. »Natürlich«, sagte er selbstzufrieden. Dann schürzte er die Lippen und blickte Paul gutmütig über seine Rübennase hinweg an: »Aber ich kann dir ein fränkisches Omelett machen. Einfach, aber delikat. Und dazu einen guten roten Franzosen? Komm mit in die Küche. Dann können wir reden, während ich für dich arbeite, und Marlen darf Feierabend machen.«

Paul folgte seinem Freund in die Küche, wo noch ein Rest der köstlichen Aromen von Jan-Patricks Gerichten in der Luft hing. Prompt lief Paul das Wasser im Mund zusammen, obwohl er doch schon früher am Abend gegessen hatte.

Dann begann er zu erzählen. Von Henlein, Hauser und Feuerbach, von dem Toten im Germanischen Nationalmuseum, von »Spuerhund«, von Henleins Medaillon mit der Lilie und dem Schwert, das ebenfalls von einer Lilie geziert wurde. Es war ein konfuses Aufzählen von Einzelereignissen und Eindrücken, das für seinen Zuhörer ganz sicher keinen erkennbaren Zusammenhang ergab. Doch Jan-Patrick unterbrach ihn nicht, er kümmerte sich um die Zubereitung der späten Mahlzeit und hörte ihm zu.

Es war das Omelett, das Paul schließlich zum Schweigen brachte. Dampfend und duftend lag es in der Pfanne. Erwartungsvoll beugte sich Paul über den Herd: Das Omelett war locker und goldgelb.

Jan-Patrick verfolgte seine gierigen Blicke: »Diese Farbe bekommst du nur mit den Dottern der Eier von Freiland-Hühnern zustande. Die hier sind von meinem Bio-Bauern in Hemhofen.«

Mit unglaublicher Geschicklichkeit wendete er das Omelett in der Pfanne. Paul wollte noch weiter über Henlein erzählen, doch der Koch unterbrach ihn, indem er die Hand hob:

»Jetzt nicht, Paul«, sagte er mit konzentriertem Blick auf die Pfanne. »Für die richtige Konsistenz eines fränkischen Omeletts ist der Küchenmeister höchstpersönlich verantwortlich, und dazu braucht es Konzentration: Ich muss den Moment abpassen, in dem es gerade fest zu werden beginnt, so dass es nicht mehr in der Pfanne zerläuft, aber trotzdem leicht auf deiner Zunge zergeht.«

»Das hast du schön gesagt«, sagte Paul, der seinen Blick nicht mehr von der goldgelben Köstlichkeit wenden konnte, die endlich auf seinen Teller glitt.

Zusammen saßen sie wieder an dem kleinen Tisch neben der Küchentür. Während es sich Paul schmecken ließ, konnte er wieder Jan-Patricks Interesse für die Henlein-Sache gewinnen. »Ich habe den Verdacht, dass der ungeklärte Mord an Kaspar Hauser Folgen hat, die bis in die heutige Zeit reichen«, sagte er genüsslich schmatzend. »So ließe sich auch der Tod Henleins erklären, wenn der doch kein Unfall gewesen sein sollte. – Und womöglich hätten wir damit auch den Grund für die Ermordung des Museumsmitarbeiters gefunden.«

»Aber, Paul!«, bremste ihn Jan-Patrick. »Es ist schon spät, und die Fantasie geht mit dir durch. Du weißt nicht einmal sicher, ob Henlein überhaupt ermordet wurde. Ich bin zwar vollkommen deiner Meinung, aber alle anderen sprechen von einem Unfall. Und – wenn ich dich daran erinnern darf – bis gestern hast du es selbst noch getan. Du wirst kaum gegenteilige Beweise finden. Was den Toten im Museum anbelangt: Gut, er wurde mit einem Schwert getötet, auf dem eine Lilie eingraviert ist. Daraus kannst du meinetwegen eine Parallele zu Henleins Medaillon ziehen, aber einen Zusammenhang mit dieser Hauser-Geschichte kann man deswegen noch lange nicht erkennen.«

»Das ist tatsächlich ein Schwachpunkt«, gab Paul kleinlaut zu, spießte mit seiner Gabel die letzten Reste des herrlichen Omeletts auf und nahm einen großen Schluck vom Wein.

»Eben drum«, sagte der Koch und klopfte ihm freundschaftlich auf die Schulter. »Finde dich damit ab, dass Henlein offiziell ein Unfallopfer bleibt und gönne seiner Witwe ein paar angenehme Jahre mit dem Geld seiner Lebensversicherung und der Witwenrente. Und die andere Angelegenheit wird sich sowieso bald aufklären: Mord aus Notwehr.«

»Bitte?« Paul sah ihn überrascht an.

»Na ja«, schmunzelte der Wirt, »jemand fand wohl den Eintrittspreis des Museums zu hoch.«

Beide lachten, und mit einem Mal fühlte sich Paul so unbeschwert wie schon seit fünf Tagen nicht mehr.

Jan-Patrick ergriff die Gelegenheit, das Gespräch zurück auf kulinarische Themen zu lenken: »Wenn ich dich schon gratis bei mir verköstige, darfst du mir mal als Gegenleistung einen Rat geben: Bernhard Schrader will, dass ich für ihn das Catering übernehme.«

»Bernhard Schrader?«, erkundigte sich Paul. »Der Baulöwe?«

Der Koch nickte. »Genau der. Schrader lädt nach dem ersten Spatenstich für die Franziskanerhof-Passage zu einem gepflegten Imbiss im Bauzelt ein.«

Es ging also endlich voran mit dem Franziskaner-Hof, folgerte Paul. Wurde ja auch Zeit, denn die hässliche Bauruine am Pegnitzufer lag seit geraumer Zeit brach. Mit Schrader hatte sich endlich ein potenter Bauherr gefunden, der schon so manche verkommene Immobilie aus dem Dornröschenschlaf geweckt hatte. »Das hört sich aber schwer nach einem Nobel-Catering an«, sagte Paul.

»Einerseits nobel, andererseits bodenständig fränkisch«, antwortete Jan-Patrick. »Du weißt ja, wie der Schrader ist: fest verwurzelter Urfranke und doch Mann von Welt. Heute in Nürnberg, morgen in New York, übermorgen in Tokio.«

»Und spätestens überübermorgen wieder in Nürnberg. Also?«, fragte Paul. »Irgendwelche Vorschläge?«

Für einen kurzen Moment ließ Jan-Patrick sein Gesicht in den Handflächen verschwinden und seufzte. Die Anspannung des langen Arbeitstages war ihm nun doch anzumerken. »Ich möchte eigentlich meinen Karpfenwochen treu bleiben. Was hältst du von gebratenem Karpfensteak mit Kartoffelsalat?«

Paul wiegte den Kopf. »Klingt zünftig. Insofern würde es zu einer Baustelle passen. Aber ist Schraders Klientel nicht zu fein für sowas?«

Jan-Patrick verzog den Mund. »O. k., also dann: Karpfen im Frankenweinsud mit Salzkartoffeln und heißer Butter?«

»Schon besser, aber irgendwie immer noch zu bodenständig.«

»Ich werde dir gleich zeigen, was bodenständig ist«, schimpfte Jan-Patrick aus Spaß. Dann beugte er sich vor und flüsterte

Paul verschwörerisch ins Ohr: »Karpfenrippchen geröstet mit feinem Endivien-Kartoffelsalat.«

Endlich formte sein Freund mit Daumen und Zeigefinger ein O: »Perfekt! So werden dir die hohen Herren zu Füßen liegen.«

»Ach, weißt du, es reicht vollends, wenn sie mir aus der Hand fressen.«

21

Ein schrilles Läuten drang an sein Ohr. Paul war verwirrt. Alarm? Panisch sah er sich um. Er stand neben einem Autowrack – Henleins Auto! Flammen züngelten aus dem Motorraum. Beißender Qualm. Pauls Augen brannten. Er sah sich nach dem Fahrer um. Henlein saß noch hinter dem Steuer!

Paul kämpfte sich durch den dichten Rauch zum brennenden Wagen. Er war allein. Die Sirenen heulten noch immer, aber die Feuerwehr war weit entfernt. Niemand konnte ihm helfen.

Henlein hing schief in seinem Anschnallgurt. Sein Gesicht war blutüberströmt.

»Lösen Sie Ihren Gurt!«, schrie Paul. Die Flammen schlugen immer höher.

»Es ist zu spät«, stammelte Henlein. Der kleine Mann mit dem rundlichen Kopf und dem dünnen Haar sah ihn müde an. »Sie müssen diese Sache für mich zu Ende bringen.«

»Von welcher Sache sprechen Sie?« Paul rüttelte an der Fahrertür. Sie war glühend heiß, und Paul verbrannte sich die Hände.

»Sie wissen, was ich meine«, sagte Henlein. Mit nachlassender Kraft wurde seine Stimme leiser: »Finden Sie Hausers Mörder ...«

»Das kann ich nicht!«, rief Paul dem Sterbenden zu.

»Doch«, hauchte Henlein, seine Augen flackerten, »das können Sie! Die Lilie wird Sie leiten.«

»Die Lilie?« Paul zog die Ärmel seines Trenchcoats über die Hände und versuchte erneut, die Tür aufzureißen. Vergeblich.

»Folgen Sie der Spur des Medaillons ...« Henleins Augenlider schlossen sich für immer.

»Henlein!«, schrie Paul. »Henlein! Sie dürfen nicht sterben! Ich werde Sie retten!«

Wieder schreckte ihn das schrille Läuten auf. Paul wollte sich die Ohren zuhalten, doch im gleichen Moment verschwammen die Bilder vor seinen Augen.

Das Feuer hatte Henleins Auto vollends erfasst. Es brannte lichterloh. Gleißende Helligkeit umströmte Paul. Geblendet vom Licht presste er die Augen zu.

Als er sie wieder öffnete, fand er sich auf seinem Schlafsofa wieder. Die Morgensonne bahnte sich ihren Weg durch das Fenster und blendete ihn.

Ein Albtraum, dachte Paul im Wachwerden. Und was für einer! Er atmete tief durch.

Das Läuten jedoch wiederholte sich noch immer. Es kam von der Wohnungstür. Paul stand auf und warf seinen schwarzen Morgenmantel über, bevor er öffnete.

Eine junge Frau stand ihm gegenüber. Sie hatte langes dunkles Haar, war stark geschminkt und trug ein aufreizend kurzes Kleid. »Morgen«, sagte sie mit merklicher Ungeduld. »Ich dachte schon, Sie wären nicht da.«

»Doch«, sagte Paul und musterte die adrette Besucherin. »Was gibt's?«

»Meine Freundin hat mir Ihre Adresse gegeben. Sie hat sich neulich von Ihnen knipsen lassen und hat kaum was dafür bezahlt. Ich weiß ja nicht, was Sie als Gegenleistung erwarten, aber Ihre Bilder sind echt scharf. Ich will auch welche von mir.«

»Möchte bitte«, sagte Paul süffisant.

Die schöne Besucherin sah ihn fragend an.

»Es heißt nicht ›ich will‹, sondern ›ich möchte bitte‹«, sagte Paul, ohne mit der Wimper zu zucken.

»Hey, was soll das? Sind Sie jetzt Fotograf oder nicht?« Die Schwarzhaarige stampfte mit den spitzen Absätzen ihrer Pumps auf.

»Tut mir leid«, sagte Paul mit aufgesetzt bedauerndem Blick. »Ich bin zur Zeit restlos ausgebucht. Vielleicht versuchen Sie es bei einem Kollegen.«

»Bei welchem Kollegen?«, fragte die junge Dame verständnislos. Dann war Pauls Absage offenbar bei ihr angekommen, denn sie kniff die Augen zusammen und sagte: »Für einen Typen, der aussieht wie George Clooney, sind Sie aber ziemlich uncool.«

»Wie darf ich das bitte verstehen?«, gab Paul beißend zurück.

Die schlanke Schöne beugte sich vor und gewährte einen Blick in ihr Dekolletee: »Das Leben ist keine Probe, Herr Flemming. Es findet nur ein Mal statt.« Mit diesem Satz drehte sie sich um und stolzierte die Treppe hinunter.

Paul blieb einigermaßen verdutzt zurück. Die junge Frau war ihm – zumal zu dieser frühen Stunde – zwar reichlich egal, aber ihr letzter Spruch gab ihm doch zu denken. Das Leben war keine Probe?

Unwillkürlich musste er an Katinka denken. Seit ein paar Tagen hatte er sich über das Thema Berlin keine Gedanken mehr gemacht. Der Fall Hauser war ihm wichtiger erschienen. Aber durfte er sich dieses Desinteresse an Katinkas Karriereplänen leisten, wenn er mit ihr zusammenbleiben wollte? Oder war er gerade dabei, seine eigene private Zukunft zu verspielen?

Als Paul eine knappe Stunde später vor dem Germanischen Nationalmuseum stand, hatte er sein persönliches Dilemma vorerst ausgeblendet. Die Berlin-Frage musste – einmal mehr – warten. Er war einfach noch nicht bereit dazu, sich der anstehenden Entscheidung zu stellen. Ob er Katinka begleiten würde oder nicht – er wollte das Thema nicht an sich heranlassen. Noch nicht jedenfalls.

Das lichtdurchflutete Foyer des Museums war zu dieser frühen Stunde noch verwaist. Die Kassiererin richtete sich hinter ihrem eleganten Tresen gerade erst für das Tagesgeschäft ein, als sich Paul näherte und eine Eintrittskarte verlangte.

»Was möchten Sie sich denn ansehen?«, fragte die Frau ernst. Sie sah aus wie eine strenge Lehrerin.

»Die Waffenabteilung«, sagte Paul und ärgerte sich im selben Moment über seine Leichtfertigkeit.

»Tut mir leid. Diese Abteilung ist zur Zeit aus technischen Gründen geschlossen.«

»Aus technischen Gründen ...«, sinnierte Paul. »Kann ich nicht wenigstens einen kurzen Blick hineinwerfen?«

»Nein.« Die resolute Antwort der Kassendame war eindeutig.

»Okay, dann bitte ein normales Ticket, ganz ohne Sonderwünsche«, sagte Paul, wobei er sich sicher war, dass der Frau die Ironie seiner Bestellung entging.

Dann machte sich Paul endlich auf den Weg durch den riesigen Museumskomplex, aber er hatte wenig Hoffnung, sein eigentliches Ziel zu erreichen. Eine geschlossene Abteilung zu besuchen, war in einem so gut gesicherten Museum wie dem GNM schier unmöglich. Zumindest, wenn man keinen menschlichen Türöffner vom Schlage eines Blohfelds bei sich hatte. Überall Alarmanlagen, Kameraüberwachung – was versprach er sich eigentlich von seinem Alleingang?

Paul passierte gerade den Ostflügel, als er auf eine Schulklasse traf. Zwanzig oder fünfundzwanzig ziemlich quirlige Teenager schlurften, liefen und hüpften an der Seite ihres sichtlich überforderten Lehrers durch den Flur. Ein Museumsführer ging voran.

Paul ließ die muntere Truppe amüsiert an sich vorbeiziehen, lächelte den Kids zu und verdrehte die Augen. Dann aber horchte er auf.

»Die Waffenabteilung ist zwar zur Zeit geschlossen«, hörte er den Museumsmann verkünden, »da euer Lehrer mir aber gesagt hat, dass ihr hauptsächlich wegen unserer Ritter gekommen seid, werden wir wenigstens einen kurzen Blick hineinwerfen. Bleibt aber bitte unbedingt hinter den Absperrungen und folgt meinen Anweisungen.«

Paul hatte ein Gefühl wie nach einem Sechser im Lotto. So stellte er sich es jedenfalls vor. Das war seine Chance. Er gliederte sich in den Strom der plappernden Jugendlichen ein, als der Wächter die Doppeltür zur Waffenkammer öffnete und die Alarmanlage deaktivierte.

»Der Stolz unserer Waffensammlung ist ...«, hob der Führer an, und Paul fackelte nicht lang. Er nutzte die Unruhe, die aufkam, als die Heranwachsenden den ersten Blick auf die vor Waffen starrenden Ritter werfen konnten, und schlüpfte an der Gruppe vorbei in das Innere des Saals. Schnell orientierte er sich. Hinter einer steinernen Bank fand er Unterschlupf.

Während sich die Schulklasse langsam in einen anderen Teil des Saals entfernte, sah Paul seinen Moment gekommen. Er tauchte unter einem wahrscheinlich von der Kripo gespannten Flatterband hindurch und lief auf die Stelle zu, wo der tote Museumsmitarbeiter gelegen hatte. Die Schulklasse hinter ihm hätte ihn zwar hören können, die Sicht auf ihn aber war wegen einer dazwischen liegenden Wand nicht möglich. Paul befand sich in relativer Sicherheit.

Natürlich war die Tatwaffe nicht mehr dort, wo Paul sie neben der Leiche liegen gesehen hatte. Und auch die hohe Vitrine, die noch immer offen stand, war leer. Bestimmt hatte man das Schwert sichergestellt und als Asservat an einen anderen Ort gebracht. Eigentlich hätte sich Paul das denken können. Er ärgerte sich über seine Naivität.

Er beschloss, seine Anwesenheit trotzdem so gut wie möglich zu nutzen: Er sah sich noch einmal sehr langsam und intensiv um, malte sich aus, wie Dr. Sloboda vor seinem Tod in dem hallenartigen Raum gestanden haben könnte. Der Heraldiker musste seinen Begleiter gekannt haben und ihn aus freien Stücken mit in den Waffensaal genommen haben, dachte Paul. Andernfalls hätte er auf dem langen Weg durch die Gänge und Flure zu dem Waffensaal doch auf irgendeine Weise versucht zu flüchten oder Hilfe zu holen. Und selbst wenn es Sloboda dabei nicht gelungen wäre, seinen späteren Mörder abzuschütteln, wäre es spätestens in diesem Saal zu einem Kampf gekommen: Sloboda hätte sicherlich versucht, sich zu verteidigen. Aber auch das hatte er offenbar bis zuletzt unterlassen.

Paul sah sich die gläsernen Schaukästen, die Ritterrüstungen und Standarten an: Keine einzige Scheibe war zu Bruch gegangen, kein Ritter umgestürzt. Nein, überlegte Paul, Sloboda war seinem Mörder gegenüber völlig arglos gewesen. Er wurde von ihm in dem Moment überrascht, als dieser das Schwert in seine Hände bekommen hatte.

Er näherte sich der Vitrine, aus der die Tatwaffe entnommen worden war. Der Schlüssel steckte zwar ebenfalls nicht mehr im Schloss, aber Paul war sich sicher, dass es Sloboda gewesen war, der sie aufgeschlossen hatte.

Er starrte nachdenklich auf die leere Vitrine. Dr. Sloboda hatte seinem Bekannten offenbar mehr als nur vertraut. Ein Profi wie er hätte ansonsten in Anwesenheit eines Außenstehenden niemals einen Schaukasten mit einer unschätzbar wertvollen, historischen Kostbarkeit wie dem Schwert geöffnet und die antike Waffe aus der Hand gegeben.

Paul ging zurück zu der Stelle, wo weiße Klebestreifen am Boden die ehemalige Lage der Leiche kennzeichneten. Von der Vitrine bis zu dieser Stelle waren es ungefähr vier Meter. Paul stellte sich vor, wie Sloboda das Schwert aus dem Schaukasten genommen und es zunächst selbst in seinen Händen gehalten hatte. Dann waren er und sein Mörder – wahrscheinlich in eine Diskussion vertieft – einige Schritte gegangen. Auf halber Strecke könnte Sloboda die Waffe dann an den anderen übergeben haben. Anschließend musste alles sehr schnell gegangen sein: Der Mörder holte – womöglich einen Scherz vortäuschend – aus und schlug die Klinge mit voller Wucht auf die Schulter des ahnungslosen Sloboda. Dieser taumelte benommen zurück, und ehe er begreifen konnte, was vor sich ging, traf ihn auch schon der nächste Hieb.

Paul trat zwei Schritte zurück. Er konnte sich die Situation bildlich vorstellen: Nach dem zweiten Schlag hob Sloboda endlich die Hände, um sich zu wehren, doch da war es bereits zu spät. Ein dritter Hieb traf ihn, diesmal wahrscheinlich am Kopf. Der Verletzte ging in die Knie, vielleicht wimmerte er und bat um Gnade. Zum Schreien hatte er nach der Attacke wahrscheinlich schon keine Kraft mehr.

Paul, der sich immer stärker in Slobodas Lage hineinversetzte, ließ sich ebenfalls auf die Knie sinken. Der vierte, fünfte und sechste Treffer verletzte Sloboda am Arm, an der Brust und noch einmal am Kopf. Dann hauchte er sein Leben aus.

Paul legte sich neben die markierte Stelle auf die kalten Bodenfliesen und schloss für einen Moment die Augen. Ja, dachte er, Sloboda wurde von einem engen Vertrauten ermordet. So musste es gewesen sein. Oder zumindest von einer Person, der er dachte, blind vertrauen zu können.

Aber warum hatte die Person ausgerechnet dieses alte Schwert als Mordwaffe ausgewählt? Es gab doch hunderte geeignetere und effektivere Mordinstrumente in diesem Saal. Paul zermarterte sich das Hirn. Er sah den blutenden Sloboda wieder vor sich – was verband den Museumsmitarbeiter und seinen Mörder mit dem Schwert?

Paul dachte an Slobodas Aufgabenbereich: Er war Heraldiker gewesen, Wappenforscher. Natürlich waren auf dem Schwert einzelne Wappen abgebildet, aber die waren offen ausgestellt und für jedermann sichtbar gewesen. Es war also nichts Geheimnisvolles daran und außerdem: Warum sollte jemand wegen eines Wappens umgebracht werden?

Die Kälte der Bodenfliesen kroch langsam in Pauls Körper. Immer wieder musste er an die stilisierte Lilie denken, die er sowohl auf Henleins Medaillon als auch auf dem Schwert gesehen hatte. Nach wie vor hatte er nicht die leiseste Ahnung, wie und ob ein Zusammenhang zwischen den beiden Abbildungen herzustellen war, doch der Gedanke daran, dass die Lilie in irgendeiner Weise mit zwei Toten verbunden war, ließ ihn schaudern.

Die Wappen und die Lilie – was konnte er daraus folgern? Paul wurde klar, dass er allein nicht weiterkommen würde, wenn er krampfhaft versuchte, eine Logik darin erkennen zu wollen. Am hilfreichsten wäre es, einen anderen Wappenkundler zu befragen, überlegte er, doch leider kannte er niemanden mit diesem seltenen Beruf. Das hieß: doch, natürlich, einen kannte er!

Wahrscheinlich würde Hannes Fink offiziell nicht als standesgemäßer Heraldiker durchgehen, aber für seine Zwecke dürfte Finks Wissen hoffentlich ausreichen. Der Pfarrer von St. Sebald hatte Paul schon oftmals lange Vorträge über die Patrizierfamilien gehalten, die seine Kirche nicht nur über Jahrhunderte unterstützt, sondern sich auch durch ihre in Stein gehauenen oder auf Holztafeln lackierten Wappen an allen Ecken und Kanten des Gotteshauses verewigt hatten.

Das könnte klappen, dachte Paul hoffnungsvoll. Hannes Fink würde ihm mit etwas Glück weiterhelfen können, denn mittlerweile war er bei Paul dafür bekannt, selbst in verzwickten Situationen geistige Brückenschläge bewerkstelligen zu können.

Ein hysterisches Kichern durchbrach die Stille. Sofort riss Paul seine Augen auf und setzte sich kerzengerade hin. Zu seinem großen Schrecken stand hinter dem Flatterband die versammelte Schulklasse, zusammen mit Museumsführer und Lehrer. Während die Erwachsenen ihn voller Unverständnis vorwurfsvoll anstarrten, grinsten die Kids und bogen sich vor Lachen.

Paul sah zu, dass er auf die Beine kam. So schnell es ging, entfernte er sich vom Tatort und steuerte die Ausgangstür an. Gegenüber dem grimmig blickenden Museumsführer deutete er im Vorbeigehen etwas von »wichtigen Nachermittlungen« an, und keine fünf Minuten später hatte Paul das Germanische Nationalmuseum auf kürzestem Weg verlassen.

22

Seinen Freund Hannes Fink erwischte er beim Vespern im Pfarrhaus. Erwischte, weil der Pfarrer trotz der frühen Stunde schon einen Tonkrug mit Bier vor sich stehen hatte. Dazu gab es eine aufgeschnittene und dick mit Butter bestrichene Brezen.

Paul verkniff sich eine entsprechende Bemerkung, denn Fink gegenüber saß ein anderer Geistlicher. Paul erkannte ihn sofort als den Pfarrer wieder, der auf Henleins Beerdigung gesprochen hatte.

»Du brauchst uns gar nicht so vorwurfsvoll anzuschauen«, durchschaute ihn Fink und lachte laut. »Mein Kollege Hertel und ich wissen sehr wohl, dass es Donnerstagmorgen und noch nicht einmal Mittag ist. Aber ...« Fink wandte sich um und drehte Paul seinen schulterlangen schwarzen Pferdeschwanz zu. Aus einer neben ihm stehenden Kiste holte er eine weitere Bierflasche heraus. »Gottfried Hertel war so nett, mir eine Kiste Sechskornbier mitzubringen. Gebraut aus Gerste, Dinkel, Weizen, Roggen, Hafer und Emmer. Eine echte fränkische Spezialität aus Pyras – die wollen wir auf keinen Fall verkommen lassen. – Setz dich zu uns!«

Pfarrer Hertel sah Paul ebenso gastfreundlich an, so dass ihm kaum eine andere Wahl blieb, als die Einladung anzunehmen.

Fink drehte den Schraubverschluss von der Flasche und reichte sie Paul zusammen mit einem Tonkrug. »Weißt du«, setzte Fink an, »Gottfried ist so nett und hilft in unserer Gemeinde etwas aus.«

Der weißhaarige Pfarrer nickte jovial.

»Ich habe es ja – glaube ich – schon erzählt: Er war früher Pfarrer von St. Lorenz und ist noch immer ab und zu als Seelsorger aktiv«, fuhr Fink fort. »Sonst hätten wir den Beerdigungstermin für Herrn Henlein auch gar nicht so kurzfristig wahrnehmen können.«

»Solange es die Gesundheit zulässt, helfe ich gern aus«, sagte der Altpfarrer bescheiden.

»Außerdem hat er Erfahrung mit der Instandhaltung alter Gotteshäuser«, setzte Fink seine Lobeshymne fort.

»Allerdings.« Hertel lachte leicht gequält. »Was schätzen Sie, junger Mann, was der bauliche Unterhalt einer Kirche wie St. Lorenz im Jahr kostet?«

Paul zuckte mit den Schultern. »Das kann ich nicht sagen. Ich weiß nur, dass es am Kölner Dom eine ständige Bauhütte für Instandsetzungsarbeiten gibt. Also wird es schon einiges kosten.«

Beide Pfarrer sahen sich gleichsam amüsiert wie wissend an. »Bis an den Rhein brauchst du gar nicht zu gehen«, sagte Fink. »Auch an der Pegnitz könnten wir so eine dauerhafte Bauhütte gut gebrauchen.«

»Eine halbe Million Euro müssen wir jährlich in die Sanierung unseres mittelalterlichen Bürgerdoms investieren«, lüftete Hertel dann das finanzielle Geheimnis.

»Und bei St. Sebald ist es nicht viel weniger«, ergänzte Fink.

»Die Landeskirche überweist St. Lorenz pro Jahr hundertsiebzigtausend Euro für den Erhalt des Sandsteingemäuers – Tendenz leider sinkend«, holte Pfarrer Hertel aus. »Die Denkmalpflege steuert dann noch einmal fünfundzwanzigtausend bei. Von der Stadt Nürnberg bekommen wir zehntausend Euro.

Im Gegenzug kassiert die Kommune aber sechzehntausend für die Reinigung des Lorenzer Platzes und fürs Abwasser. Der Bezirk überweist tausend, der Verein zum Erhalt von St. Lorenz schießt zwanzigtausend zu. Den großen Rest aber müssen der Postkarten- und Bücherverkauf sowie der Opferstock erbringen – auf die Dauer ein eher aussichtsloses Unterfangen.«

»Und genauso sieht es bei uns in St. Sebald aus.« Fink setzte eine Trauermiene auf. »Zu allem Überfluss haben wir jetzt auch noch Probleme mit der Statik.«

»Wie denn das?« Paul ließ sich von der bierbedingten Geselligkeit der beiden Geistlichen anstecken und fragte neckisch: »Bricht den Betenden etwa bald das Dach über den Köpfen zusammen?«

»Das nicht gerade«, antwortete Fink und stand auf. »Lass uns doch einfach hinübergehen. Ich erkläre es dir dann in der Kirche.«

Angesichts des Mitteilungsbedürfnisses seines Freundes hatte Paul sein eigenes Anliegen vorerst zurückgestellt. Als er neben den Pfarrern den Sebalder Platz überquerte und auf die ebenso imposante wie filigrane Kirche zuging, deutete Fink in Richtung der zwei hoch aufragenden Glockentürme: »Der Süd- und der Nordturm wurden im Mittelalter nur bis zur Hälfte der heutigen Höhe angelegt. Erst im 14. und 15. Jahrhundert stockten die Bauleute die weiteren Etagen auf. Ob diese zusätzlichen Lasten ausreichend aufgefangen wurden, wusste damals niemand so genau.«

»Wir dagegen inzwischen schon«, ergänzte Pfarrer Hertel mit seiner tiefen Stimme, »und die Erkenntnisse der Statiker stimmen einen nicht gerade optimistisch.«

»Aber seit den Umbauten an St. Sebald sind doch schon Jahrhunderte vergangen«, wandte Paul ein. »Die Tragfähigkeit der Sandsteinmauern ist ja wohl kaum in Zweifel zu ziehen, oder?«, fragte er mit Blick auf die sonnenbeschienene Flanke des Gotteshauses.

»Im Zweiten Weltkrieg sind beide Türme total ausgebrannt«, antwortete ihm Fink. »Treppenaufgang, Zwischenböden, Glockenstühle – alles in Schutt und Asche. Die inneren Steinquader platzten durch die extreme Hitze um bis zu zehn Zentimeter tief auf.«

»Die verrußte Ruine war nicht mehr belastbar«, ergänzte Pfarrer Hertel. »Erst das nachträgliche Einziehen von Betondecken, Stahlträgern und Ringankern hat den Einbau neuer Glockenstühle erlaubt. – Das war 1952, denn wir mussten lange warten, bis wir ausreichend Geld zusammengetragen hatten. Ich erinnere mich noch genau an den Tag, als die Glocken das erste Mal nach Kriegsende wieder erklangen.« Die Augen des Altpfarrers glänzten, während er in seinen Erinnerungen schwelgte.

»Und das Problem liegt heute wo?«, fragte Paul, als sie die Kirche erreicht hatten.

Fink zog die mächtige Tür auf. »Beton und Stahl geben die Schwingungen der Glocken weiter. Die Türme beginnen dann zu eiern.«

»Zu was?«, fragte Paul.

»Mein Kollege will sagen, dass das Glockenläuten den Nordturm bis zu zweiundzwanzig Millimeter stark schwanken lässt«, erklärte Hertel ernstlich besorgt.

»Der Südturm ist mit elf Millimetern weniger problematisch, aber der Nordturm bereitet mir echtes Kopfzerbrechen«, sagte Fink, und auch seine gute Laune schien plötzlich verflogen zu sein.

Als sie die Kirche betraten und Paul die Luft atmete, die so charakteristisch nach feuchtem Stein und Kerzenrauch roch, beschloss er, dass es endlich an der Zeit war, sein eigenes Anliegen vorzutragen:

»Bevor ihr beiden in schwindelerregende Höhen aufsteigt und mit den Glocken schwingt, würde ich gern noch etwas über Wappen erfahren«, suchte Paul nach einer nicht allzu ernsten Überleitung.

Die beiden Pfarrer blieben stehen und sahen ihn verwundert an.

»Wie kommst du denn jetzt auf Wappen?«, fragte Fink sichtlich irritiert.

»Na ja«, begann Paul, »du hast mir schon so oft von den vielen Familienwappen der Patrizier und ihrer Bedeutung für St. Sebald erzählt.«

»Die Patrizier?«, schaltete sich Hertel ein. »Für St. Lorenz waren sie nicht weniger wichtig. Was liegt Ihnen denn auf dem Herzen, junger Mann?«

Paul blickte beide Pfarrer abwechselnd an, während er abwiegelte: »Ach, diese Sache hat eigentlich überhaupt nichts mit der Kirche zu tun. Es ist nur so, dass ich in letzter Zeit immer wieder mit dem Thema Heraldik konfrontiert wurde, und in der Beziehung bin ich nun mal ein blutiger Laie.« Paul zog einen Stoß Fotoabzüge aus seiner Jackentasche, den er am Morgen eingesteckt hatte.

»Lass mal sehen.« Fink schnappte sich die Bilder und blätterte sie schnell durch. Dann gab er sie an Pfarrer Hertel weiter. »Das sind die Wappen der bedeutendsten Patrizierfamilien«, sagte Fink lapidar. »Sie alle sind in meiner Kirche vertreten. Allesamt großzügige Spender. Wo hast du die Fotos gemacht? Sie sehen aus wie Gravuren auf Metall.«

Auch Hertel sah die Bilder interessiert durch.

»Die Wappen stammen von einem Schwert«, erklärte Paul. »Einer sehr alten Waffe aus dem Germanischen Nationalmuseum. Kommt dir an den Abbildungen irgendetwas verdächtig vor?«

Fink schüttelte den Kopf, so dass sein Pferdeschwanz tanzte. »Verdächtig? Mein lieber Paul: Was soll an einem klassischen Patrizierwappen denn verdächtig sein?«

Paul zog ein weiteres Bild hervor. »Und diese Blume?« Er reichte Fink die beiden Fotos der Lilie: Eins zeigte Henleins Medaillon, das andere noch einmal die Klinge des Schwertes.

Fink nahm die Bilder und hielt sie in einigem Abstand nebeneinander vor sich. »Das ist ...« Er zog seine Stirn in

Falten. »Eine Lilie! Ja, zweifelsfrei eine Lilie. Wenn du nicht diese Einleitung mit den Wappen gemacht hättest, wäre ich wohl selbst nicht darauf gekommen«, sagte Fink und hatte es plötzlich sehr eilig, die Kirche zu durchqueren.

Paul und Pfarrer Hertel folgten ihm. Fink gab einen verwirrenden Parcours durch die Stützpfeiler des Hauptschiffs vor, blieb immer wieder stehen, schaute nach oben und ging dann weiter.

Schließlich blieb er an einer der hinteren Säulen stehen und deutete auf eine stark verblasste kolorierte Zeichnung. Sie befand sich auf einer Holztafel, die in etwa zwei Metern Höhe angebracht war. »Die Lilie. Gar nicht so einfach, sie im Dickicht der in jedem Wappen enthaltenen Motive wiederzufinden.« Fink sah Paul zufrieden an. »Da staunst du, was? Erkennst du deine Lilie? Sie ist nur ein kleiner Bestandteil des Wappens, aber immerhin: Ich habe mich daran erinnert. – Übrigens ist es das Wappen der Familie von Buchenbühl. Ein altes Patriziergeschlecht. Sie waren einst die Hauptsponsoren unserer Kirche.«

Fink redete weiter, doch Paul konnte ihm nicht mehr folgen. Fasziniert starrte er auf das blasse Abbild des ehemals stolzen Familienwappens. Was er sah, war ein Schild, umrahmt von einem wallenden roten Mantel, hinter dem zwei Spieße hervorragten. Über dem Mantel war eine altertümliche Waage gezeichnet. Das Schild selbst war dreigeteilt. Im unteren Teil gab es eine stilisierte Stadt- oder Burgmauer. Die rechte Seite füllten in Schwarz gezeichnete Pfeil und Bogen vor gelbem Hintergrund aus. Die linke Hälfte war blau ausgemalt. Und in der Mitte prangte die weiße Lilie.

Paul fühlte sich wie elektrisiert. Als er die beiden Bilder, die die Lilie zeigten, vor das Wappen hielt, wusste er, dass er einen Teil des Rätsels gelöst hatte.

Auch Fink nickte und lächelte dabei noch immer selbstzufrieden: »Ich habe es doch gewusst.« Er nahm Paul die Fotos ab, um selbst vergleichen zu können. »Nun – der Stand der Blütenblätter ist ein wenig anders, aber im Großen und Ganzen scheint es sich um ein und dieselbe Blume zu handeln. Einwandfrei ein Bestandteil des Wappens der Familie von Buchenbühl.«

Paul überlegte, ob ihm dieser Name etwas sagte. Doch er konnte sich nicht entsinnen, beim Schmökern in seinen Büchern jemals auf die von Buchenbühls gestoßen zu sein. »Wo lebt diese Familie?«, wollte er wissen. »Eigentlich sind mir ja die meisten Patriziernamen geläufig oder zumindest irgendwann einmal zu Gehör gekommen, aber ...«

»Nicht dieser Name.« Pfarrer Hertel schob seinen stattlichen Körper zwischen ihn und die Wappentafel. »Die von Buchenbühls existieren nicht mehr«, sagte er mit seiner tiefen Stimme, und Paul meinte, einen theatralischen Anklang darin zu hören.

»Die Buchenbühls wurden Opfer des Zweiten Weltkriegs«, sagte Fink mit gedämpftem Ton. »Die Familie ist in einer der verheerenden Bombennächte ausgelöscht worden. Soviel ich weiß, wollten sie ihren Familienstammsitz nicht aufgeben. Sie hatten sich sogar einen eigenen Privatbunker im Keller einbauen lassen, aber die Sauerstoffzufuhr funktionierte nicht.«

Pfarrer Hertel blickte zu Boden. »Ja, das ist eine sehr traurige Geschichte.«

»Der Feuersturm hat ihnen im wahrsten Sinne des Wortes die Luft zum Atmen genommen«, knüpfte Fink an. »Die meisten Familienmitglieder sind jämmerlich erstickt, die wenigen, die flüchten wollten, rannten direkt in die Flammen. – Niemand hat überlebt. Die ganze Familie wurde getötet.«

Paul brauchte einen Moment, um das Gehörte zu verarbeiten. »Die ganze Familie?«, fragte er schließlich. »Bisher hatte ich vom Schicksal der von Buchenbühls noch nie etwas gehört.«

»Das haben die wenigsten aus deinem und den noch jüngeren Jahrgängen«, sagte Fink. »Nach dem Krieg hatten die Leute andere Sorgen, als dem Ende eines ohnehin schon dezimierten Patriziergeschlechts nachzutrauern. Die Buchenbühls hatten nur noch wenige Nachkommen. Sie befanden sich so oder so auf dem absteigenden Ast.«

»Dennoch werden wir gerade ihr Andenken wahren«, sagte Pfarrer Hertel mit mahnend erhobener Hand, worauf Fink entschuldigend nickte.

»Natürlich, das werden wir«, pflichtete Fink seinem Kollegen eilig bei. »Die von Buchenbühls waren treue und engagierte Gemeindemitglieder. Vor allem unsere beiden Hauptkirchen St. Sebald und St. Lorenz haben sie tatkräftig unterstützt.«

Paul ahnte, worin diese Unterstützung bestanden hatte, wunderte sich aber darüber, dass die beiden Geistlichen mehr als sechzig Jahre nach Kriegsende noch so viel Aufhebens von diesem Patrizierzweig machten. »Die Spendengelder der von Buchenbühls dürften aber längst aufgebraucht sein, oder?«, fragte er gerade heraus.

Fink und Hertel wechselten einen skeptischen Blick untereinander. Hertel nickte leicht, dann ergriff Fink das Wort: »Die von Buchenbühls haben der Kirche ihren gesamten Nachlass vermacht, und das war weit mehr als ein Bündel Geldscheine und Schmuck.«

»Wir haben das Kapital frühzeitig angelegt und konnten daraus lange Zeit die anfallenden Instandhaltungskosten der Sebalduskirche decken«, ergänzte Pfarrer Hertel.

»Aber jetzt geht euch das Geld wegen der wackelnden Glockentürme doch noch aus?«, forderte Paul Hannes Fink heraus.

Dieser sah ihn ernst an: »Du musst es deinem Freund Blohfeld ja nicht gleich auf die Nase binden.«

»Er ist nicht mein Freund«, stellte Paul klar.

»Wie ich schon sagte«, meldete sich Hertel wieder zu Wort, »von den von Buchenbühls konnten wir ein beträchtliches Barvermögen übernehmen.«

»Und Grundstücke«, ergänzte Fink stolz, »hast du von dem aktuellen Bauvorhaben von Herrn Schrader gehört?«

»Wer hat das nicht?«, gab Paul die Frage zurück. »Aber du willst mir doch nicht erzählen, dass die Franziskanerhof-Passage auf einem Grundstück der Kirche gebaut werden soll, oder?«

»Doch, genau so ist es«, sagte Fink. »Schrader hat das Gelände von uns in Erbpacht übernommen. Dieses Geld werden wir in weitere, dringend fällige Sanierungsmaßnahmen investieren, und vielleicht gelingt uns damit eine Renovierung der Glockentürme.«

Paul blickte noch einmal auf das Wappen der Familie von Buchenbühl. »Dann ist die Kirche den von Buchenbühls tatsächlich noch heute zu Dank verpflichtet.«

»Ja«, sagte Pfarrer Hertel, »jedenfalls solange ich lebe.«

Paul wandte sich fragend um, woraufhin Fink ihm erklärte: »Kollege Hertel hatte den Buchenbühl-Deal seinerzeit perfekt gemacht.«

Der alte Pfarrer hob abwehrend die Hände und lächelte bescheiden. »Von einem Deal würde ich in diesem Zusammenhang nicht sprechen.«

Fink zwinkerte ihm zu. »Fest steht aber, dass du in den Nachkriegswirren als blutjunger Vikar dafür gesorgt hast, dass die Kirche zu ihrem Recht kommt.«

»Das hatten wir auch bitter nötig«, sagte Hertel. »Davon abgesehen war ich damals noch gar nicht offiziell Vikar, sondern Theologiestudent. Aber der Kirche fehlten eben helfende Hände, und ich war gern bereit ...«

»Stell dein Licht doch nicht so unter den Scheffel«, unterbrach ihn Fink, »du hast das Testament gegenüber den skeptischen amerikanischen Übergangsverwaltern durchgeboxt und damit ein langwieriges juristisches Tauziehen verhindert.«

»Gab es denn Zweifel am Testament?«, fragte Paul interessiert.

»Zweifel nicht«, antwortete Hertel, »es war ja notariell beglaubigt und damit hieb- und stichfest.«

»Aber man war sich zunächst nicht sicher, ob wirklich kein Familienmitglied der von Buchenbühls überlebt hatte«, fügte Fink hinzu.

»Das hätte durch die Identifizierung der Toten doch überprüft werden können«, sagte Paul, ärgerte sich jedoch im selben Moment schon über seinen unausgegorenen Einwurf.

Prompt sagte auch Fink: »Weißt du, was von einem Menschen nach einem massiven Bombenangriff übrig bleibt? Davon abgesehen wird es 1945 kaum genügend Rechtsmediziner gegeben haben, die sich um das Sortieren von Knochen abertausender von Leichen kümmern konnten.«

»Bitte, bitte«, mahnte Hertel, »zügele dich, Hannes. Jedes Kriegsopfer wäre es natürlich wert gewesen, identifiziert und nach christlichem Brauch beerdigt zu werden. – Bei den von Buchenbühls war dies jedoch unmöglich. Die Hitzeeinwirkung war selbst in dem Familienbunker viel zu groß gewesen, um die einzelnen Gesichter noch erkennen zu können.«

Die drei Männer verharrten in bedrücktem Schweigen, bis Paul beschloss, die Geistlichen vorerst sich selbst zu überlassen. »Na ja, jedenfalls dir vielen Dank für den Tipp mit der Lilie«, sagte er zu Fink. Dann reichte er Pfarrer Hertel die Hand, der mit kräftigem Händedruck einschlug. »Und auch Ihnen besten Dank«, sagte Paul.

»Begleitest du uns nicht noch hinauf auf den Glockenturm?«, fragte Fink.

Paul winkte lächelnd ab. »Danke, nein. Ich bin zwar schwindelfrei, aber auf einem schwankenden Turm werde ich womöglich noch seekrank.«

»Toller Witz«, sagte Fink und verzog den Mund. Dann wandte er sich Pfarrer Hertel zu: »Brechen wir auf: Wir haben ziemlich viele Stufen vor uns.«

»Einen Moment noch«, hielt Paul die beiden auf, »darf ich das Wappen fotografieren?«

»Seit wann fragst du?«, antwortete Fink und setzte seinen Weg in Richtung Turmgestühl fort.

23

Paul verdrängte seinen Hunger und jeden Gedanken daran, etwas für sein Einkommen zu tun. In seine Atelierwohnung zurückgekehrt, schaltete er im Vorbeigehen seinen Kaffeeautomaten ein und startete im nächsten Moment seinen Computer.

Keine fünf Minuten später saß er mit einem Cappuccino vor dem Flachbildschirm und betrachtete aufmerksam die Fotos, die er von dem Familienwappen der von Buchenbühls gemacht hatte.

An den Rand des Bildschirms klebte er mit Tesafilm die Abzüge der Liliendarstellungen auf Henleins Medaillon und dem Schwert. Abermals verglich er die Zeichnungen, verfolgte mit seinem Zeigefinger die Ränder der Blütenblätter, sah sich die beiden Staubgefäße an. So sehr er sich auch darum bemühte, Unterschiede festzustellen, es blieb ein und dieselbe Blume.

Ohne den Blick vom Monitor abzuwenden, tastete Paul nach seinem Telefon. Blohfelds Nummer war gespeichert.

»Ich habe zu tun!«, blaffte ihn der Reporter an. »Was gibt's denn so Wichtiges?«

»Ich brauche ein paar Auskünfte über die Patrizier.«

Am anderen Ende der Leitung blieb es kurz still. Dann bellte Blohfeld in den Hörer: »Ach ja? Und Sie erwarten, dass ich die so eben mal aus dem Ärmel schüttele, oder was? Ich dachte, Sie halten mich sowieso für ungebildet. Neulich haben Sie doch allen Ernstes angenommen, dass ich nicht wüsste, was ein Heraldiker ist.«

»Das sollte ein Scherz sein! – O.k., tut mir leid, ich hatte versäumt, darüber zu lachen«, sagte Paul mit gespielter Unterwürfigkeit.

»Also, meinetwegen«, meinte Blohfeld. Paul hörte das Zischen eines Streichholzes. Dann ein genussvolles Saugen. Wenn er sich eine Zigarre genehmigte, stellte er sich wohl auf ein längeres Telefonat ein. »Zunächst einmal: Das Wort Patriziat ist ursprünglich ein Begriff aus dem Humanismus. Es stand für die führenden Familien in unserer guten alten Reichsstadt, die Großkopferten also.« Blohfeld paffte, schmatzte und erzählte dann weiter: »Anfangs gab es ja kaum Unterschiede zwischen dem Land- und dem Stadtadel. Aber spätestens in der Mitte des 14. Jahrhunderts trennten sich deren Wege. Der Stadtadel wandte sich dem Fernhandel und den lukrativen Finanzgeschäften zu.«

»Die Patrizier besetzten also schon früh die Machtzentralen der Stadt?«, unterbrach Paul.

»Macht? Ja. Aber die Macht war auf vielen Schultern verteilt: Um 1540 waren es ungefähr vierzig Familien, die als ratsfähig galten und damit die Geschicke der Stadt lenkten. Nach und nach setzten diese Clans immer mehr Rechte für sich und ihre Günstlinge durch. Sogar gegenüber der mächtigen Reichsritterschaft konnten die Patrizier nach einigem Hin und Her ihre fränkischen Dickköpfe behaupten und galten seitdem als ebenbürtig.«

»Diese uralten Familien haben die Stadtpolitik kontinuierlich bis zur heutigen Zeit geprägt, ist das richtig?«, spitzte Paul die Aussage Blohfelds zu.

»Jein«, sagte der Reporter. Er sog wieder ausgiebig an seiner Zigarre. »Sie hätten es vielleicht gern getan. Aber mangels Nachkommen konnten sie schon bald nicht mehr alle wichtigen Ämter besetzen.«

»Sie meinen: Einige der alten Patriziergeschlechter starben aus?«

»Nicht nur einige, sondern ziemlich viele erloschen. Denken Sie nur an die Baumgärtners, die Schürstabs oder die Schlüsselfelds.« Blohfeld pustete den Rauch hörbar ins Telefon. »Am Schlimmsten traf es die Patrizier in der Stunde der fränkischen Schmach – bei der Einverleibung durch Bayern: Von den fünfundzwanzig bis dahin blühenden patrizischen Geschlechtern wurden nur die alten Familien in den bayerischen Adelsstand der Freiherrenklasse aufgenommen, während der große Rest sich mit der Klasse der einfachen Adligen zufrieden geben musste. Können Sie sich vorstellen, was da los war? Da wären beinahe aus eingeborenen Nürnbergern echte Revolutionäre geworden – was ja an sich schon ein Widerspruch ist.«

»Wie steht es mit der Familie von Buchenbühl?«, kam Paul auf den Punkt.

»Der Name sagt mir jetzt nichts.« Blohfeld zögerte. »Wobei: Ist das nicht die Familie, die im Krieg umgekommen ist?«

»Ja«, sagte Paul knapp.

»Nun, was soll mit den von Buchenbühls großartig anders gewesen sein als mit den vielen anderen blaublütigen Geschlechtern, die es heute nicht mehr gibt? Sie gehören zur Stadtgeschichte, nicht mehr und nicht weniger. – Warum fragen Sie eigentlich?«

»Ach«, sagte Paul lapidar, »ich hatte da nur so einen Gedanken.«

»Soso, und deswegen halten Sie mich von der Arbeit ab, ja? Sie führen doch etwas im Schilde. Was ist mit den von Buchenbühls? Hat diese Familie was mit unseren Mordfällen zu tun?«

»Nichts Bestimmtes«, wich Paul aus, »ich werde mich wieder melden, wenn ich mehr weiß.« Damit legte er auf.

Immerhin wusste er jetzt, dass ausgestorbene Patrizierfamilien in der Geschichte nichts Ungewöhnliches waren. Gleichwohl wähnte sich Paul noch immer auf einer heißen Spur. Er beschloss, im Internet den Namen der von Buchenbühls zu googlen.

Unter den Eintragungen stieß er schnell auf das Stichwort »Wappen«. Paul klickte den Artikel an und begann zu lesen:

»Familienwappen des Geschlechts der von Buchenbühls (ca. 1460–1945): Wappen einer Nürnberger Patrizierfamilie (daher ohne Ritterhelm). Der Schild ist ein Rundschild. Im unteren Bereich stehen die Zinnen für die Nürnberger Kaiserburg, weil die Familie sich u.a. für den Erhalt der Burganlagen einsetzte; deshalb auch Pfeil und Bogen im rechten Bereich.«

Paul nippte an seinem mittlerweile kalten Cappuccino und las weiter: »Das Gelb ist heraldisch keine Farbe, sondern steht für das Metall Gold; genauso das Weiß für das Metall Silber. Das Gold steht für den Reichtum der Familie.«

Paul übersprang einige Zeilen, da er schon entdeckt hatte, was ihn interessierte: »Charakteristisch für das Wappen des Geschlechts der von Buchenbühls ist die Abbildung der Madonnenlilie. Im Christentum galt die Madonnenlilie bis ins Mittelalter als heidnisch konnotiert. Erst danach wurde über den Umweg der Heiligen Susanna (von hebräisch Shushan, die Lilie), die als Vorläuferin Mariens gilt, die Madonnenlilie aufgrund ihrer strahlend weißen Farbe zum Symbol der Reinheit in der christlichen Formensprache anerkannt und erhielt so ihren Namen.«

Paul sah nachdenklich auf, um sich gleich darauf wieder in den Text zu vertiefen: »Als Konzession an die Unschuld wurde die Madonnenlilie meist ohne Stempel und Staubgefäße dargestellt. Die Patrizierfamilie von Buchenbühl setzte sich jedoch über diese Einschränkung hinweg und unterstrich somit ihre Souveränität. Gleichzeitig drückt die Lilie im Wappen ihr Engagement zur Verschönerung der Stammkirche St. Sebald aus.«

Paul brütete lange über diesen Zeilen, bevor er weiterlas: »Der rote Mantel, der den Schild umhüllt, wurde dem Wappen hinzugefügt, als ein Familienmitglied Stadtoberhaupt wurde; ebenso die beiden Hellebarden. Die Waage im oberen Bereich bedeutet, dass die Familie ihren Reichtum durch ein gut gehendes Handelsgeschäft aufgebaut hat. Wie bei Patrizierfamilien im Allgemeinen üblich, wurden einzelne Elemente des Wappens isoliert, um als Standessymbole für Nachkommen eingesetzt zu werden.«

Paul stutzte und las den letzten Satz des Artikels ein zweites Mal, dann durchsuchte er das Internet den ganzen verbleibenden Nachmittag nach weiteren Hinweisen. Am Ende hatte er sein Wissen über die Patrizier um etliche Erkenntnisse erweitert und das Geheimnis der Lilie beinahe gelüftet. Was ihm letztlich noch fehlte, um einen Zusammenhang herstellen zu können, waren mehr Informationen zum Leben von Franz Henlein.

Das Klingeln des Telefons riss ihn aus seinen Überlegungen – und Paul war mehr als überrascht über die unerwartete Anruferin.

24

Zunächst erkannte er die Stimme am anderen Ende der Leitung nicht:

»Herr Flemming? Sind Sie das?« Die Anruferin klang jung und selbstbewusst.

»Ja. Wer ist dran?«, fragte er, stand auf und ging hinüber zum Fenster.

»Jasmin Stahl. Sie erinnern sich? Die Polizistin aus der Kfz-Werkstatt. Rotblondes Haar – dämmert's jetzt?«

»Ach, Sie sind das?« Paul war ziemlich baff. »Woher haben Sie denn meine Nummer?«

Die junge Frau zögerte einen Moment. »Aus dem Internet. Und Ihren Namen hat mir der Kollege von der Hauptpforte verraten, bei dem Sie sich für Ihren Besuch im Präsidium eingetragen haben. – Sie sind doch nicht sauer deswegen, oder?«

»Nun ...«, Paul konnte seine Verwunderung kaum verbergen, »und was wollen Sie von mir?«

Wieder wartete die Anruferin einige Sekunden ab: »Die Unfallgeschichte hat mich irgendwie nicht losgelassen.«

»Aber Sie sagten doch, die Sache sei klar: Eine lose Schraube war der Auslöser und der Rest Schicksal.«

Jasmin Stahl räusperte sich. »Sie hatten bei Ihrem Besuch im Präsidium so einen seltsamen Gesichtsausdruck: nachdenklich und ein bisschen traurig. Sie kannten den Fahrer, habe ich recht?«

Paul bejahte.

»Dann werden Sie auch wissen, dass Henlein als äußerst korrekt, ja fast schon pedantisch galt«, fuhr die junge Frau fort. »Das geht zumindest aus den Protokollen meiner Kollegen hervor.«

»Sie haben sie gelesen?«

»Ja. Und ich habe mir auch die Schrauben oder besser gesagt das, was davon übrig ist, noch einmal gründlich vorgenommen. Die Bruchkanten haben mich ziemlich stutzig gemacht. Wissen Sie, wenn tatsächlich nur eine Schraube lose gewesen wäre, wie ich zunächst vermutet habe, hätte das durch die stärkere Belastung der verbleibenden zu einem sogenannten Dauerbruch der anderen Schrauben geführt: Sie wären so lange in ihrer Struktur geschwächt worden, bis sie nachgegeben hätten. Die lose Schraube dagegen wäre erst beim Abbrechen des Rades durch die spontane Krafteinwirkung geborsten: In der Fachsprache heißt das Sprödbruch, da sich die Oberfläche des gerissenen Metalls in so einem Fall rauh und porös anfühlt.«

»Sie wollen also andeuten ...«

»Das ist mehr als eine Andeutung, Herr Flemming«, sagte Jasmin Stahl bestimmt, »ich habe auf dem kleinen Dienstweg einen alten Studienfreund von mir eingeschaltet, der beim BKA in Wiesbaden arbeitet.«

»Beim Bundeskriminalamt?«, fragte Paul beeindruckt.

»Genau. Alex – so heißt er – hat eine metallurgische Untersuchung vorgenommen. Unter dem Rasterelektronenmikroskop hat er auf atomarer Ebene eine deutliche Verschiebung im Metallgefüge festgestellt«, sprudelte es aus der jungen Polizistin heraus, »und jetzt kommt der Hammer: Diese Verschiebung war bei allen vier Schrauben nahezu gleichstark ausgeprägt!«

»Und das heißt ...«, Paul hatte jetzt doch Mühe, dem fachlichen Exkurs zu folgen.

»Das heißt, dass nicht nur eine, sondern sämtliche Schrauben nicht festgezogen waren! Was wiederum den Schluss zulässt, dass sie vorsätzlich gelöst worden sind. Denn niemand ist so nachlässig, dass er das Nachziehen bei allen vier Schrauben vergisst.«

»Sie glauben also doch an einen Selbstmord?«, folgerte Paul betrübt.

»Nein, diesen Gefallen werde ich der Versicherung nicht tun«, entgegnete Jasmin Stahl entschieden. »Ich glaube an Mord – und zwar an einen beinahe perfekten Mord.«

In Pauls Kopf überschlugen sich die Gedanken: War sich die Kommissarin im Klaren darüber, was sie da gerade gesagt hatte?

»Jeder wusste, dass Henlein seine Reifen selbst wechselte: Alle Nachbarn konnten das im Frühjahr und Herbst von ihren Balkons aus beobachten«, erklärte sie. »Der Mörder konnte also davon ausgehen, dass bei einer Reifenpanne die Schuld bei Henlein selbst gesucht werden würde. Und so kam es dann ja auch. – Ich würde sagen: eine beinahe perfekte Tat.«

Also doch Mord! Paul konnte es kaum glauben, und noch weniger konnte er die Folgen dieser Erkenntnis einschätzen. Was bedeutete Jasmin Stahls Entdeckung für den Fall Kaspar Hauser?

»Herr Flemming, sind Sie noch dran?«, holte sie Paul aus seinen Überlegungen.

»Ja, sicher.«

»Ich habe die Ergebnisse aus Wiesbaden schon an die Staatsanwaltschaft weitergeleitet.«

»Gut, das ist sicher richtig«, stammelte Paul.

»Sie wirken ziemlich mitgenommen, aber ich habe gedacht, Sie sollten das wissen. Schließlich haben Sie Henlein gekannt«, sagte Jasmin Stahl, wobei ihre Stimme nun sehr ruhig war, nicht mehr geschäftlich.

Sie klang bei weitem nicht mehr so frech und vorlaut wie bei ihrer ersten Begegnung, dachte Paul.

»Wenn Sie mögen, können wir auf den Schreck ja heute Abend zusammen ein Bier trinken gehen«, schlug sie vor.

Erneut gelang es Jasmin Stahl, Paul zu überraschen. Er holte tief Luft und sagte: »Es ist Ihnen wirklich hoch anzurechnen, wenn Sie sich um mich Sorgen machen, aber es geht schon wieder. Ich komme zurecht, danke.«

»Schade«, sagte Jasmin Stahl, »vielleicht ein anderes Mal.«

»Klar, da findet sich bestimmt eine Gelegenheit.« Sie beendeten das Gespräch, und Paul stand noch eine ganze Weile an seiner Fensterbank und starrte nachdenklich hinaus.

25

Die Brötchentüte unter dem einen Arm geklemmt, die Zeitung unter dem anderen, überquerte Paul den Weinmarkt. Obst und Gemüse würde er auch mal wieder kaufen müssen, dachte er, er nahm viel zu wenig Vitamine zu sich.

Zuhause hatte er gerade das erste Brötchen aufgeschnitten, es mit Butter bestrichen und je eine Scheibe Käse darauf gelegt, als er die Zeitung aufschlug und ihm das neueste Werk von Victor Blohfeld ins Auge sprang:

»Der Fall Hauser: Verschwörung reicht bis in die heutige Zeit«, hatte der Reporter getitelt. Wie gewöhnlich viel zu dick aufgetragen, dachte Paul, las aber weiter:

»Der historische Fall Hauser bleibt brandaktuell. Nach den Ereignissen der letzten Tage äußern immer mehr Leser in Briefen und E-Mail-Zusendungen ihr Unverständnis über die Tatenlosigkeit der Ermittlungsbehörden. Die Ereignisse aus dem Jahr 1833 werfen ein erschreckend verräterisches Licht auf die handelnden Personen der damaligen und heutigen Zeit. Mehr und mehr Indizien sprechen dafür, dass der Nürnberger Hauser-Forscher Henlein einem Mordkomplott zum Opfer gefallen ist, dessen Ursprung mehr als ein Jahrhundert zurückliegt.«

Wie kam Blohfeld bloß wieder darauf, fragte sich Paul erstaunt. Dieser Kerl hatte doch immer wieder den richtigen

Riecher, dachte er anerkennend. Er vertiefte sich in den Artikel, doch leider blieb der Autor jeden Beweis für seine Behauptung schuldig. Paul wunderte sich, warum sich Blohfeld so weit aus dem Fenster lehnte. Andererseits hatte er kaum etwas zu befürchten, denn er machte ja in keiner Zeile Andeutungen, wer konkret hinter dem angeblichen Mordkomplott stecken könnte.

Paul schmunzelte, während er die Zeitung beiseite legte. Blohfeld saß also noch immer auf dem Trockenen. Mutmaßungen hin oder her – im Fall Hauser kam der Reporter rein faktisch keinen Schritt weiter.

Paul konnte nicht verhehlen, dass es ihn amüsierte, wie sich Blohfeld ohne einen wirklichen Erfolg abstrampelte, und er war gespannt darauf, was der Reporter als nächstes über Hauser aus dem Hut zaubern würde, ohne sich damit zwangsläufig im Kreis zu drehen. Doch zunächst einmal hatte er Wichtigeres zu tun. Paul aß sein zweites, diesmal mit Salami belegtes Brötchen und stand auf.

Mit seinem violetten, blümchenverzierten Fahrrad war Paul innerhalb weniger Minuten in der schmalen Straße Am Sand angelangt. Dieser Freitag schien ein ausgesprochen trüber Tag zu werden und ließ Paul das schöne Wetter der letzten Tage vermissen. Das Einheitsgrau stimmte ihn pessimistisch. Von der Euphorie darüber, das Geheimnis der Lilien vielleicht schon bald lüften zu können, war wenig übrig geblieben, als er bei Frau Henlein klingelte.

Paul musste nicht lange warten, bis sich die Wohnungstür öffnete. Wieder trug Frau Henlein ihren Morgenmantel, in ihren Haaren steckten Lockenwickler in ausgeblichenen Pastellfarben.

»Ich will gar nicht lange drum herumreden«, sagte Paul nach sehr knapp gehaltener Begrüßung. »Ich bin noch einmal wegen Ihres Mannes hier, genauer gesagt, wegen seines Medaillons.«

Frau Henlein gab den Weg in die beengte Mietwohnung mit mürrischem Gesichtsausdruck frei. »Dann kommen Sie rein. Sie wissen ja mittlerweile, wo das Wohnzimmer ist.«

Paul machte es sich auf dem Sofa bequem, auf dem er vor ein paar Tagen bereits gesessen hatte, und legte ein Foto auf den Tisch. Es war der Farbabzug einer seiner Aufnahmen, die er in der Sebalduskirche von dem Familienwappen der von Buchenbühls gemacht hatte. Er drehte das Foto so weit herum, dass Frau Henlein es gut sehen konnte.

»Ja – und?« Sie schob das Bild nach einem kurzen Blick wieder zu Paul zurück und sah ihn fragend an. »Was hat das komische Gemälde mit dem Medaillon meines Mannes zu tun?«

Paul tippte mit dem Zeigefinger auf das Bild. »Erkennen Sie das Motiv denn nicht wieder?«, fragte er überrascht. »Das ist ein Wappen, von dem ich glaube, dass es eine gewisse Bedeutung in Bezug auf das Medaillon und damit Ihren Mann hat.«

»Ich kann Ihnen nicht folgen«, sagte Frau Henlein fast schon stur. »Was soll das alles bedeuten?«

»Erlauben Sie mir eine Gegenfrage«, sagte Paul ruhig, obwohl er innerlich vor Ungeduld brannte. »Ist das Medaillon inzwischen wieder aufgetaucht? Haben Sie sich bei der Polizei danach erkundigt?«

»Nein.« Frau Henlein schüttelte scheinbar gelangweilt den Kopf. »Ich habe es Ihnen bereits deutlich gesagt: Dieser Kettenanhänger interessiert mich nicht, ich verbinde nur Schlechtes mit ihm. Er kann mir gestohlen bleiben.«

»Sagen Sie das nicht.« Paul hob beschwörend die Hände: »Versuchen Sie sich daran zu erinnern, was auf dem Medaillon dargestellt war. Es war eine Blume, richtig?«

Frau Henlein sah ihn mit einem Anflug von Feindseligkeit an. »Können oder wollen Sie nicht begreifen? Ich will damit nichts mehr zu tun haben. Ich habe jetzt weiß Gott andere Sorgen!«

»O. k., o. k.«, sagte Paul und deutete noch einmal auf das Foto. »Aber dieses Wappen stammt von einer alten Nürnberger

Patrizierfamilie. Es ist wenig bekannt, weil es diese Familie schon lange nicht mehr gibt. Doch wenn Sie genau hinsehen, können Sie in der linken Bildhälfte des Schildes eine Lilie erkennen. Kommt Ihnen die Blütendarstellung nicht bekannt vor? Sehen Sie die Ähnlichkeit?«

Tatsächlich betrachtete Frau Henlein erneut die Fotografie, doch nur, um gleich darauf abermals ihrem Desinteresse freien Lauf zu lassen: »Meinetwegen. Eine gewisse Ähnlichkeit ist wohl vorhanden, aber was soll's? Mag sein, dass mein Mann seine Kette von dieser Familie geschenkt bekommen hat, als er noch klein war. Na und? Was wissen wir denn dadurch?«

Paul legte die Stirn in Falten. »Ich glaube, dass wir der Herkunft Ihres verstorbenen Mannes sehr dicht auf der Spur sind. Sehen Sie hier.« Er legte nun ein Foto des Medaillons neben die Wappenaufnahme. »Es ist einwandfrei die gleiche Blüte. Perspektive, Farbgebung – es stimmt einfach jedes Detail überein!« Er machte eine rhetorische Pause, bevor er weitersprach: »Sie müssen wissen, dass Patrizierfamilien an ihre Sprösslinge eine Zeit lang einzelne Fragmente ihrer Wappen als individuelle Insignien vergeben haben. Deshalb könnte es tatsächlich sein, dass Ihr Mann ...«

»... ein Patrizier war?«, vollendete die Witwe den Satz voller Verblüffung. »Das würde ja heißen, dass er eigentlich reich war.«

»Na ja«, schränkte Paul ein, »die Familie von Buchenbühl, deren Wappen die Lilie zeigt, ist in einer der Bombennächte des Zweiten Weltkriegs umgekommen. Damit gab es keine erbberechtigten Verwandten mehr, und das Vermögen ging daraufhin laut Testament in öffentlichen Besitz über.«

Paul beobachtete, wie sich die für kurze Momente hoffnungsfrohe Miene der Witwe wieder in pure Resignation verwandelte. Tonlos sagte sie: »Dann können Sie sich diesen Zirkus hier ja sparen.«

»Aber finden Sie es denn nicht auch wichtig, dass die Herkunft Ihres Mannes endlich geklärt wird?«, hielt Paul dagegen.

Frau Henlein zuckte mit den Schultern. »Vielleicht ... Na gut, was wissen Sie noch?«, fragte sie nun ein wenig versöhnlicher.

»Ich vermute, dass Ihr Mann besagte Bombennacht als einziges Familienmitglied der von Buchenbühls überlebt hat. Er war verletzt – das erklärt seine Narben –, wurde aber versorgt und schaffte rein äußerlich den Sprung in ein normales Nachkriegsleben. Sein Gedächtnis allerdings war seit den schockierenden Ereignissen jener Nacht ausgelöscht. Wahrscheinlich war das auch eine Art innerer Selbstschutzmechanismus: Vielleicht hatte er den Tod seiner Familie mit ansehen müssen und sein Gedächtnis hat ihn vor den schrecklichen Bildern geschützt, indem es seitdem die Erinnerung verweigerte.«

»Und das war bestimmt auch gut so«, behauptete Frau Henlein und nahm ihre abwehrende Haltung wieder ein: Sie stand auf und blickte Paul wie einen unerwünschten Eindringling an. Die Hände hatte sie demonstrativ in die Hüften gestemmt.

Mit ihrem Morgenmantel und den vielen Lockenwicklern im Haar sah sie nicht gerade respekteinflößend aus. Paul sagte versöhnlich: »Ich wollte den Schmerz über den Verlust Ihres Mannes nicht vergrößern ...«

»Haben Sie aber!«

»Es tut mir wirklich sehr leid. Ich wollte Sie lediglich auf dem Laufenden halten.« Auch er erhob sich jetzt.

»Das haben Sie ja nun getan, Herr Flemming. Wenn ich Sie jetzt also bitten dürfte zu gehen.«

»Wollen Sie in dieser Angelegenheit denn nichts unternehmen?«, fragte Paul verständnislos. »Sie könnten erreichen, dass Ihr Mann wenigstens auf seinem Grabstein seinen tatsächlichen Namen trägt.«

Für einige Sekunden war Frau Henlein still. Ihr Blick schwankte zwischen Kummer und Wut. Dann sagte sie: »Sie wissen doch, dass wir wenig Geld hatten. Franz war nur ein kleiner Buchhalter bei den Verkehrsbetrieben. Er hat mich finanziell nicht gerade auf Rosen gebettet. Und selbst wenn Sie mit dieser Wappengeschichte richtig liegen würden, müsste ich mir einen teuren Anwalt nehmen, um das alles auch beweisen zu können. Dann würden bestimmt noch Notarkosten dazukommen und, und, und ...« Unruhig wippte sie von einem Bein aufs andere. »Die fixe Idee mit dem Medaillon ist eine windige Sache, genauso wie die mit Kaspar Hauser. Jeder verspricht mir die tollsten Enthüllungen und will in Wirklichkeit nur an mein Geld. Hauser ist tot, und mein Mann ist es auch, basta! Lassen Sie mich also einfach in Frieden! Bitte!«

Paul kam das Gespräch über Henleins Lebensversicherung wieder in den Sinn, das er mit Katinka geführt hatte. »Sie kommen doch demnächst durch die Lebensversicherung zu etwas Geld – und es wäre bestimmt im Sinne Ihres Mannes ...«

Mit energischem Griff fasste Frau Henlein Paul an den Oberarmen: »Es reicht, Herr Flemming. Meine Finanzen gehen Sie nichts an und mein Privatleben genausowenig. Was bilden Sie sich eigentlich ein?« Tränen sammelten sich an ihren Augenrändern. »Verschwinden Sie!«

»Aber, ich wollte ...«

»Sie sollen verschwinden!«

Paul wog ab, ob er Frau Henlein noch von den neuesten Zweifeln an der Unfalltheorie im Zusammenhang mit dem Tod ihres Mannes berichten sollte, doch das hatte hier und jetzt wohl wenig Zweck.

Paul beugte sich dem Willen der Witwe, bückte sich noch einmal, um die Fotos einzustecken, und ging.

26

»Oh Mann, was für ein scheußliches Fahrrad! Und neue Schuhe könnten Sie sich auch mal wieder leisten, Ihre sind jedenfalls megaout.«

Paul hatte Hannah im ersten Moment gar nicht bemerkt, da sie in einer Nische neben seiner Haustür lehnte – ihre bevorzugte Art, ihm aufzulauern. Nun aber ließ er sein Rad erst recht gemächlich ausrollen und schwang sich selbstbewusst vom Sattel. Er musterte Hannah von oben bis unten. Trotz der frischen Temperaturen war sie ziemlich offenherzig gekleidet.

»Danke für das Kompliment«, sagte Paul und lächelte sie an. »Du siehst heute auch wieder unwiderstehlich aus. – Aber musst du mir und dem Rest der Welt deine blühenden Reize immer wie auf dem Silbertablett präsentieren? Meinst du nicht, dass das ein bisschen billig wirkt?«

Pauls spitze Bemerkung zeigte Wirkung: Hannah zog ihre Jacke über der Brust zusammen, fand aber schnell zu ihrer gewohnten Schlagfertigkeit zurück: »Wenn Männer mein Dekolleté loben, freue ich mich, sonst werde ich zu sehr auf meine inneren Werte reduziert. Auch nicht gut«, sagte sie bissig.

»Punktsieg in der zweiten Runde für dich.« Paul drückte Hannah zur Begrüßung an sich. »Schieß los: Was kann ich also für dich tun?«

»Mich zum Essen einladen?« Sie zog einen Schmollmund und guckte ihn mit großen Augen an. »Mein Magen knurrt, aber mir steht heute nicht der Sinn nach Mensafraß – und Jan-Patricks Restaurant ist so nah ...«

»Machst du dir denn keine Sorgen um dein Image, wenn du mit mir altem Knacker ausgehst?«, gab Paul ironisch zurück.

Hannah stutzte kurz, parierte aber dann: »Nein, das ist doch ganz normal. Die Leute werden denken: Älterer Herr mit Brieftasche sucht junge Frau ohne Falten – und zahlt deshalb die Rechnung.«

»Danke für das Kompliment«, sagte Paul jetzt schon zum zweiten Mal.

»Welches Kompliment?«, fragte Hannah misstrauisch.

»Naja, dass du tatsächlich zu glauben scheinst, mein Geldbeutel wäre ausreichend gepolstert, um deinen gehobenen Ansprüchen zu genügen.«

Marlen bot ihnen wieder den kleinen Tisch am Kücheneingang an. Der Küchenmeister hätte gerade keine Zeit, erklärte die Kellnerin. Doch er ließ einen Gruß aus der Küche ausrichten und fragte an, ob sich Hannah und Paul als Versuchskaninchen für sein neustes Karpfengericht zur Verfügung stellen würden. Die beiden sagten spontan zu – und bereuten es nicht:

»Köstlich«, schwärmte Paul, nachdem er die erste Gabel in den Mund geschoben hatte.

Auch Hannah nickte anerkennend und studierte aufmerksam die Speisekarte. »Gebratenes Karpfenfilet mit Steinpilzfarce und Holunder-Cassis-Sauce. Lecker, Jan-Patrick ist ein König.«

»Und vergiss nicht das Brezel-Soufflé«, ergänzte Paul schlemmend.

Was Hannah wirklich von Paul wollte, offenbarte sie erst beim Espresso: »Ich habe gestern Abend ziemlich lange mit Mama geredet. Sie hat sich bei mir ausgeheult. Das war natürlich ein vertrauliches Gespräch, und ich werde Sie umbringen, wenn Sie mich verraten.«

»Nie im Leben«, versicherte ihr Paul und hörte aufmerksam zu.

»Mama macht sich Gedanken darüber, warum Sie zurzeit so abweisend auf sie reagieren.«

»Was heißt hier abweisend?«, fragte Paul empört.

Hannah überging seine Zwischenfrage: »Sie glaubt, dass es bei Ihnen im Grunde genommen nur um die Entscheidung zwischen Freiheit und Familie geht und Ihr Egoismus es nicht zulässt, sich für Familie zu entscheiden.«

»Aber das ist doch gar nicht wahr!«, begehrte Paul auf. »Und wenn ich tatsächlich in solchen Kategorien denken würde, müsste man ja erst einmal klären, was Freiheit überhaupt bedeutet.«

»Stimmt«, sagte Hannah betont langsam. »Ihre Generation hat ja wirklich das Glück, nicht mehr irgendwelchen Zwängen gehorchen zu müssen wie die Jahrgänge vor Ihnen. Selbst mit zwei, drei Kindern würde es Ihnen noch freistehen, dahin zu gehen, wo Sie wollen. Aber ich bin der Meinung, dass jeder von uns für die anderen Menschen um sich herum Verantwortung tragen und trotzdem seine Eigenständigkeit bewahren kann.«

»Das hast du dir sehr schön zurechtgelegt, allerdings ist das reichlich theoretisch gedacht.« Paul trank seinen Espresso aus.

Doch Hannah ließ sich nicht irritieren: »Außerdem ist es doch so, dass jedes oberflächliche Vergnügen irgendwann langweilig wird.« Hannahs hellblaue Augen schienen ihn durchbohren zu wollen. »Wenn Sie also mit Ihren jungen, knackigen Fotomodellen auf einer Jacht unterwegs durchs Mittelmeer wären, ginge Ihnen das Gekicher dieser Mädels irgendwann auf den Keks. Und ihr ewiges Verlangen nach Champagner! Sie könnten sie natürlich beizeiten austauschen, aber irgendwann würden Sie merken, dass sich alles unablässig wiederholt. Und dann fehlt Ihnen plötzlich die Vertraute, mit der Sie jahrelang durch dick und dünn hätten gehen können: eben eine feste, auf gegenseitigem Vertrauen gebaute Beziehung.« Hannah senkte den Blick. »Wahrscheinlich klingt das alles in Ihren Ohren furchtbar spießig und langweilig, aber ich meine das durchaus ernst.«

»Puh!« Paul stieß die Luft aus. »Na ja, deine Alternative zum Singleleben hört sich tatsächlich ziemlich nach Heile-Welt-Klischee an. Warum darf es denn deiner Meinung nach nur eins dieser beiden Extreme geben?«

»Extreme?« Hannah schüttelte verächtlich den Kopf. »Weil alles andere einfach unehrlich wäre«, sagte sie voller

Überzeugung. »Jeder muss sich irgendwann für einen dieser Wege entscheiden. Und wenn Sie nicht wollen, dass wir Frauen noch fieser Ihnen gegenüber werden, dann sollten Sie sich allmählich mal Ihre Gedanken machen.«

»Fieser?«

Hannah grinste ihn zornig an. »Sie haben richtig gehört, fieser. Eine Freundin von Mama hat es genau richtig gemacht: Sie hat ihren desinteressierten Partner nebenher immer schön betrogen und ist dann schließlich mit seinem besten Freund durchgebrannt. Ach ja, und schwängern lassen hat sich die Dame auch noch und ihren Neuen damit erpresst: Wenn du mich nicht heiratest, treibe ich ab. Woraufhin der Mann, der eigentlich niemals heiraten wollte, zum Ehemann wurde.«

»Und die Moral von der Geschicht', ärgere die Frauen nicht? Ich finde, das alles klingt ziemlich gehässig.«

»Ja. Mag sein.« Hannah druckste herum. »Mama würde wohl niemals so ein fieses Weib werden, andere aber schon.«

»Und das sagst du mir alles ...?«

»... um Ihnen klar zu machen, was Ihnen alles Schlimmeres passieren könnte. – Und dass Sie mit Mama überhaupt kein Risiko eingehen. Da haben Sie mein Wort drauf.«

Paul sah Hannah eine Weile sehr intensiv an, dann griff er nach ihren Händen und drückte sie fest. »Hannah, ich danke dir für dein Engagement als Kupplerin. Aber ich kann – so primitiv das klingen mag – nicht gegen meine Natur handeln. Lass mir einfach Zeit. Ich werde mich schon bald entscheiden, und dann werden wir weitersehen.«

Hannah schaute erst ihn an und dann die Speisekarte. »Immerhin habe ich es versucht. – Lassen Sie noch eine Nachspeise springen? Der warme Schokoladenkuchen mit Mandarinenragout klingt doch ganz gut, oder?«

Paul stand auf. »Beweg deinen frechen kleinen Hintern hier raus, ehe ich wirklich sauer werde!«

»Jetzt schauen Sie doch nicht so bekümmert«, überhörte Hannah seine Aufforderung und winkte nach Marlen. »Keine

Sorge: Kati weiß sich schon allein zu trösten.« Sie orderte die Nachspeise.

Paul tadelte sie mit Blicken, setzte sich dann aber wieder hin. »Ach, Hannah«, sagte er betrübt, »es sind ja nicht allein Katinkas Berlin-Pläne – die Sache mit Henlein macht mir ebenfalls großes Kopfzerbrechen. Ich stoße da auf die merkwürdigsten Dinge, aber irgendwie scheint es nicht wirklich jemanden zu interessieren.«

»Zum Beispiel?«

»Nun: Henlein war ja Waise, worauf sich seine Seelenverwandtschaft mit und sein Interesse an Kaspar Hauser begründet«, begann Paul, dann berichtete er Hannah von seiner Entdeckung der Lilie auf dem Wappen und dem offenkundigen Desinteresse der Witwe.

Aufmerksam hörte Hannah zu, auch noch, als Paul von Hausers blutverschmiertem Hemd, den losen Radmuttern an Henleins Auto, dem Mord im Germanischen Nationalmuseum und schließlich von seiner Entdeckung des von Buchenbühl-Wappens auf der Mordwaffe im Museum erzählte.

»Das sind ziemlich viele lose Enden, die Sie da in Ihren Händen halten, was?«, stellte Hannah nachdenklich fest.

»Genau, und ich kann sie beim besten Willen nicht miteinander verknüpfen«, sagte Paul niedergeschlagen. »Ich meine: Wo ist der Zusammenhang zwischen Hauser, Henlein und dem Toten im Museum? – Gut: Henlein und seine Lilie könnten verbindende Elemente sein, aber macht das letztlich alles einen Sinn?«

»Muss es denn einen Zusammenhang geben?«, fragte Hannah.

Paul sah sie verwundert an. »Wie meinst du das?«

»Na ja«, Hannah strich sich eine Locke aus der Stirn, »vielleicht haben Sie es ja auch mit zwei ganz unterschiedlichen Angelegenheiten zu tun: Da ist einmal der Fall Hauser. Henlein ist auf dieses Hemd gestoßen, von dem Sie erzählt haben, und dieses Hemd verrät vielleicht etwas Neues über Hausers

Tod, vielleicht aber auch nicht. Aber es ist auf alle Fälle interessant und könnte den einen oder anderen Widersacher auf den Plan rufen.« Sie legte ihre Hände flach nebeneinander auf den Tisch. Dann bewegte sie sie langsam auseinander. »Jetzt die andere Seite: Henlein ist seiner eigenen Herkunft auf der Spur. Er erkennt die Lilie aus seinem Medaillon in einem alten Wappen wieder. Vielleicht kam er allein darauf, vielleicht hatte er die Hilfe eines Experten.«

»Womit der Heraldiker aus dem GNM ins Spiel käme«, ergänzte Paul leise, und ein Knoten löste sich in seinem Kopf. »Darauf hätte ich eigentlich längst selbst kommen können.«

»Fürs logische Denken haben Sie ja mich.« Hannah grinste ihn an. »Sie sehen also, dass es zwischen dieser Hauser-Sache und den Todesfällen nicht unbedingt eine klare Verbindung geben muss. Es können auch zwei Paar Schuhe sein, deren Wege sich eher zufällig gekreuzt haben.«

»Zufällig gekreuzt«, wiederholte Paul, »dann frage ich mich allerdings, wer sich so sehr an Henleins persönlicher Ahnenforschung gestört hat, dass er deswegen zum Mörder wurde.«

»Dieses Rätsel zu lösen, überlasse ich gern wieder Ihnen«, sagte Hannah und machte auf dem kleinen Tisch Platz für den Nachtisch, den Marlen gerade servierte. »Ich jedenfalls habe mir jetzt etwas Süßes verdient.«

Paul schob Hannah auch seinen Teller über den Tisch. »Dann nimm doch gleich die doppelte Portion.« Er rückte seinen Stuhl zurück, stand auf und legte ein paar Geldscheine auf den Tisch, während er erklärte: »Ich muss dich jetzt leider verlassen. Mir kribbelt es in den Fingern, deine Theorie zu beweisen – oder aber, sie zu verwerfen.« Er grinste. Das erste Mal seit Langem.

»Oh«, sagte Hannah schmatzend, »danke vielmals. Jederzeit gern wieder zu Diensten.«

27

Nicht ohne Grund hatte es Paul eilig. Es war Freitagnachmittag, und Behörden schlossen an diesem Tag gerne früh. Er hatte sich in den Kopf gesetzt, dem Rätsel des Wappens endgültig auf den Grund zu gehen. War Henlein tatsächlich ein Spross der Patrizierfamilie von Buchenbühl gewesen? Und hatte Hannah recht mit ihrer Annahme, dass der Wappenforscher Dr. Sloboda ihm beim Nachweisen dieser familiären Bande geholfen hatte?

Es waren gewagte, spontan ersonnene Äußerungen von Hannah gewesen, doch Paul konnte nicht umhin, sie als durchaus schlüssig in Betracht zu ziehen. Zumal ähnliche, unausgesprochene Gedanken auch in ihm selbst bereits gegoren hatten.

Paul meinte, einen sicheren Weg zu kennen, um die Angelegenheit klären zu können. Statt seines Renaults nahm er sein Rad, denn vom Weinmarkt bis zum Marientorgraben war es – auf direktem Weg quer durch die Altstadt – nur ein Katzensprung.

Sein Ziel, das Stadtarchiv, war in einem aus Beton gegossenen, architektonischen Albtraum der frühen achtziger Jahre untergebracht. Ursprünglich als Kunsthalle gebaut, wurde es später dann als Stadtarchiv und von der Naturhistorischen Gesellschaft genutzt.

Als er eintrat, beschlich ihn das ungute Gefühl, unsichtbar zu sein. Auf dem Flur kamen ihm mehrere Männer und Frauen entgegen, niemand sagte etwas. Schließlich sprach Paul eine dürre Frau mit graublondem Haar an, die gerade dabei war, sich ihren Mantel überzuziehen:

»Entschuldigen Sie bitte: Patrizierfamilien – haben Sie dazu irgendwelche weiterführenden Informationen?«

Die dürre Dame drehte sich überrascht zu ihm um, sah auf ihre Armbanduhr und sagte dann mit vorwurfsvoller

Stimme: »Mein Herr, es ist Freitagnachmittag! Um diese Zeit haben wir überhaupt keine Informationen mehr, weder zu Patriziern noch zu anderen Themen.« Dann setzte sie doch noch ein einigermaßen freundliches Gesicht auf und sagte: »Schauen Sie doch am Montag vorbei und wenden sich dann an Herrn Dittrich, dritter Stock. Der kannte jeden Patrizier dieser Stadt persönlich.« Sie erwartete wohl ein Lachen, doch bis Paul den Witz begriffen hatte, war seine magere Gesprächspartnerin bereits mit einem Abschiedsnicken verschwunden.

Am Montag? Das würde bedeuten, dass Paul ein ganzes Wochenende mit jeder Menge Fragezeichen in seinem Kopf vor sich hatte. Die Henlein-Sache brannte ihm immer stärker unter den Nägeln, weshalb er es nicht einsehen wollte, vertröstet zu werden.

Also setzte er seinen Weg fort und gelangte über ein quadratisches Treppenhaus, in dem eine großformatige historische Stadtansicht hing, ins dritte Obergeschoss. Neben den Zimmertüren waren praktischerweise die Namen der Mitarbeiter des jeweiligen Büros angebracht. Paul ging von Tür zu Tür und las die Schilder. Den Namen Dittrich fand er allerdings nicht. Hatte ihn die Dürre auf den Arm genommen?

Am Ende des Gangs traf Paul auf eine Putzfrau, die ihm mit einem Wagen voller Müllsäcke und Reinigungsutensilien entgegenkam.

»Verzeihen Sie«, sagte er höflich, »wissen Sie, ob hier ein Herr Dittrich arbeitet?«

»Diiiitrig?«, fragte die Frau in gebrochenem Deutsch. »Sähr netter Härrr. Sähr höflig.«

»Können Sie mir seine Zimmernummer sagen?«

Die Putzfrau nickte eifrig: »Sieben.« Paul bedankte sich und gelangte durch eine Tür in einen weiteren Flur.

Er war menschenleer und wirkte wie ausgestorben. Paul hatte kaum noch Hoffnung, diesen Dittrich noch an seinem Arbeitsplatz anzutreffen, trotzdem klopfte er zwei Mal kräftig an die Tür, als er sein Büro endlich gefunden hatte.

»Herein, bitte«, klang es dumpf aus dem Inneren und Paul trat erleichtert ein.

Herr Dittrich entsprach ganz und gar nicht Pauls Vorstellungen. Er hatte einen grauen Beamten erwartet. Jemanden im Nullachtfünfzehn-Anzug und mit Allerweltsgesicht; jemanden, den man am nächsten Tag vergessen hatte. Doch Dittrich erfüllte diesen Stereotyp nicht.

Paul sah sich einem klein gewachsenen Mann mit ungewöhnlich faltigem Gesicht, grauen Haaren und buschigen Augenbrauen, die über zwei spitzbübisch blitzenden Augen wucherten, gegenüber. Paul ahnte sofort, dass er es mit einem cleveren und mit Wissen beschlagenen Mann zu tun hatte. Jetzt konnte er gut nachvollziehen, was die dürre Dame, die ihm seinen Namen genannt hatte, mit ihrer Andeutung gemeint hatte.

»Flemming, Paul Flemming«, stellte Paul sich vor.

Dittrich sah ihn neugierig an. »Der Fotograf?«

»Sie kennen mich?«

»Nicht Sie, aber einige Ihrer Werke.« Verschmitzt fügte er hinzu: »Als Archivar sollte man sich nicht nur mit der Historie befassen, sondern auch die Gegenwart immer im Auge behalten. – Aber bitte, setzen Sie sich!«

»Danke, gern. Mir wurde gesagt, dass Sie sich sehr gut mit unseren Nürnberger Patrizierfamilien auskennen. – Aber Sie wollten wahrscheinlich gerade Feierabend machen ...«

Dittrich schüttelte den Kopf. »Was wollen Sie denn wissen?«

Paul fragte nach den von Buchenbühls, ohne dabei zu viel über seine wahren Beweggründe zu verraten.

»Von Buchenbühl?«, wiederholte Dittrich, rieb sein zerknittertes Gesicht und erhob sich von seinem Schreibtischstuhl.

Der kleine Mann ging mit suchendem Blick durch sein quadratisches Büro, in dem sich Aktenordner und Kartons stapelten. Es sah hier nach Arbeit aus – nach sehr viel unerledigter Arbeit, dachte Paul. »Können Sie mir sagen, ob diese Familie tatsächlich nachweislich ausgestorben ist?«

»Eine wirklich seltsame Frage«, antwortete Dittrich. »Die von Buchenbühls zählten zu den ältesten Geschlechtern Nürnbergs. Sie tauchten Mitte des 15. Jahrhunderts zum ersten Mal in der Geschichtsschreibung auf und zählten schon bald zur Führungsriege«, spulte er sein Wissen herunter.

»Das interessiert mich näher«, ging Paul bereitwillig darauf ein, »können Sie mir ein paar Details über diese Familie erzählen?«

»Mehr als genug. Das wäre dann allerdings ein abendfüllendes Programm.«

»Und eine Zusammenfassung?«

»Gut.« Dittrich nickte. »Dann aber zunächst ein paar Grundbegriffe, damit Sie auch wissen, wovon ich spreche.« Er räusperte sich. »Das Patriziat setzte sich aus Nürnberger Bürgern zusammen und wurde durch den Ältestenrat 1521 als Standesvorrecht offiziell festgeschrieben. Damals wurde unterschieden zwischen dem ersten alten Geschlecht, also denjenigen Familien, die bereits 1332 im Rat zugelassen worden waren, die Tuchers zum Beispiel oder den Schürstabs und Behaims, dem sogenannten anderen Geschlecht mit den Imhoffs und Pirkheimers sowie dem dritten Geschlecht mit den Familien Hirschvogel und Fürer ...«

»Lassen Sie mich raten: Die von Buchenbühls zählten zum ersten alten Geschlecht.«

»So ist es«, bestätigte Dittrich. »Und sie konnten sich über all die Wirren der Zeit hinweg in ihrer starken Position behaupten. – Die von Buchenbühls blieben wie die meisten Patrizierfamilien lange Zeit kaiserlich gesonnen. Manch ein junger Patriziersohn trat im 19. Jahrhundert den Militärdienst unter den Habsburgern an. Nur hohe, vom bayerischen König angedrohte Strafen zwangen das Patriziat und damit auch die von Buchenbühls umzudenken und sich dem neuen Königreich Bayern anzuschließen. Sie waren von jeher stolz und unabhängig in ihrem politischen Denken. Und natürlich auch, was ihre Religion betraf.«

Ähnlich hatte es Blohfeld geschildert, dachte Paul und stellte fest: »Danach ist es aber still geworden um die von Buchenbühls.«

»Nicht still, aber die Blüte der Familie war überschritten, könnte man sagen. Die von Buchenbühls mischten von da an eher im Hintergrund mit und hielten sich weitgehend an die königlich bayerischen Regeln. Sie sattelten um und gingen recht erfolgreich Immobiliengeschäften nach.«

Paul drängte auf das Ende der Geschichte: »Und zum Schluss? Spielten die von Buchenbühls noch eine Rolle in Nürnberg?«

Dittrich seufzte: »Ich will wirklich nicht auf die Uhr sehen, aber allmählich frage ich mich, ob wir diese kleine Geschichtsstunde nicht doch besser auf einen anderen Zeitpunkt verlegen sollten.«

Kurzerhand zog Paul das Foto mit Henleins Medaillon aus der Tasche und legte es vor Dittrich auf dessen Schreibtisch. Dieser nahm es vorsichtig zwischen Daumen und Zeigefinger und studierte es gründlich. Sein Gesicht wurde dabei noch zerknautschter, doch seine Augen funkelten lebendig.

»Wo haben Sie das her?«, fragte er nach kurzem Zögern.

Paul erzählte von seinem Auftrag und fügte als Erklärung hinzu, dass das Medaillon seit Henleins Autounfall als verschwunden galt.

Der alte Archivar betrachtete das Foto noch eine Weile, dann sagte er sehr langsam und leise: »Das Geschlecht der von Buchenbühls gilt seit der Zerstörung Nürnbergs im Jahr 1945 als ausgestorben. Das Medaillon, das Sie da fotografiert haben, zeigt höchstwahrscheinlich einen Teil des von Buchenbühlschen Wappens.« Er zerzauste nachdenklich sein struppiges Haar. »Meine Erklärung dafür lautet, dass es sich ein Plünderer angeeignet und an diesen Henlein weitergegeben hat.«

Das wäre natürlich auch eine Möglichkeit, dachte Paul etwas enttäuscht. Doch auch Dittrich musste die zweite

Variante einfach in Betracht ziehen, deshalb sagte Paul: »Oder Henlein war möglicherweise rechtmäßiger Inhaber des Medaillons ...«

»... weil er als einziger von Buchenbühl-Nachkomme den Nürnberger Feuersturm überlebt hat«, beendete Dittrich den Satz pathetisch. »Vorstellbar ist diese Variante tatsächlich – vor allem durch den Gedächtnisverlust, von dem Sie erzählt haben.« Der Archivar ging auf ein zimmerhohes Regal zu, das bis auf den letzten Zentimeter mit Aktenordnern und Karteikästen gefüllt war. Er musste nicht lange suchen, bevor er einen der Ordner herausnahm und sich Paul gegenübersetzte.

Dittrich schlug den Ordner auf, und Paul sah vergilbte Dokumente, die mit Schreibmaschine ausgefüllt waren und verblichene Stempel trugen. Er erkannte Namen und Adressen, doch die meisten Dokumente waren unvollständig ausgefüllt. Bei einigen fehlte das Geburtsdatum, bei anderen die Anschrift, bei vielen war lediglich ein Vorname eingetragen.

Der Archivar nahm ein Dokument heraus, an das ein ausgeblichenes Schwarzweißfoto geklammert war. Paul erkannte einen Jungen, vielleicht fünf Jahre alt, der zwei verschiedene Schuhe, eine viel zu große und dadurch wie ein Sack fallende Hose und eine Militärjacke mit hochgekrempelten Ärmeln trug. Er hatte helle, ungeordnete Haare, abstehende Ohren – und unendlich traurige Augen.

»Wer ist das?«, fragte Paul, der bei dem Anblick sofort an den jungen Henlein dachte.

»Nur einer von vielen. Ein Namenloser«, sagte Dittrich. »Wahrscheinlich ein Flüchtlingskind, das seine Angehörigen auf dem langen Marsch von Ostpreußen nach Franken verloren hat. Aus der Akte geht leider nicht hervor, was aus ihm geworden ist.«

»Gab es tatsächlich so viele von ihnen?«, fragte Paul, wobei er seinen Blick nicht von dem erbärmlichen Gesichtsausdruck des Jungen lösen konnte.

»Ja, sehr, sehr viele«, sagte der alte Archivar traurig, und es schien, als würden längst vergessen geglaubte Eindrücke aus der Vergangenheit in ihm wachgerufen. »Nach dem Krieg wurden landesweit dreihunderttausend verloren gegangene Kinder vom Roten Kreuz gesucht. Sogar heute noch bekommen wir Anfragen von alten Menschen, die ihre Herkunft klären möchten, und von sehr Betagten, die ihre vermissten Kinder niemals aufgegeben haben. Fast fünftausend Fälle sind noch immer ungeklärt.«

»Henlein bildet also keine Ausnahme?«

»Nein, durchaus nicht. Wenn er tatsächlich ein von Buchenbühl-Spross war und die Bombennacht überlebt hat, muss er in den Tagen, Monaten und Jahren danach Höllenqualen durchlitten haben.« Dittrich war jetzt sehr ernst. Paul merkte ihm an, wie nahe ihm dieses Thema ging. »Verarbeitung braucht Erinnerung – doch die hatten Henlein und seine Schicksalsgenossen nicht mehr. Es ist unvorstellbar, was in den Seelen der Kinder geschah, die statt Geborgenheit und Zärtlichkeit nur die Einsamkeit und Todesangst des Krieges und der Jahre danach erfuhren. Sie hungerten, gingen in Lumpen, hausten in Scheunen und Baracken. Sie mussten sich ihr Essen erbetteln und ihre tiefe Sehnsucht nach den Eltern verdrängen, um den tagtäglichen Überlebenskampf zu bestehen. Ihre frühesten Erfahrungen waren die der Entwurzelung, Familienverlust und Gewalt. Dazu kam dann noch die ständige Suche nach Anerkennung: Findelkinder waren in den Fünfzigern oft Diskriminierte, um deren Belange sich niemand geschert hat.«

Der Archivar schlug den Aktenordner wieder zu und schwieg.

Auch Paul hielt sich nachdenklich zurück, bevor er auf den Ausgangspunkt ihrer Unterhaltung zurückkam. »Was ist aus dem Geschlecht der von Buchenbühls letztendlich also geworden?«

Dittrich blickte auf. »Die Überreste der Familienmitglieder konnten meines Wissens nach nie hinreichend zugeordnet werden. Die letzte und finale Bombennacht hatte hunderte von Todesopfern gefordert – da hatte niemand Zeit für aufwändige forensische Untersuchungen. Da kein Erbe zu ermitteln war, wurde das Testament der Familie vollstreckt.«

»Ja, ich weiß«, sagte Paul, »der Nachlass ging an die Öffentliche Hand, genauer, an die Kirche.«

»Das ist korrekt«, bestätigte der Archivar. »Das Testament sah für den Fall, dass es einmal keinen Buchenbühl-Nachkommen mehr geben würde, vor, das gesamte Vermögen und sämtliche Grundstücks- und Immobilienbesitztümer an die evangelisch-lutherische Kirche zu überschreiben.«

»War denn so etwas üblich?«, wollte Paul wissen.

»Durchaus. Heutzutage vererben die Leute ihr Geld zwar lieber dem Tierheim, aber bis vor ein paar Jahrzehnten noch waren die Kirchen die großen Nutznießer.« Dann schaute Dittrich wieder auf seine Armbanduhr. »Die Kirche hat das Geld jedenfalls gut gebrauchen können, denn der Wiederaufbau der Kirchen war ja teuer. Auch die Grundstücke haben wohl erkleckliche Beträge eingebracht.«

»Wurden sie denn alle verkauft?«

Der Archivar stand auf und ging zu einem Wandschrank. Er öffnete ihn und nahm seinen Mantel von einem Kleiderbügel. »Ja, die meisten wurden inzwischen zu Geld gemacht. Verkauft oder verpachtet. Von dem jüngsten Vertragsabschluss haben Sie sicher gehört: der Franziskanerhof.«

»Ach«, heuchelte Paul Unwissenheit, um mehr zu erfahren, »dieses Filetgrundstück stammt also aus dem Buchenbühl-Erbe?«

»Genau, und der neue Investor Bernhard Schrader wird das Pegnitzgrundstück sicherlich nicht zum Schnäppchenpreis bekommen haben.«

Gemeinsam gingen sie zur Bürotür, wo sich Paul von dem Archivar verabschiedete und ihm für die Hilfe dankte.

Jetzt hatte er eine seriöse Bestätigung für seine Vermutung, dachte Paul mit Genugtuung. Der kaum zu leugnende

Zusammenhang mit der Kirche passte ihm allerdings gar nicht. Keinesfalls wollte er seinen Freund Hannes Fink in die Klemme bringen.

28

Er hatte eine unruhige Nacht hinter sich, in der er immer wieder an Henlein hatte denken müssen. Er hasste dieses Gefühl, unausgeschlafen zu sein. Nun stand er vor dem Spiegel in seinem schmalen Badezimmer und musterte sich: Die tiefen Schatten unter seinen Augen waren noch ausgeprägter als vor ein paar Tagen, und der Rest seines Gesichts sah reichlich zerknittert aus.

Missmutig schlug er auf den Rand des Waschbeckens und setzte seine kritische Selbstinspektion fort. Er wandte den Kopf nach rechts und nach links. Er überlegte ernsthaft, ob er sich einige der weißen Haare an seinen Schläfen auszupfen sollte. Aber dann waren da ja immer noch die verräterischen Fältchen ...

Paul eilte ins Atelier, zog ein Magazin aus dem Zeitschriftenstapel neben seinem Sofa und blätterte suchend darin herum. Schließlich fand er, wonach er gesucht hatte: Er nahm die Probepackung Faltencreme aus dem Heft und rannte zurück ins Badezimmer. Sorgsam rieb er sich die Augenpartie ein – und fing dann an zu lachen. Erst leise und zaghaft, dann immer lauter und ausgelassener.

Was tat er hier eigentlich? Wollte er sich mit Hilfe einer Gratispackung Gesichtscreme wieder jung zaubern? »Du bist ein eitler Gockel!«, schimpfte er sein Spiegelbild und schnitt eine Grimasse.

Das Lachen tat ihm gut. Schon besser gelaunt zog Paul sich etwas über und verließ seine Wohnung. Mit frischen Brötchen und der Tageszeitung kehrte er zurück. Er schlug sie auf: nichts

Neues über Kaspar Hauser. War Blohfeld doch noch der Stoff ausgegangen?, fragte er sich. Er schmierte sich ein Brötchen mit Teewurst, dann wählte er die Handynummer des Reporters:

»Guten Morgen«, sagte er, nachdem sich Blohfeld wie üblich mürrisch gemeldet hatte, »schon lange nichts mehr über Hauser gelesen, was ist denn da los?«

»Sie brauchen gar nicht so ironisch zu sein«, blaffte ihn der Reporter an. »Keine Sorge: Die Sache geht weiter. Ich habe den Verleger überzeugen können, und er lässt etwas Geld springen. Die Genanalyse ist somit gesichert.«

»Das ist aber schön für Sie«, sagte Paul ehrlich erfreut. »Und wann ist mit einem Ergebnis zu rechnen?«

»Nun – heute ist Samstag, da arbeitet natürlich kein Labor. Ich denke, dass im Laufe der nächsten Woche die Ergebnisse vorliegen werden.«

»Da bin ich ja mal gespannt«, sagte Paul und blätterte währenddessen in der Zeitung. Plötzlich stutzte er: In den aktuellen Tagestipps war eine Veranstaltung der Nürnberger Altstadtfreunde angekündigt. Für heute wurde eine Führung über den Franziskanerhof empfohlen. Da Paul die Ansichten der Altstadtfreunde und deren Missbilligung von Neubauten in der Altstadt bereits kannte, konnte er sich ausmalen, dass es sich eher um eine Demonstration als um eine Führung handeln würde. Aber ...

»Sind Sie noch dran?«, fragte Blohfeld in die Stille.

»Nein, eigentlich nicht.« Paul legte auf. Aufgeregt las er erneut die kurze Ankündigung, dann sah er auf die Uhr. Wenn er sich beeilte, würde er es gerade noch schaffen!

Paul nahm sein violettes Fahrrad, um die kurze Strecke bergab schnell zurücklegen zu können: Erst schoss er den Burgberg hinunter, dann die Winklerstraße entlang.

Die Baustelle im Herzen der City war gigantisch. Vier hohe Kräne ragten in den Himmel, und wo vor wenigen

Wochen noch ein halbes Dutzend baufälliger Mehrfamilien- und Geschäftshäuser gestanden hatte, klaffte jetzt ein riesiges Loch.

Paul erkannte die Altstadtfreunde nahe einer Lücke im Bauzaun, durch die an Werktagen die Muldenkipper, Bagger und Betonmischer fuhren. Die Gruppe, hauptsächlich konservativ gekleidete Pensionäre, fiel schon von Weitem auf, da jeder Zweite ein Transparent oder Plakat in der Hand trug, auf dem Sprüche zu lesen waren wie:

»Rettet die Altstadt – NEIN zum Franziskanerhof-Projekt!« oder: »Stoppt den Kahlschlag in der Altstadt – Stoppt Bernhard Schrader!«.

Paul lehnte sein Rad an einen Verkaufskasten von Blohfelds Zeitung und schloss sich der Gruppe an. Trotz der hetzerischen Plakate tauchte wenig später ein auffällig freundlich lächelnder Herr in Anzug und sorgfältig gebundener Krawatte auf und winkte die Gruppe näher an die Baustellenzufahrt heran.

»Kommen Sie!«, rief er. »Nur keine Scheu! Wir haben nichts zu verbergen. Schauen Sie sich unsere Vision vom neuen Franziskanerhof in aller Ruhe an, und bilden Sie sich dann Ihre Meinung.«

Paul folgte der sich nur langsam in Bewegung setzenden und Widersprüche murmelnden Menge auf die Baustelle. Der Herr im Anzug stellte sich als Dr. Manfred Klier vor, der Architekt:

»Im Namen des Bauherrn, Herrn Schrader, begrüße ich Sie herzlich zu unserem Rundgang durch die Zukunft. Erleben Sie das Nürnberg von morgen – in der Tradition von gestern. Bitte beachten Sie dabei die Sicherheitshinweise, denn aus terminlichen Gründen wird bei uns auch am Wochenende gearbeitet.«

Automatisch schaute Paul zu den Kränen hoch, deren Ausleger sich über der Gruppe bewegten. Dass er sich die nächste halbe Stunde unterhalb der unablässig kreisenden Arme aufhalten würde, behagte ihm überhaupt nicht.

Geschlossen ging die Gruppe weiter. Paul folgte den anderen über Schotter, aufgewühlte Erde und Holzbretter bis ans andere Ende des weitläufigen Areals. An der Pegnitz blieben sie stehen, worauf viele der Teilnehmer vor Ehrfurcht ihre Transparente sinken ließen: Erst jenseits des Bauzauns ließ sich die Größe der Baustelle erfassen.

Die Baugrube hatte gigantische Ausmaße: Sie war ein gewaltiges Loch. Größer und tiefer als alles, was Paul je gesehen hatte. Und das unmittelbar neben dem Flussbett der Pegnitz!

»Lassen Sie Ihre Fantasie spielen«, forderte Architekt Klier seine Zuhörer auf, »malen Sie sich die Franziskanerhof-Passage als gemauertes Viadukt neben dem Flusslauf aus. Die Last des Glasdachs schwebt auf schlanken Pfeilern wie eine Tischplatte auf Bleistiften – ein Kristallpalast ...«

Es ertönten vereinzelte Buhrufe, doch die meisten Teilnehmer waren viel zu sehr beeindruckt von den Ausmaßen des Bauprojekts, um zu protestieren, wie Paul belustigt feststellte.

Klier sprach weiter über die einzigartige Architektur der neuen Konsummeile, über den Bogenschlag zwischen Vergangenheit und Zukunft und über die Chancen für ein weltweites Renommee, welches Nürnberg durch das Ja zu mutiger Architektur bekommen würde.

Spätestens bei dem Stichwort der mutigen Architektur hatten sich die Altstadtfreunde wieder auf ihre eigentlichen Vorhaben besonnen und suchten in ihren Jacken nach den eingesteckten Trillerpfeifen. Auch die Plakate wurden nun wieder trotzig in die Höhe gestreckt.

Dr. Klier kam nicht mehr zu Wort. Es nutzte auch nichts, dass er sich, wie Paul spöttisch registrierte, auf die Zehenspitzen stellte und mit den Händen einen Trichter vor seinem Mund formte. Pfeifend und schimpfend zogen die Altstadtfreunde ab und kündigten drohend »Mahnwachen« und »Lichterketten« vor dem Franziskanerhof an.

Während die Demonstranten an Paul vorbei dem Ausgang der Baustelle zuströmten, blieb er stehen, wartete einen Moment ab, dann wandte er sich an den abgekämpft wirkenden Architekten. »PR-Arbeit ist nicht immer leicht, was? Paul Flemming, Fotograf«, stellte er sich vor.

Dr. Klier lockerte seine Krawatte. »Das kann man wohl sagen. Vor allem, wenn man ganz andere Sorgen hat, als unbelehrbare Ritterburg-Fans davon zu überzeugen, dass wir im 21. Jahrhundert angekommen sind.« Dann sah er erschreckt auf: »Oh, Verzeihung. Gehören Sie auch zu denen?«

»Nein, nein, keine Sorge«, sagte Paul, lächelnd über Kliers Ausrutscher. »Ich bin nur der Neugierde halber mitgegangen. Aber sagen Sie: Was gibt es denn für andere Sorgen hier auf dem Bau? Es sieht doch so aus, als würden Sie gut vorankommen.«

»Leider nicht«, ging Klier auf die Frage ein. Er deutete in die Grube, auf deren Grund mehrere mächtige Pumpen arbeiteten und armdicke Schläuche sich mit Wasser füllten. »Läge der Standort nur etwas höher, wäre die Passage schon längst in Betrieb. So aber arbeiten wir quasi in amphibischem Terrain.«

»Sie meinen: Es gibt Probleme mit der Pegnitz?«, fragte Paul.

Klier sah ihn abschätzend an, wandte sich aber sogleich wieder der Baugrube zu. »Bei der offenen Grube in unmittelbarer Flussnähe kam in Absprache mit dem Baugrundsachverständigen nur die Wand-Sohle-Bauweise in Frage. Dafür haben wir Bohrpfahlseitenwände aus Beton zwanzig Meter tief in die Erde gesenkt und mit Bohrpfählen rückwärtig verankert; wir brauchen ja noch ausreichend Fläche für die unterirdischen Parkdecks.« Klier machte eine weit ausholende Handbewegung. »Spezialbagger mussten die Schächte ausheben – zeitweise sah es hier so aus wie an der Fränkischen Seenplatte.«

»Ein aufwändiges Verfahren«, stimmte Paul dem Architekten zu.

Dieser nickte eifrig. »Auf dem Grund dieser Seen haben unsere Maschinen die meterlangen Bohrpfähle ins Erdreich gestampft. Der Beton darüber bildete dann die Sohle.« Er sah Paul ernst an. »Aber die Pegnitz hat noch nicht aufgegeben. Immer mal wieder kommt es zu Rissen, die von Tauchern mit Kunstharz gekittet werden müssen. Das Ganze ist höchst ärgerlich.«

»Es hört sich wirklich nicht nach einem Kinderspiel an«, sagte Paul.

»Die Gruben sind unsere größte Leistung – schwieriger als jedes Hochhaus«, sagte Klier. »Im Grunde genommen handelt es sich bei der gesamten Untertagekonstruktion um einen gewaltigen Hohlraum, auf den von der Seite und vor allem von unten das Wasser drückt. Es erzeugt einen gewaltigen Auftrieb! Daher auch die massive Stahlbewehrung aller Betonwände, die dicken Grubensohlen und die komplizierte Statik der Treppenhäuser und Aufzugsschächte, die noch zusätzlich zur Aussteifung der unteren Geschosse herhalten müssen.«

»Das Wasser macht Ihnen also weit mehr zu schaffen, als Sie ursprünglich dachten«, folgerte Paul und wurde hellhörig. Er fragte sich, wie sich dieser Mehraufwand wohl auf Schraders Finanzplanung auswirkte.

Der Architekt löste seine Krawatte nun vollends. »Das Wasser ist unser großer Gegenspieler! Einige Elemente des Fundaments müssen wir sogar mit Druckluft gegen das Eindringen von Grund- und Flusswasser schützen. Ein kleiner Fehler reicht aus, um von einer Schlammmasse verschüttet zu werden.«

»Schrader lässt sich dieses Projekt ja einiges kosten«, warf Paul möglichst arglos ein.

»Ja, es wird ein symbolträchtiger Bau – trotz oder gerade wegen seines von den Altstadtfreunden angeprangerten formalen Minimalismus«, sagte Klier stolz. »Eine zwingend nötige Belebung der City.«

Darauf hatte Paul nicht hinausgewollt, also startete er einen neuen Versuch: »Was würde es für Sie eigentlich bedeuten, wenn Sie die Bauarbeiten für einige Zeit unterbrechen müssten?«

Dr. Klier schaute Paul zunächst ratlos, dann beinahe belustigt an. »Unterbrechen? Das wäre eine Katastrophe! Allein die Wasserrückhaltung kostet uns jeden Tag Zigtausende. – Wie kommen Sie auf diese Frage?«

Paul drückte sich vor einer Antwort und erkundigte sich stattdessen nach dem Bauherrn.

»Oh, da haben Sie Glück«, sagte Klier freundlich. »Soviel ich weiß, ist Herr Schrader heute auf der Baustelle.« Er hob die Hand und deutete nach links. »Gehen Sie einfach zum Container des Poliers: Der wird Ihnen weiterhelfen.«

Paul dankte für den Hinweis und verabschiedete sich. Als er jedoch auf den Container zuging, fühlte er einen Anflug von Selbstzweifeln. Was wäre, wenn ihn der Polier tatsächlich direkt zu Schrader führen würde und dieser wider Erwarten auch noch Zeit für Paul hätte? Was sollte er ihn konkret fragen? Schrader war ein viel geachteter Mann, einer der wichtigsten Immobilienmogule der Stadt. Wohl kaum würde er sich Pauls halbgare Mutmaßungen über die ausgestorbene Patrizierfamilie und ihr Erbe anhören. Andererseits: Was hatte Paul schon zu verlieren? Er gab sich einen Ruck und betrat den Baucontainer. Im Inneren brannte helles Neonlicht. An einem Tisch in der Mitte des nüchternen Raums saß ein großer Mann, der in seinen riesigen Händen ein überdimensionales Wurstbrot hielt und offensichtlich gerade hineinbeißen wollte.

»Sind Sie der Polier?«, erkundigte sich Paul.

Der Mann nickte langsam und legte widerwillig sein Wurstbrot beiseite. »Ja, ich bin hier der Kapo. Was gibt's?«, fragte er brummig.

Paul brachte sein Anliegen vor, woraufhin sich der Riese erhob. Er überragte Paul um zwei Kopflängen.

»Kommen Sie mit«, sagte er mit ausgeprägter Bassstimme.

Paul folgte dem Polier über die Baustelle. Um sie herum herrschte nach wie vor rege Geschäftigkeit. Sie mussten auf den unebenen Erd- und Steinwegen der Baustraßen diversen Baggern und Lastwagen ausweichen. Über ihnen kreisten unverändert die Ausleger der Kräne mit ihrer tonnenschweren Fracht. Paul bemerkte, dass er der Einzige weit und breit ohne Bauhelm war.

Er überlegte, ob er den Polier für ein Gespräch über seinen Chef gewinnen konnte. Er könnte damit einsteigen, dass er sich als Freund von Jan-Patrick vorstellte, der ja immerhin das Catering für das Richtfest übernahm. Aber der Hüne vor ihm machte nicht den Eindruck, als ob er Lust auf eine Unterhaltung mit ihm hatte. Ganz gleich, was Paul ihm erzählen würde.

Sie erreichten ein Baugerüst, das unmittelbar neben einer mächtigen, offenbar frisch betonierten Wand stand. Paul strich im Vorbeigehen mit der Hand über die raue Oberfläche: Der Beton war noch feucht und wohl gerade erst ausgeschalt worden.

»Ist Herr Schrader dort oben?«, rief Paul gegen den Baulärm an.

Der Kapo sparte sich eine Antwort und kletterte die steile Leiter des Gerüsts hinauf. Paul folgte ihm und erfasste erst im Hinaufsteigen die ganze Höhe der Wand: Das Trutzwerk aus Beton erhob sich von der Baugrube aus gut und gern zehn Meter und bildete den Abschluss des Gebäudekomplexes zur Pegnitz hin. Als sie den Scheitel der Wand erreicht hatten, sah Paul unter sich das Pegnitzwasser glitzern und auf der anderen Seite die tief unter ihm liegende Baugrube.

Dieser Ausflug war nichts für Menschen mit Höhenangst, dachte Paul, während er dem Polier weiter folgte. Sie kamen an den Abschluss der Wand, wo bereits die Holzschalung für weitere Abschnitte aufgestellt worden war, aber der Beton gerade erst verfüllt wurde. Paul bestaunte die ausgeklügelte

Technik: Ein Betonmischer weit unter ihnen in der Grube, der von hier oben aussah wie ein Spielzeugauto, goss seine flüssige Ladung in einen Trichter. Eine starke Pumpe beförderte den Beton über ein hydraulisch bewegtes Rohrsystem im Zickzack bis hinauf zum Wandabschluss, wo der zähflüssige graue Brei blubbernd und schmatzend in den Hohlraum der Holzschalung floss.

Noch während Paul die beeindruckenden Techniken der Großbaustelle bewunderte, wurde ihm plötzlich klar, dass sie am Ende des Weges angelangt waren. Hier oben ging es nicht mehr weiter, sondern nur noch zurück. Erstaunt sah er sich um: Von einem geschäftsmäßig gekleideten Herrn wie Schrader war weit und breit nichts zu sehen. Außer ihnen beiden hielt sich hier oben niemand mehr auf.

Der Kapo sah Paul jetzt sehr streng an.

»Wo ist Herr Schrader?«, fragte Paul, wusste aber schon, während er sprach, dass der Polier ihn geleimt hatte.

Paul beeilte sich, einen Ausweg zu suchen. Er ahnte, dass sein Gegenüber nichts Gutes im Sinn hatte. Wegzulaufen hatte keinen Zweck, denn der Pfad auf dem Wandscheitel war viel zu schmal, um an dem Hünen vorbeizukommen. Und die Folgen eines Sprungs wären gar nicht auszudenken ...

Zu spät! Der Kapo hatte Paul bereits am Kragen gepackt. Er hob ihn wie ein Kind in die Höhe, so dass Pauls Beine im Freien strampelten.

»Was wollen Sie von mir?«, brüllte Paul ihn an.

Dem Polier schien es keine Mühe zu machen, sich mit Paul im Würgegriff fortzubewegen. Er ging bis an den Rand der Schalung und streckte seine Arme aus.

Paul bemerkte entsetzt, dass er direkt über dem frischen, noch flüssigen Beton schwebte. »Sind Sie verrückt geworden, Mann?«, schrie er. »Was soll der Wahnsinn?«

Der Polier ließ Paul noch einige Momente zappeln, bevor er sagte: »Ich wollte Ihnen nur zeigen, was wir von euch

Quertreibern halten. Wir haben nicht besonders viel übrig für die Altstadtfreunde.«

»Aber ich gehöre überhaupt nicht zu diesem Verein!«, protestierte Paul lautstark.

»Nein?« Der Kapo verzog keine Miene. »Und warum haben Sie dann vorhin mit den anderen Verrückten unsere Arbeit blockiert und Plakate mit bekloppten Sprüchen geschwenkt?«

»Ich war rein zufällig dabei. Wirklich, ich versichere Ihnen: Ich bin kein Mitglied der Altstadtfreunde!«

Für Paul war seine Position über dem Beton die reinste Folter: Er malte sich das Schlimmste aus, bis der Kraftprotz ihn endlich zurück auf die Wand hob und seinen Griff lockerte.

»Danke«, sagte Paul nach Atem ringend, »es war einfach nur ein Missverständnis.«

»Es soll Ihnen eine Lehre gewesen sein«, sagte der Polier. Er zeigte das erste Mal eine Art Lächeln. Dann streckte er Zeige- und Mittelfinger der rechten Hand aus und legte sie auf Pauls Brust.

»Was ...?« Mehr war Paul nicht imstande zu fragen, denn im nächsten Augenblick drückte ihn der Kapo nach hinten. Paul stolperte über seine eigenen Füße und verlor das Gleichgewicht. Im Stürzen merkte er noch, dass ihm der Polier mit dem Fuß eine grobe Kurskorrektur in Richtung Pegnitz verpasste – dann gab es keinen Halt mehr.

29

Keuchend und vor Kälte zitternd zog sich Paul ans Ufer der Liebesinsel. Er schlotterte am ganzen Leib und hatte keine Kraft mehr, sich aufzusetzen. Todesangst steckte ihm noch in den Gliedern, und sein Herz raste.

Schnell fanden die ersten Passanten den Weg die schmale Treppe zur Liebesinsel herab. Ein junger Mann zog seine Jacke aus und wollte sie Paul über die Schultern legen.

»Danke.« Paul rang sich ein gequältes Lächeln ab. »Ich hätte aber lieber Ihr Handy – mein eigenes funktioniert nicht mehr.«

Der Mann nickte hilfsbereit und gab ihm Jacke und Telefon. Paul zog Ersteres über seiner Brust zusammen und tippte in Letzteres mit klammen Fingern Katinkas Handynummer.

»Hallo, Katinka, ich bin's«, sagte er mit klappernden Zähnen. »Hast du Zeit? Ich muss dich dringend sprechen.«

»Was ist los mit dir? Du klingst so seltsam.«

Paul bibberte. »Ich bin gerade baden gegangen und zwar nicht freiwillig.«

»Ich verstehe nur Bahnhof.«

»Das ist jetzt auch egal. Viel wichtiger ist es, dass wir uns treffen. Ich habe dir etwas wirklich Wichtiges zu sagen.«

»Dann schieß los!«

»Nicht am Telefon.«

»Paul ...«, Katinka stockte, »wir können uns nicht treffen.«

»Warum denn nicht?«

»Ich bin nicht in Nürnberg. Du hast mich hier in Berlin erwischt.«

»Berlin?«, fragte Paul entgeistert.

»Ja, ich wusste nicht, ob ich dir Bescheid geben sollte, ich meine, in Anbetracht unserer Lage. Ich schaue mir ein paar Wohnungen an. Nur für den Fall, dass ...«

»Ich verstehe schon«, schnitt Paul ihr das Wort ab. »Deine wichtige Mitteilung muss also bis Montag warten. Am besten, du kommst gleich in der Früh in meinem Büro vorbei. – Worum handelt es sich eigentlich?«

Paul wurde von einem neuen Kälteschub geschüttelt. Er konnte kaum noch sprechen: »Ich weiß jetzt ...«, stammelte er, »... ich weiß, wer der Mörder ist.«

30

»Der Fall Hauser: Der ›Badische Prinz‹ gab selbst die ersten Hinweise auf seinen Mörder«, las Paul und rückte ein Stück von seinem Sitznachbarn ab, um die Montagsausgabe von Blohfelds Zeitung vollständig aufschlagen zu können, während die U-Bahn mit kreischenden Rädern in eine Kurve einfuhr:

»Wie berichtet, liegen unserer Zeitung neue Erkenntnisse über eines der wohl rätselhaftesten Verbrechen der deutschen Kriminalgeschichte vor. Eine Auswertung kürzlich gefundener DNA-Spuren wird in wenigen Tagen erwartet. Doch wichtige Hinweise auf seine Mörder lieferte das Opfer bereits selbst: Kaspar Hauser sagte noch auf seinem Totenbett aus!«

Paul blickte grinsend auf. Was hatte Blohfeld denn jetzt wieder für Kamellen ausgegraben? Dieser Artikel sprach nach Pauls Sicht der Dinge nicht gerade dafür, dass Blohfeld tatsächlich bald die Ergebnisse der Genanalyse bekommen würde. Er beugte sich wieder über die Zeitung:

»Die Passage aus der hinlänglich bekannten Hauser-Story ist vielen Lesern sicherlich neu: Nachdem Hauser am 14. Dezember 1833 unter einem Vorwand in den Ansbacher Hofgarten gelockt und mit einer tödlichen Stichwunde verletzt worden war, konnte er noch wichtige Hinweise auf den beziehungsweise die Täter machen. Zwei Stunden nach dem

Attentat begann bereits die erste ausführliche Vernehmung. Zwei weitere folgten, noch bevor Hauser am 17. Dezember gegen 22 Uhr seinen schweren Verletzungen erlag.

Auffallend und auch typisch für den Fall ist, dass es keinerlei Abschriften der Vernehmungen gibt. Lediglich von einem ›unbekannten Mann‹ soll Hauser gesprochen haben, weitere Details seiner Aussagen fehlen. Auch ein angeblicher Bekennerbrief, der kurz nach der Tat – in Spiegelschrift verfasst – auftauchte, half und hilft nicht weiter, denn er verschleiert mehr, als er Licht in das Dunkel bringt.

Alle Hoffnungen darauf, die Akte Hauser schließen zu können, ruhen nun also auf den Errungenschaften der modernen Wissenschaft ...«

Blablabla, dachte Paul und brach die Lektüre ab. Blohfeld stocherte weiterhin im Nebel, folgerte Paul. Und angesichts der Neuigkeiten, die er für Katinka parat hatte, erschien ihm der Fall Hauser inzwischen auch eher als nebensächlicher Kriegsschauplatz.

Die U-Bahn fuhr in den Bahnhof Bärenschanze ein, und Paul ließ die Zeitung für einen anderen Fahrgast auf der Bank liegen, als er aufstand.

»Na?«, fragte Paul und kratzte dabei all seinen Charme zusammen, den er in dieser Situation aufbringen konnte. »Hattest du ein schönes Wochenende in der Hauptstadt?«

Er saß vor Katinkas Schreibtisch in einer schmalen Bürozelle des historischen Nürnberger Justizpalastes und konnte sich ausmalen, dass seine Freundin an diesem Montagmorgen nicht gerade gut aufgelegt war.

»Sagen wir eher: ein kurzes«, antwortete sie sauertöpfisch.

Natürlich war sie nach seinen Andeutungen am Telefon doch noch in den nächsten Flieger zurück nach Nürnberg gestiegen – was ihr Paul hoch anrechnete.

»Aber Paul – deine Anschuldigungen sind absurd!«, schalt sie ihn.

Paul streichelte sie mit Blicken. Nicht nur, weil ihn das schlechte Gewissen plagte, sondern auch, weil ihm Katinka gerade dann immer besonders gefiel, wenn sie wütend war. Das kitzelte ihr Temperament heraus und machte ihre blauen Augen noch strahlender. »Immerhin hat mich deine eigene Tochter überhaupt erst auf die Idee gebracht, als sie mir riet, man sollte die Todesfälle und die Hauser-Geschichte getrennt voneinander betrachten«, rechtfertigte er sich.

»Jetzt willst du die Schuld auch noch auf andere abschieben. Lass Hannah aus dem Spiel«, schimpfte Katinka.

»Nein, nein, bestimmt nicht. Ich zähle einfach nur eins und eins zusammen!« Paul rutschte mit seinem Stuhl näher an Katinkas Schreibtisch heran. »Ich bin fest davon überzeugt, dass Schrader der Killer ist. Oder zumindest der Auftraggeber.« Er sah sie fest an. »Alle Indizien sprechen dafür! Lass mich dir bitte erzählen, wie es sich abgespielt haben könnte.«

Katinka nickte unwillig, worauf Paul fortfuhr:

»Schrader baut auf einem ehemaligen Grundstück der von Buchenbühls eine sündhaft teure Einkaufspassage und nimmt dafür eine Menge Geld in die Hand. Mitten in der kritischen Rohbauphase findet Henlein mit Hilfe von Dr. Sloboda heraus, dass er selbst ein von Buchenbühl-Nachkomme und damit erbberechtigt ist. Schrader sieht daraufhin sein Franziskanerhof-Projekt gefährdet und schreitet zur Tat.«

»Mein lieber Paul: Wenn du – wie du so schön gesagt hast – eins und eins zusammenzählst, kommt bei dir aber drei heraus. So etwas hat Schrader nämlich nicht nötig«, sagte Katinka mit tadelndem Blick. »Und hör gefälligst auf, mich so verliebt anzusehen. Hier geht es ums Geschäft, da verstehe ich keinen Spaß!«

»'schuldige«, nuschelte Paul. »Aber die Indizien ...«, versuchte er es nochmals.

Katinka warf demonstrativ einen Aktenordner auf den Tisch. »Ich will dir sagen, was die Indizien sagen: O. k., bei

Henlein wissen wir mittlerweile, dass jemand nachgeholfen hat. Der große Unbekannte hat die Radmuttern gelöst – doch Hinweise auf Schrader gibt es natürlich nicht.«

»Aber beim Mord im Germanischen Nationalmuseum ...«, fing Paul wieder an.

»Auch da gibt es nichts, was auf eine Beteiligung Schraders schließen lässt«, sagte Katinka resolut.

Paul biss sich auf die Lippen. Mit Blick auf die Akten in Katinkas Händen fragte er: »Ist darin auch der Autopsiebericht abgeheftet?«

»Der über Dr. Sloboda?«, fragte Katinka misstrauisch.

Paul nickte. »Genau der. Lies mal vor.«

»Und was versprichst du dir davon?«, fragte Katinka seufzend.

»Jetzt lies, bitte.«

Katinka straffte die Schultern. »Also gut – auch wenn dich das überhaupt nichts angeht«, sagte sie und fing an zu blättern. »Verletzungen Dr. Sloboda«, sie überschlug die ersten beiden Seiten des Berichts, »oberhalb der Stirn klafft eine längliche Wunde, die wahrscheinlich von einem der ersten Hiebe mit dem Schwert herrührt. Teile der Kopfhaut platzten ab und verklebten mit Haarbüscheln. Die Verletzung über der Augenbraue könnte vom zweiten Schlag auf den Kopf verursacht worden sein: Gesichtsknochen verschoben sich; beim Herausziehen der Schneide verhakte sich die Klinge, wodurch gezackte Löcher in die Haut gerissen wurden. Weitere Wunden wurden an Armen und Schulter festgestellt.« Katinka sah kurz auf, las dann aber gleich darauf weiter. »Beide Kopfwunden wie auch die übrigen am Rumpf und an den Extremitäten sind eindeutig der gleichen Waffe zuzuordnen. Beim zweiten Treffer am Kopf drang die Schneide so tief ein, dass das Gehirn in Mitleidenschaft gezogen wurde: Eine Venenverletzung führte zu inneren Blutungen, die letztendlich tödlich waren. Dennoch hatte das Opfer noch die Kraft, sich zu schützen: Darauf deuten weitere Verletzungen hin, die beide Hände aufweisen.«

Wieder blickte Katinka auf. »Schlussendlich führten die beiden Schläge auf den Kopf zum Tod.«

»Sonst noch etwas über den Tathergang?«, fragte Paul mit sanftem Drängen.

Katinka sah ihn scheel an, bevor sie sich widerwillig noch einmal über die Akte beugte. »Das Opfer stand aufrecht, als die ersten Hiebe es trafen. Sein Kopf war leicht nach links geneigt. Der Täter stand wahrscheinlich rechts von ihm; das Opfer konnte ihn im Moment des Angriffs nur aus den Augenwinkeln sehen. – Die wuchtigen Hiebe wurden in einer bogenförmigen Bewegung von oben ausgeführt und lassen Rückschlüsse auf Größe und Statur des Täters zu: circa einen Meter fünfundachtzig, kräftig.«

»Siehst du«, sagte Paul triumphierend. »Baulöwe Schrader ist ebenfalls kräftig gebaut und groß.«

»Genauso wie ungefähr ein Viertel der männlichen Bevölkerung Nürnbergs«, fügte Katinka sarkastisch hinzu.

»Wie sieht es dann mit Schraders Polier aus, von dem ich dir erzählt habe? Als gedungener Killer könnte er ...«

»Jetzt mach dich nicht lächerlich«, sagte Katinka. »Es tut mir ja leid, dass man dich in die Pegnitz geschmissen hat, aber auf dem Bau herrschen nun einmal raue Sitten.«

»Eine so hinterhältige Tat rechtfertigst du? Du bist mir ja eine tolle Vertreterin der Anklage!« Paul gab sich Mühe, einigermaßen empört zu klingen, musste aber inzwischen selbst über sich schmunzeln.

Katinka sah ihn liebevoll an. »Paulchen, du musst zugeben, dass wir einfach zu wenig in der Hand haben, um eine hochrangige Persönlichkeit wie Herrn Schrader oder einen imaginären Helfershelfer in irgendeiner Form belasten zu können. Der Oberstaatsanwalt würde meine Vorladung für Schrader in klitzekleine Stücke zerreißen und mich gleich dazu.«

»Aber ich habe es auf der Baustelle doch selbst gehört«, hob Paul zu einem letzten Protest an. »Da geht es um Millionen!

Jede Verzögerung des Baus wäre eine Katastrophe. Und wenn Henlein wirklich mit seinen Grundstücksansprüchen ...«

Katinka winkte ab. »Selbst wenn Henlein ein echter Patrizierspross gewesen sein sollte, wäre eine Entschädigung oder gar eine Rückgabe des Vermögens und der Grundstücke nach all den Jahren aus juristischer Sicht mehr als unwahrscheinlich gewesen. Denk nur an die Parallelen zur Rückgabe jüdischen Eigentums in den Folgen des Zweiten Weltkriegs oder an die vielen Rückforderungen nach dem Mauerfall. Das sind alles juristische Grauzonen, in denen man sich nur allzu leicht verirren kann.« Sie schüttelte den Kopf und sagte versöhnlich: »Von Henlein allein hätte niemand etwas zu befürchten brauchen. Da hätte dieser kleine, treuherzige VAG-Beamte erst mal ein Heer teurer Anwälte engagieren müssen – und selbst dann wären seine Chancen angesichts der inzwischen verstrichenen Zeit gleich null gewesen.«

»Du kapitulierst also?«, fragte Paul provozierend und enttäuscht zugleich.

»Nein, du hast mich einfach nicht überzeugt. Weißt du, ich bin nicht bereit, meinen Ruf und meine Zukunft aufgrund vager Vermutungen aufs Spiel zu setzen. Das ist alles.«

Es klopfte an der Tür. Auf Katinkas energisches »Herein!« betrat ein schmalbrüstiger Bürobote das Zimmer. Er legte Katinka einen beigefarbenen Umschlag auf den Tisch und zog sich sofort wieder zurück.

»Hauspost«, kommentierte sie, als sie den Umschlag öffnete. Während sie den Inhalt studierte, wurde sie zusehends blasser.

»Was ist denn?«, fragte Paul besorgt.

»Ich hatte mich nach Schraders Einkommensverhältnissen erkundigt«, sagte Katinka sichtlich mitgenommen. »Ganz dezent natürlich. Ich wollte es einfach wissen, obwohl ich nicht wirklich mit einer Überraschung gerechnet hatte.«

»Und?«

»Er erstickt ...«

»Erstickt?«

»Ja.« Sie sah Paul mit weit geöffneten Augen an. »Schrader erstickt in Schulden. Das Franziskanerhof-Projekt ist seine letzte Chance, um das Ruder noch einmal herumzureißen und seinen Kopf aus der Schlinge zu ziehen.«

»So schlecht war mein Riecher also doch nicht.« Paul verspürte eine gewisse Genugtuung, die sich sogleich mit einer indifferenten Angst vermischte. Denn wie Katinka schon gesagt hatte: Schrader war ein mächtiger Mann. Wehe dem, der sich mit ihm anlegte.

31

Während Paul den Qualm von Blohfelds Zigarre einatmen musste, erlebte er den Reporter ausnahmsweise einmal nicht ungestüm, dickköpfig und herrisch. Im Gegenteil, Blohfeld wirkte sehr nachdenklich und ernst, nachdem er Pauls Schilderungen der jüngsten Erlebnisse gehört hatte.

Der Reporter saß lässig zurückgelehnt in seinem Bürostuhl und hatte die Beine über Kreuz auf der Schreibtischplatte abgelegt. Wortlos rauchte er seine Zigarre zu Ende und strapazierte damit Pauls Geduld aufs Äußerste.

Schließlich räusperte sich der Reporter. Er nahm die Füße vom Tisch, beugte sich weit vor und begann leise zu sprechen:

»Es freut mich natürlich, dass sich mein Artikel über das Mordkomplott gegen Henlein zu bestätigen scheint. Aber ganz ehrlich: Mir gefällt dieser Zusammenhang mit Bernhard Schrader überhaupt nicht.« Er rieb sich die Augen und sah Paul alles andere als zufrieden an. »Eigentlich müsste ich als Boulevardreporter ja froh über eine solche Entwicklung sein und mit der nächsten Schlagzeile über Schrader herfallen. Aber wenn wir falsch liegen, haben wir ganz großen Ärger am Hals.« Er schüttelte leicht den Kopf. »Wir dürfen es keinesfalls überstürzen. Lassen Sie uns die Sache lieber noch einmal von vorn und in aller Ruhe rekapitulieren.«

Paul ahnte, dass es wenig Zweck hatte, mit Blohfeld über Sinn und Unsinn zu debattieren, die ganze vertrackte Angelegenheit zum wiederholten Male durchzukauen. Also hielt Paul den Mund und hörte zu.

»Wir haben zwei Tote und das von Buchenbühl-Wappen als verbindendes Element. Die Vermutung, dass Henlein ein Patriziererbe gewesen ist und mit Slobodas Hilfe seinen Anspruch darauf untermauern wollte, ist ein starkes Motiv für mögliche Gegner dieses Plans. Und wir haben mit Bernhard Schrader, dem hoch verschuldeten Baulöwen, eben diesen besagten Gegner ausfindig gemacht. Kurzum: Es gibt einen Doppelmord, ein lupenreines Motiv und einen dazu passenden Täter.« Er sog an der Zigarre und blies gleich darauf den Rauch aus. »Das alles hört sich wunderbar logisch an. Nur ist es meines Erachtens ein wenig zu logisch. – Außerdem müssten wir für den nächsten Schritt mehr als nur Vermutungen und Indizien haben: Um Schrader zu Fall zu bringen, brauchen wir handfeste Beweise!« Ein Grinsen schlich sich ins Gesicht des Reporters. »Und das wäre der Part Ihrer Noch-Freundin.«

»Wieso Noch-Freundin?«, fragte Paul mit zusammengezogenen Brauen.

»Nach all dem, was man so hört, soll es in Berlin auch fesche Männer geben. Und junge!« Bevor Paul protestieren konnte, redete Blohfeld weiter: »Jedenfalls werde ich keine Zeile über diese Sache schreiben, bevor die Staatsanwaltschaft nicht offiziell gegen Schrader ermitteln lässt.« Beinahe trotzig fügte er noch hinzu: »Schulden allein reichen als Mordmotiv nicht aus, die habe ich auch zur Genüge, seit ich mir ein sündhaft teures Parkett in meine Jugendstilwohnung hab legen lassen.«

»Sie ziehen also auch den Schwanz ein?«, provozierte ihn Paul.

Doch Blohfeld lächelte nur: »Ich habe ganz andere Probleme, mein Lieber: Wir kommen mit dieser Genanalyse im

Fall Hauser einfach nicht weiter. Der Stofffetzen, den Sie mir freundlicherweise ohne Gegenwehr überlassen haben ...«

»Sie meinen wohl: den Sie geklaut haben!«, unterbrach ihn Paul.

Blohfeld winkte ab. »Was spielt das jetzt noch für eine Rolle? Jedenfalls ist er zu klein und enthält keine brauchbaren Spuren. Die wenigen darauf vorhandenen DNA-Fragmente sind unvollständig und für eine fundierte Analyse nicht geeignet. Deshalb möchte ich, dass Sie noch einmal für mich aktiv werden.«

»Und zwar wie?«, fragte Paul misstrauisch.

Der Reporter sah ihn eindringlich an: »Ich stehe mit der Hauser-Story an der Wand. Der Verlag hat das Geld für die Genanalyse vorgestreckt und will endlich Ergebnisse von mir sehen. Wir müssen deshalb zweigleisig fahren: Versuchen Sie, der Witwe das vollständige Hemd für eine eingehende Untersuchung abzuluchsen – lassen Sie Ihren Charme spielen.«

»Aber ...«

»Außerdem wäre es gut, wenn Sie noch einmal diesen Götzenhändler am Trödelmarkt aufsuchen würden.«

»Zetschke? Wofür soll der denn gut sein?«

»Ich sagte doch schon: Wir müssen zweigleisig fahren. Rücken Sie ihm auf den Pelz, finden Sie heraus, ob er Henlein zum Narren gehalten hat und es sich bei dem Hemd nur um eine Fälschung handelt. Das würde dem Verlag nämlich viel Geld und mir eine Blamage ersparen.«

»Sie erwarten ernsthaft, dass er auspackt und die Wahrheit sagt?«, fragte Paul zweifelnd.

»Versuchen Sie es einfach. Drohen Sie damit, dass Sie andernfalls die Zeitung – also mich – einschalten und somit seinen ganzen Laden auffliegen lassen würden.«

»Also, ich weiß nicht«, zeigte sich Paul skeptisch. »Aber Sie sprachen von Zweigleisigkeit. Welchen Part übernehmen Sie dann dabei?«

Blohfeld legte seine Zigarre beiseite. Dann sagte er sehr ruhig und in überzeugendem Ton: »Sie helfen mir, und ich helfe Ihnen. Ich spüre ja, dass Ihnen der Verdacht gegen Schrader keine Ruhe lässt – vor allem nicht nach Ihrem blamablen Sturz in die Pegnitz. Sie wollen Genugtuung, und das ist nur allzu verständlich. Und ich werde mich für Ihre Dienste revanchieren, indem ich mich mit Herrn Schrader treffe. Unter einem harmlosen Vorwand natürlich, aber ich verspreche, ich werde mich vorsichtig zum Thema Franziskanerhof vorarbeiten und gewisse Andeutungen machen, was die Vorbesitzer des Grundstückes anbelangt. Wenn er etwas auf dem Kerbholz hat, werde ich es an seiner Reaktion merken.«

»Das ist ein fairer Deal«, sagte Paul. Dann fügte er mit plötzlicher Sorge hinzu: »Seien Sie aber vorsichtig. Zwei Tote sind mehr als genug.«

Blohfeld grinste selbstbewusst und wollte gerade zu weiteren Ausführungen ausholen, als die unscheinbare Volontärin sein Büro betrat. Sie trug einen Stoß Computerausdrucke unterm Arm.

»Was gibt es?«, fragte der Reporter gereizt. »Ich kann jetzt keine Störung gebrauchen.«

Die Volontärin rückte nervös ihre Brille zurecht. Dann räusperte sie sich und sagte mit aufgesetzt selbstsicherer Stimme: »Ich habe meine Recherchen beendet, Herr Blohfeld.«

»Von welchen verdammten Recherchen reden Sie?«, fuhr er sie an.

»Die Sache Henlein«, sagte die junge Frau jetzt wieder eingeschüchtert und strich sich unsicher durch ihr kurzgeschnittenes Haar. »Sie wollten doch mehr über diese Amnesie wissen.«

»Das ist jetzt völlig egal«, schimpfte Blohfeld, »das hätte mich vor ein paar Tagen interessiert, aber bei Ihrem Tempo ...«

»Augenblick mal«, unterbrach ihn Paul. »Was haben Sie denn herausbekommen?«

Die Volontärin sah Paul erstaunt an. Dann schaute sie Blohfeld an, der mittlerweile zustimmend nickte, und wieder zurück auf Paul. Sie legte ihre Ausdrucke auf den Tisch und griff eines der Blätter heraus. »Ich habe ziemlich viel über ähnliche Phänomene wie das bei Herrn Henlein festgestellte gelesen, aber am überzeugendsten erschien mir die Erklärung der implantierten Erinnerung.«

»Und was soll das nun wieder für ein Unfug sein?«, platzte Blohfeld heraus.

»Was Herrn Henlein widerfuhr, ist nicht ungewöhnlich«, fuhr die junge Frau fort. »Das autobiografische Gedächtnis des Menschen, in dem Erinnerungen an Personen, Erlebnisse und Gefühle sozusagen aufbewahrt werden, arbeitet höchst unzuverlässig – und es lässt sich sehr einfach manipulieren.«

Blohfeld stand auf und stemmte seine Arme in die Hüften. »Bei Henlein gab es nichts mehr zu manipulieren. Er hat seine komplette Erinnerung verloren, weil wahrscheinlich unmittelbar vor seinen Augen eine Bombe explodiert ist und seine komplette Verwandtschaft ausradiert hat.«

Die Volontärin schien mit sich zu hadern, ob sie ihrem Chef widersprechen durfte. Paul sah sie ermutigend an, worauf sie weitersprach: »Vielleicht haben Sie recht, Herr Blohfeld. Es kann sich aber ebenso gut um einen ›False Memory-Effekt‹ handeln. In diesem Fall wäre die psychisch labile Lage Henleins unmittelbar nach der Bombennacht dafür ausgenutzt worden, um ihm seine Erinnerung zu nehmen.«

»Sprechen Sie etwa von Gehirnwäsche?«, fragte Blohfeld.

Die Volontärin nickte zaghaft. »Ja, so in der Art. Es gibt wissenschaftliche Versuche, bei denen Probanden nicht existente Ereignisse als reale Erinnerungen suggeriert wurden. Umgekehrt lassen sich ebenso tatsächliche Erinnerungen ausschalten. Voraussetzung ist natürlich eine gewisse Labilität der Versuchsperson, die etwa durch Schlafentzug, extreme Stresssituationen oder völlige Isolation erreicht werden kann.«

»Oder durch paralytische Ereignisse, wie sie in einem Krieg vorkommen«, vollendete Paul.

Die Volontärin nickte heftig. »Das autobiografische Gedächtnis hat den Erkenntnissen der modernen Hirnforschung nach nur wenig mit der realen Vergangenheit zu tun. Es ist vielmehr dafür da, dass wir uns in der Gegenwart und in der Zukunft orientieren können. Im autobiografischen Gedächtnis lagert die persönliche subjektive Lebensgeschichte. Es ist das komplexeste der Erinnerungssysteme und bietet entsprechend viele Angriffsflächen für Manipulation.«

Blohfeld sah seine Auszubildende jetzt mit gewisser Anerkennung an. »Sie haben sich also davon überzeugt, dass eine Amnesie auch künstlich verursacht werden kann?«

»Ja«, bestätigte die Volontärin. »Henlein hatte seine Erinnerungen womöglich niemals wirklich verloren. Der Gedächtnisverlust war ihm – vielleicht – nur eingeredet worden.«

32

O. k., dachte Paul, als er das Redaktionsgebäude verlassen hatte. O. k., Blohfeld hatte ihm eine vernünftige Arbeitsteilung vorgeschlagen. Der Reporter würde sich die wirklich harte Nuss vornehmen und Baulöwe Schrader auf den Zahn fühlen. Im Gegenzug würde Paul sich wieder der Hauser-Spur widmen – wobei er sich bei näherer Betrachtung der vor ihm liegenden Aufgaben fragte, ob ihm wirklich der leichtere Part zugefallen war.

Der Trödelmarkt lag keine fünf Gehminuten von der Redaktion entfernt und präsentierte sich Paul wie stets als Idylle eines städtischen Kleinods. In Gedanken versunken schlenderte er über den kleinen Platz und hatte kurz darauf den Devotionalienladen erreicht.

Mit gemischten Gefühlen betrat Paul das kleine Geschäft. Sein Unbehagen nahm zu, als er sich allein in dem Verkaufsraum wiederfand, der nach wie vor mit sakraler Kunst voll gestellt war.

»Hallo?«, rief er nach längerem Warten in den Raum.

Nichts rührte sich.

Paul nahm ein Marien-Bildnis aus dem Korb mit Sonderangeboten und studierte es beiläufig. Dann rief er abermals nach Zetschke. Doch nichts tat sich.

Unruhig geworden, ging Paul hinter den Verkaufstresen. Er schob den Vorhang zum Nebenraum beiseite und gelangte in ein enges, dunkles Büro. Dort stieß er auf einen Schreibtisch, über den diverse Papiere, Kontoauszüge und Belege kreuz und quer verteilt lagen. Das Ganze sah ziemlich wüst aus!

Sicherheitshalber tastete er nach seinem Handy. Nachdem er es auf seiner Heizung hatte trocknen lassen, funktionierte es glücklicherweise wieder. Sollte er die Polizei anrufen?

Nach kurzem Abwägen entschied sich Paul dagegen. Für ein solide geführtes Büro herrschte hier zwar eine gewaltige Unordnung, für einen Einbruch aber war das Chaos nicht groß genug, dachte er.

Paul drehte sich langsam um die eigene Achse und ließ seinen Blick durch den kleinen Raum schweifen. Das Durcheinander ließ darauf schließen, dass jemand gezielt, aber in Eile nach etwas ganz Bestimmtem gesucht hatte. Derjenige schien sich ausgekannt zu haben, denn die Unordnung war auf den Schreibtisch und seine unmittelbare Umgebung begrenzt.

Wahrscheinlich, reimte Paul sich zusammen, war es Zetschke selbst gewesen. Womöglich hatte er Paul schon kommen sehen und auf die Schnelle noch etwas vor ihm verbergen wollen. Aber was? Und wichtiger noch: Wo war Zetschke geblieben?

Erst jetzt bemerkte er die einen Spalt breit offen stehende Hintertür.

Verflucht, Zetschke hatte sich aus dem Staub gemacht! Was hatte das zu bedeuten? Entweder war Zetschke tatsächlich ein Fälscher und Betrüger und wähnte Paul dicht auf seinen Fersen – oder aber ...

Paul stockte kurz der Atem, als ein in ihm schlummernder Verdacht wieder wachgerüttelt wurde: Steckte womöglich doch nicht Schrader, sondern der Devotionalienhändler hinter dem Mord an Henlein? Gesetzt den Fall, dass er Henlein mit dem Hauser-Hemd eine Fälschung angedreht hatte: Wollte Zetschke dann mit seiner Bluttat vermeiden, dass Henlein seinen Schwindel entlarvte?

Paul schauderte bei dem Gedanken, der ihm ja schon einmal bei seinem ersten Besuch gekommen war. Ein weiterer Verdächtiger also – und wieder einer mit einem handfesten Motiv ...

Mit wachsender Besorgnis sah er sich in dem engen Büroraum um. Das Durcheinander auf dem Schreibtisch zog ihn an, er musste sich die verstreut herumliegenden Zettel und Karteikarten näher ansehen!

Ohne festes System nahm er sich zunächst die Karteikarten vor. Eine Reihe von Namen war darauf aufgelistet. Und Adressen, die ihm nichts sagten. Viele davon waren offenbar ausländischer Herkunft.

Unter einem achtlos auf die Schreibtischplatte geworfenen Aktenordner entdeckte Paul etliche Fotos. Sie zeigten Heiligenfiguren, Kreuze und Bilder mit biblischen Motiven. Der Hintergrund ließ darauf schließen, dass die Aufnahmen in Kirchen gemacht worden waren. Paul hätte es nicht gewundert, wenn er einige dieser Motive im Original in Zetschkes Lager finden würde.

Paul suchte mehr oder weniger ziellos weiter, ohne dass er auf einen brauchbaren Hinweis auf Zetschkes überstürzten Aufbruch stieß. Dann wurde er auf eine andere Karteikarte aufmerksam, die halb verdeckt unter dem Schreibtisch lag. Paul hob sie auf und stieß einen leisen Pfiff aus.

»Franz Henlein«, las er, »Am Sand 6, Nürnberg.«

Darunter waren mehrere Artikel mit den jeweiligen Artikelnummern sowie Preise verzeichnet. Wie es aussah, schien Henlein ein Stammkunde von Zetschke gewesen zu sein, denn die Liste war lang. Auf der Rückseite der Karte setzte sich die Aufzählung fort. Ganz am Ende stand:

»Hemd, Kaspar Hauser org., Quelle: Mládková, Prag.«

Als Preis war die für Paul nur schwer nachvollziehbare Summe von sage und schreibe vierzehntausend Euro eingetragen worden!

Paul studierte die Karteikarte erneut. Doch so oft er sie auch las, konnte er aus den mageren Angaben keinen Rückschluss darauf ziehen, ob es sich bei dem Hemd um eine Fälschung handelte. Der Name des Prager Lieferanten war höchstens ein Anhaltspunkt, aber längst kein Beweis. Oder bezog sich das »org.« nicht auf die Herkunft, sondern direkt auf das Hemd?

Ein Räuspern ließ Paul herumfahren. Die Karteikarte entglitt seinen Fingern, als wie aus dem Nichts ihm plötzlich eine junge Frau gegenüberstand. Sie war auffallend hübsch, trug einen trendigen Rock, darüber eine weit ausgeschnittene Bluse. Ein Anblick, der Paul in einer anderen Situation durchaus erfreut hätte.

Die Frau fixierte ihn mit zusammengekniffenen Augen. In der ausgestreckten rechten Hand hielt sie eine kleine Spraydose.

Reizgas!, schoss es Paul durch den Kopf, dann betätigte die Frau den Auslöser.

33

Paul hustete und röchelte. Er konnte kaum etwas sehen, so sehr brannten seine Augen. Mit Mühe und Not gelang es ihm, die Frau, die bereits den Telefonhörer in der Hand hatte, davon abzubringen, die Polizei zu verständigen.

»Glauben Sie mir doch bitte endlich: Ich bin kein Einbrecher!«, versicherte er ihr zum wiederholten Mal.

»Aber Sie sind doch in das Büro von Herrn Zetschke eingedrungen! Ich habe Sie auf frischer Tat dabei ertappt, wie Sie in seinen Sachen herumgewühlt haben. Schauen Sie doch, wie es hier aussieht! – Ich habe Sie aus meiner Boutique gegenüber schon beobachtet, als Sie den Laden betreten hatten. Danach sah ich Herrn Zetschke weggehen. Sie aber blieben drin. Haben Sie dafür eine einleuchtende Erklärung?«

»Das macht mich aber nicht automatisch zum Verbrecher und gibt Ihnen noch lange nicht das Recht, mich mit Tränengas zu besprühen!«

Nach Pauls subjektiven Empfinden zog sich das unschöne Gespräch eine Ewigkeit in die Länge, bis die aufgebrachte junge Frau schließlich Reizgasflasche und Telefonhörer sinken ließ.

»Darf ich jetzt gehen?«, bat Paul genervt und rieb sich die nach wie vor schmerzenden Augen.

»Meinetwegen«, sagte die knallharte Schöne. »Aber nichts mitnehmen.«

»Ich werde mich hüten.«

Draußen auf dem Trödelmarkt schnappte Paul gierig nach frischer Luft. Das Gas hatte ihm heftig zugesetzt. Richtig böse sein konnte er der jungen Frau allerdings nicht, denn sie hatte es mit der Nachbarschaftshilfe einfach nur ein wenig zu genau genommen.

Wenn er mit Zetschke nicht weiterkam, weil der sich aus dem Staub gemacht hatte, wäre also zunächst der zweite Teil seiner Aufgabe zu erledigen, überlegte Paul auf dem Heimweg. Er würde Henleins Witwe aufsuchen und sie darum bitten, ihm das angebliche Hauser-Hemd als Leihgabe zu überlassen. Er wusste noch nicht, wie er das anstellen sollte, aber ihm würde schon die geeignete Taktik einfallen. Wenn nicht heute, dann morgen. Oder übermorgen …?

Paul hatte die kürzeste Strecke nach Hause zum Weinmarkt genommen und war froh, als er wenig später das Mehrfamilienhaus, in dem er wohnte, erreicht hatte.

Selbstverständlich würde er die Witwe glaubhaft überzeugen müssen, überlegte er, während er nach dem Haustürschlüssel suchte. Mit Argumenten, Freundlichkeit und vielleicht sogar mit ein wenig Geld aus Blohfelds Redaktionskasse. Trotzdem war er zuversichtlich, dass er es schaffen konnte. Er musste nur den geeigneten Augenblick dafür abpassen und durfte nichts überstürzen.

Als er den Schlüssel ins Schloss steckte, stutzte er, als er ein Mini Cabriolet neben seinem Haus parken sah. Neugierig geworden, warf er einen Blick auf das Nummernschild, nur um danach noch mehr überrascht zu sein.

Es handelte sich eindeutig um Katinkas Wagen! Paul schaute auf die Uhr. Es war Montagnachmittag, besser gesagt, früher Nachmittag. Für die Mittagspause war es schon zu spät, für den Feierabend aber eindeutig noch zu früh. Was zum Kuckuck wollte Katinka bei ihm?

Er hatte es nun sehr eilig, die Treppen zu seiner Atelierwohnung hinaufzulaufen.

»Hallo?«, sagte er voller Verblüffung, als er Katinka vor seiner Wohnungstür hocken sah. »Wie bist du denn ins Haus gekommen?«

»Bei einem Nachbarn geklingelt.«

»Und warum ... ich meine, was machst du hier?«

Katinka stand auf, ging auf ihn zu und umarmte ihn. »Ich wollte dich sehen. Dich in meiner Nähe haben. Ist das o. k.?«

Paul nickte noch immer überrascht und schloss seine Wohnung auf. »Klar. Womit habe ich diese Aufmerksamkeit denn verdient?«

»Verdient hast du sie ganz sicher nicht«, lachte Katinka.

Als sie im Wohnungsflur standen und Paul die Tür hinter sich geschlossen hatte, sah ihn Katinka herausfordernd an. Sie war noch immer in ihr schlichtes Kostüm gekleidet, das sie im Justizgebäude zur Arbeit getragen hatte, doch ihre Körperhaltung war alles andere als geschäftsmäßig. Auch ihre Augen waren merkwürdig unruhig, beinahe angriffslustig.

»Gibt es etwas Neues über Schrader?«, fragte Paul. »Hast du dich etwa doch noch dazu entschließen können, gegen ihn zu ermitteln?«

Katinka ging langsam rückwärts in sein Wohnzimmer, und Paul folgte zögernd. In der Mitte des Raums, genau unter dem großen Oberlicht, blieb sie stehen. Unvermittelt bekam sie Paul am Kragen zu fassen und zog seinen Kopf näher zu sich heran.

»Wenn du dich schon nicht dazu durchringen kannst, mich nach Berlin zu begleiten, will ich wenigstens wissen, auf was ich die nächste Zeit verzichten muss«, sagte sie und sah ihn mit ihren blauen Augen intensiv an.

»Was? Was meinst du ...«, stotterte Paul, plötzlich schüchtern. »Weißt du, wie spät es ist? Ich meine: Müsstest du nicht längst wieder in deinem Büro sein?«

»Ich feiere Überstunden ab.« Katinka schob ihn lächelnd zum Sofa hinüber. Sie gab ihm einen Stups, so dass er rückwärts auf das weiche Polster plumpste. »Keine Ausflüchte mehr.«

»Ich habe auch nicht vor zu fliehen«, stammelte Paul und beobachtete ziemlich überrascht Katinkas weiteres Vorgehen.

»Brrr. Ist mir kalt«, hauchte sie.

»Kein Wunder, wenn du dich auszieht.«

»Schau mal: Ich habe Gänsehaut – überall ...«

34

»Aufgepasst, meine Damen und Herren: Ich serviere nun den Höhepunkt des heutigen Donnerstagabends«, sagte Jan-Patrick würdevoll. Der kleine Koch stellte sich auf die Zehenspitzen. Wohl um die Bedeutung seiner Worte hervorzuheben, dachte Paul verschmitzt.

Hinter ihrem Chef trug Kellnerin Marlen mehrere große Porzellanteller an den Tisch. Jan-Patrick erklärte feierlich: »Gegrilltes Karpfenfilet in fränkischer Trüffel-Vinaigrette auf Edelgemüse aus dem Knoblauchsland.«

Während Marlen die fein dekorierten Teller abstellte, blickte Paul in die Runde: Ihm gegenüber saßen Victor Blohfeld und Hannah, Katinka hatte sich zu seiner Rechten niedergelassen.

Alle machten trotz der von Jan-Patrick kredenzten Köstlichkeiten keinen glücklichen Eindruck.

Kein Wunder, dachte Paul. Es war ja auch ihr Abschiedsessen. Am morgigen Freitag würde Katinka nach Berlin fliegen. Diesmal für eine ganze Woche. Von »Vorgesprächen« hatte sie erzählt und von »Vertragsverhandlungen«, die ziemlich konkret werden würden. Beim Nürnberger Oberlandesgericht hatte man sie vorerst freigestellt.

Missmutig sah Paul auf seinen Teller. Selbst das knusprige Fischfilet, das von zart gedünsteten Artischockenherzen, feinen Bohnen und goldgelbem Fenchel umrahmt und mit schwarzen Trüffelspuren bestreut war und köstlich duftete, konnte seine Laune nicht bessern.

Katinka musste sein Unbehagen spüren, denn sie suchte unter der Tischplatte seine Hand und drückte sie fest.

»Fränkische Trüffel?«, durchbrach Blohfeld das Schweigen und griff beherzt nach seinem Besteck. »Wo gibt's denn so was?«

»In Oberfranken, wenn Sie's genau wissen wollen«, sagte Jan-Patrick leicht verschnupft ob Blohfelds schnodderigem Tonfall. »Aber wenn Sie von mir erwarten, dass ich Ihnen die ganze lange Geschichte der fränkischen Schieferträffel erzähle, haben Sie heute Abend keine Zeit mehr für andere Themen. Deshalb schlage ich vor: Lassen Sie es sich einfach schmecken!«

»Schon gut«, winkte der Reporter ab, »aber ich werde bei Gelegenheit auf das Thema zurückkommen.« Dann widmete er sich seinem Essen.

»Und Paul«, flüsterte Jan-Patrick seinem Freund noch im Vorbeigehen zu, »auch ohne deine Hilfe hab ich auf meine Annonce schon ein paar vielversprechende Antworten von ebenso vielversprechenden Damen erhalten.« Er grinste und ging dann leichten Schrittes zurück in seine Küche.

Paul lächelte wehmütig. Gute eineinhalb Wochen waren seit Katinkas leidenschaftlichem Überraschungsbesuch in seiner Wohnung vergangen. Seitdem hatten sie jede Nacht miteinander verbracht. Sie hatten nicht viel geredet bei diesen Treffen. Schon gar nicht über das Reizthema Berlin, doch es ließ sich nicht verdrängen, und am Ende war es natürlich doch zu der unvermeidlichen Diskussion gekommen. Die alles entscheidenden Sätze hatten sich Paul tief ins Gedächtnis eingebrannt. Und er bekam sie auch heute – während er Katinkas warme Hand spürte – nicht aus seinem Kopf:

»Paul«, hatte Katinka ihn resolut vor die Wahl gestellt, »ich kann deine Entscheidungsschwäche beim besten Willen nicht nachvollziehen. Du bist ein so interessanter Mann, und das sage ich nicht nur wegen deiner Ähnlichkeit mit George Clooney! Hinter deinem lässigen Äußeren und deinem desorientierten Benehmen lauert ein scharfer Verstand – der sehr genau weiß, was er will. Halte mich also bitte nicht länger zum Narren und sage mir, wofür du dich entschieden hast.«

Paul befreite seine Hand aus Katinkas zarter Umklammerung und spießte lustlos eine Bohne auf die Gabel. Er würde nicht mit nach Berlin gehen, das hatte er ihr an ihrem letzten gemeinsamen Abend zu verstehen gegeben. Seine Entscheidung hatte er aus dem Bauch heraus getroffen, wirklich aktiv auseinandergesetzt hatte er sich mit dem heiklen Thema bis heute nicht.

»Sie wollen also allen Ernstes den ersten attraktiven fränkischen Export seit Elke Sommer allein nach Berlin ziehen lassen?«, riss ihn Blohfeld aus seinen Gedanken. »Ist das das endgültige Bekenntnis zum ewigen Junggesellendasein?«

Paul ließ die Gabel grob auf den Teller zurückfallen. Er wollte dem Reporter heftige Widerworte entgegensetzen, doch die blieben ihm im Hals stecken. Hatte Blohfeld den Nagel nicht auf den Kopf getroffen? Die meisten von Pauls damaligen Schulkameraden waren mittlerweile längst verheiratet und hatten Kinder. Pauls Jugendfreunde waren inzwischen über den ganzen Globus verstreut. Er hatte nicht mehr viele Bekannte, bei denen er so einfach vorbeischneien konnte – die wenigen verbliebenen konnte er an einer Hand abzählen.

Und seine Familie? Er war Einzelkind, und zu seinen Eltern, Herta und Hermann in Herzogenaurach, beschränkte sich das Verhältnis leider auf einige wenige Höflichkeitsbesuche im Jahr. Eigentlich war er tatsächlich allein.

Zwar war es soeben Blohfeld gewesen, der das Thema Berlin offen angesprochen und Paul damit aus der Reserve gelockt hatte, nun aber schlüpfte der Reporter unerwartet in die Rolle von Pauls Verteidiger. Zu Katinka sagte er: »Allerdings, geschätzte Frau Staatsanwältin, verlangen Sie tatsächlich zu viel von unserem gemeinsamen Freund Paul Flemming.« Der Reporter rieb sich angriffslustig die Hände und rollte mit den Augen.

An seinen Gesten erkannte Paul, dass Blohfeld in seinem Geist noch dabei war, nach den geeigneten Worten für seinen gleich folgenden Appell zu suchen:

»Was haben Timbuktu, Atlantis, Samarkand, Eldorado und Nürnberg gemeinsam?«, fragte Blohfeld die erstaunt blickende Katinka. »Nun ja, es sind Orte, deren Existenzen auf der Landkarte weitaus weniger Bedeutung haben als ihr Mythos. Städte wie Nürnberg sind aus und auf Träumen gebaut. Berlin dagegen ...?«

»Aber Herr Blohfeld«, sagte Katinka nun belustigt, »ohne Ihnen zu nahe treten zu wollen: Nürnberg ist Provinz, Berlin dagegen eine der angesagtesten Metropolen Europas.«

Der Reporter sah sie aus listig funkelnden Augen an und meinte: »Aber Nürnberg war die kulturelle und geistige Hauptstadt der deutschen Romantik ...«

»... und des deutschen Faschismus«, entgegnete Katinka schlagfertig.

»Nürnberg war, ist und bleibt ein gewaltiges steinernes Denkmal deutscher Größe«, trumpfte Blohfeld auf.

»Und Berlin Hauptstadt und Regierungssitz«, ließ sich Katinka nicht unterkriegen. »Dort wartet meine Karriere auf mich.«

Obwohl die Menge auf den Tellern alles andere als üppig bemessen war, aß niemand außer Blohfeld den kompletten

Gang auf. Auch in der Nachspeise – wahlweise Käse-Carpaccio oder Pfeffereis mit Pflaumen – stocherten alle nur lustlos herum.

Hannah, die den ganzen Abend über kaum ein Wort gesagt hatte, meinte plötzlich: »Sind die Fälle Henlein und Sloboda eigentlich inzwischen ad acta gelegt?« Sie bewirkte mit dieser Frage, dass der kompletten Runde – Paul inklusive – der Mund vor Staunen offen stehen blieb.

»Ist doch wahr!«, sagte sie energisch. »Es ist noch keine zwei Wochen her, da hatten alle an diesem Tisch nichts anderes im Sinn als die beiden Morde und den Fall Hauser. Und heute? Alles vergangen und vergessen.« Bissig fügte sie hinzu: »Bloß, weil keiner sich an die Täter herantraut!«

»Hannah, lass es gut sein«, fuhr ihr Katinka über den Mund. »Du weißt ja gar nicht, wovon du sprichst.«

»Und ob ich das weiß, Mama!«, widersprach Hannah. »Keiner von euch hat den Mumm, den Namen Schrader in der Öffentlichkeit auch nur in den Mund zu nehmen.«

Tatsächlich ertappte sich Paul dabei, wie er sich besorgt nach vermeintlichen Spitzeln Schraders umsah.

»Und diesem schmierigen Antiquitätendealer Zetschke ist ja wohl auch nicht beizukommen«, redete sie weiter.

»Pssst!« Katinka wurde langsam sauer. »Weißt du eigentlich, wie teuer dich Rufschädigung zu stehen kommen kann?«

»In Berlin verdienst du doch dann genug, um für deine rebellische Tochter Kaution zu hinterlegen«, trotzte Hannah frech weiter.

»Ich muss schon sagen, liebes Ex-Christkind: Jetzt überspannen Sie den Bogen«, schaltete sich Blohfeld wieder ein, »wenn ich Ihr Vater wäre ...«

»Sind Sie aber nicht – Gott sein Dank«, ätzte Hannah. »Außerdem schneiden Sie mit Ihrer verkappten Hauser-Story auch nicht gerade gut ab: Erst machen Sie mit Ihren Zeitungsartikeln die Leute heiß, und dann bleiben Sie ihnen den Beweis für eine neue Spur im Fall Kaspar Hauser schuldig. Typisch Boulevardzeitung.«

»Jetzt reicht's aber!«, donnerte Blohfeld, wobei sich seine sonst stetig kalkweißen Wangen rosa färbten. »Erstens: Ich habe Schrader auf den Zahn gefühlt. Er hat – was uns seine Sekretärin gnädigerweise wissen ließ – für die in Frage kommende Zeit der Morde wasserdichte Alibis. Ebenso verhält es sich mit Zetschke, der inzwischen – wenn auch kleinlaut – wieder aufgetaucht ist. Und zweitens: Die Hauser-Story ist noch lange nicht tot!« Der Reporter richtete seinen Blick auf Paul. »Herr Flemming ist mir noch eine gewisse Gefälligkeit schuldig. Für die DNA-Analyse benötigen wir das komplette Hauser-Hemd aus dem Nachlass von Franz Henlein ...«

»... das ich der Witwe abschwatzen soll«, vollendete Paul den Satz.

»Und?« Hannah fixierte ihn. »Warum machen Sie das nicht?«

»Weil ...« Paul fühlte sich von Hannah ins Kreuzverhör genommen. »Na ja, ich konnte mich bisher nicht dazu durchringen, die arme Frau noch einmal zu belästigen. Außerdem glaube ich, dass es sich bei dem Hemd ohnehin nur um eine Fälschung handelt.«

»Ihr seid ja tolle Ermittler.« Hannah stand abrupt auf. »Ich muss jetzt los, Leute. Mein Freund wartet auf mich. Ödet euch nur weiter an.« Sie drückte ihrer Mutter im Gehen einen Kuss auf die Wange. »Und wir sehen uns morgen am Airport.«

Paul fühlte sich alles andere als wohl in seiner Haut, als er die anderen ansah. Alle wirkten beklommen, und der Grund dafür war nur allzu offensichtlich. »Nun – Hannah hat nicht ganz Unrecht«, sagte Paul leise. »Es ist das erste Mal, dass wir uns in einem gemeinsamen Fall geschlagen geben müssen. Denn wenn wir ehrlich sind, haben wir das Ende der Fahnenstange bereits erreicht, und die Taten bleiben ungesühnt.«

»So ein Quatsch«, entfuhr es Blohfeld, der stur auf seinen Teller sah.

»Die beiden ungeklärten Fälle werden natürlich nicht aufgegeben«, sagte Katinka in wenig überzeugendem Ton. »Mein Nachfolger hat alle Akten bereits gesichtet und wird sie selbstverständlich zum Abschluss bringen.«

»Und was die Sache mit Kaspar Hauser anbelangt«, fügte Blohfeld hinzu und schien langsam wieder Oberwasser zu gewinnen, »es steht – wie gesagt – noch immer Ihr Besuch bei der Witwe an.«

»Gut«, lenkte Paul ein, »versprochen ist versprochen. Morgen ist Freitag, da wird Frau Henlein nachmittags sicherlich zu Hause sein. – Ich werde sie besuchen und mein Bestes geben. Aber wenn sie mir das Hauser-Hemd nicht aus freien Stücken überlässt, bin ich aus der Sache draußen. Dann bleibt es bei der Never-ending-Story um das Findelkind Kaspar Hauser.«

»Ein Mann, ein Wort«, sagte Blohfeld und zwinkerte Paul aufmunternd zu. Dann hatte auch er es plötzlich eilig, die Runde zu verlassen. Zu Pauls Erstaunen verzichtete der Reporter sogar auf seine obligatorische »Zigarre danach« und war nach kurzer Verabschiedung verschwunden.

»Bei uns beiden wird es wohl nichts mit einer Never-ending-Story, was?«, stellte Katinka gefasst fest, als sie allein an dem Tisch saßen. Sie erwartete wohl nicht ernsthaft eine Antwort darauf, denn sie nahm sie scherzhaft gleich vorweg: »Ich gewinne allmählich den Eindruck, dass du deinem Zwilling aus Hollywood nicht nur rein äußerlich, sondern auch charakterlich gleichst: der ewige Junggeselle eben.«

Sie tranken schweigend ihren Wein und brachen dann auf.

35

Gemeinsam mit Hannah verließ Paul den Flughafen. Schweigend fuhren sie die Rolltreppe zur U-Bahn-Station hinunter. Auch während der Strecke bis zum nächsten Halt Ziegelstein sprach keiner von ihnen ein Wort.

Erst danach raffte sich Hannah zu einer Äußerung auf: »Ich bin sicher, dass es Mama in Berlin gut gehen wird. Sie ist zäh, beißt sich durch.«

»Sicher«, stimmte Paul mit gesenktem Kopf zu. In Gedanken sah er Katinka noch immer in der Sicherheitskontrolle des Flughafens vor sich, wie sie sich noch einmal zu ihm umdrehte und ihn mit einem Blick ansah, in dem ihre ganze Einsamkeit zum Ausdruck kam. Für diesen einen Augenblick hatte sie ihren äußeren Panzer abgelegt und ihm zu verstehen gegeben, dass er sie mit seiner Entscheidung, in Nürnberg zu bleiben, tief getroffen und verletzt hatte.

»Aber«, redete Hannah weiter, »sie ist ja nicht aus der Welt. Von Nürnberg aus kann man ja ständig nach Berlin jetten. Die Flüge sind sogar ziemlich billig, wenn man rechtzeitig bucht.« Sie schwenkte den Flyer einer Fluggesellschaft vor seiner Nase, den sie wohl im Airport eingesteckt hatte.

»Sicher«, wiederholte Paul, dem bewusst war, dass die Distanz zwischen ihm und Katinka nicht allein in Kilometern beziehungsweise Flugmeilen zu messen war. Um sie zu überbrücken, bräuchte er mittlerweile mehr als bloß ein Flugzeug.

»Und?«, fragte Hannah nun schon wieder besser aufgelegt, als sie die Station Rennweg hinter sich ließen. »Was fangen Sie mit diesem angebrochenen Freitag noch Schönes an?«

Paul erzählte ihr von seinem Vorhaben, endlich noch einmal bei Henleins Witwe vorbeizuschauen. »Am Sand ist ja nicht allzu weit. Und was hast du so vor?«, erkundigte er sich mehr aus Höflichkeit, als aus echtem Interesse.

»Uni«, sagte Hannah mit gerümpfter Nase. »Ich habe noch eine Vorlesung, vor der ich mich nicht drücken kann. Und dann gehe ich in die Mensa zum Mittagessen – jetzt, wo bei Mami abends der Herd kalt bleibt ... Und ein warmes Essen pro Tag ist ja auch nicht zu verachten.«

Paul schob seinen Besuch bei Frau Henlein diesmal nicht vor sich her, sondern brach vom Weinmarkt aus gleich mit seinem Fahrrad auf. Wenn er erst in sein Atelier gegangen wäre, hätte er doch nur die ganze Zeit an Katinka und ihre Besuche bei ihm denken müssen. Die Ablenkung hingegen würde ihm gut tun.

Keine zehn Minuten später kam er an dem Mehrfamilienhaus am Sand an und lehnte sein Rad direkt unterhalb der haushohen Wandzeichnung an, die das Fischerstechen darstellte. Noch bevor er die Haustür erreicht hatte, sprach ihn eine ältere Frau an, die mit gekrümmtem Rücken in einem Rosenbeet werkelte.

»Grüß Gott«, rief sie ihm zu. Sie trug einen grünen Kittel und ebenfalls grüne Gärtnerhandschuhe, ihre Haare waren unter einem Kopftuch verborgen. »Wissen Sie, gute Pflege ist alles, wenn sie im nächsten Jahr wiederkommen sollen.«

»Wenn Sie das sagen, wird es schon stimmen«, beeilte sich Paul zu sagen, dem die Rosen und die Frau gleichgültig waren. Er wollte weitergehen, doch die Hobbygärtnerin hielt ihn auf:

»Und Sie möchten zu ...?«

»Ähem ...« Paul wusste wirklich nicht, was das diese Frau anging, aber es war ja kein Geheimnis. »Zu Frau Henlein«, sagte er und nickte zum Abschied.

»Den Weg können Sie sich sparen«, rief die Frau ihm hinterher.

Paul hielt erneut inne. »Wieso kann ich mir den Weg sparen? Ist Frau Henlein krank? Oder hat sie schon Besuch?«

»Nein.« Die Frau erhob sich und klopfte sich dunkle Erdbrocken von den Knien. »Sie ist nicht da.«

»Nicht da?«

»Verreist«, sagte die Frau mit einem wissenden Ausdruck in ihrem rötlichen Gesicht. »Sie fängt langsam an, das Witwenleben zu genießen. Wissen Sie, ich bin ja auch verwitwet. Seit sieben Jahren inzwischen. Mein Heinz hat mich ...«

»Wo macht Frau Henlein denn Urlaub?«, unterbrach sie Paul, den diese Reise so kurz nach dem Tod von Henlein doch ziemlich überraschte.

»Wenn man es genau nimmt – ein richtiger Urlaub ist es eigentlich nicht. Die Henlein hat ja nicht viel Geld. Da sind keine großen Sprünge drin. Zumal es ja wohl noch lange dauern wird, bis ihr die Lebensversicherung ihres Mannes ausgezahlt wird.«

»Also?«, fragte Paul jetzt energischer. »Wohin ist Frau Henlein gefahren? Zu Verwandten, Freunden?«

»Nein, nein. Da gibt es nicht viele. Die Henleins blieben ja immer gern unter sich, wenn Sie verstehen, was ich meine.« Die Frau schnipste sich mit dem rechten Zeigefinger einen letzten Krumen Erde von ihrem Hosenbein. »Auf Kaffeefahrt ist sie. Macht eine von diesen günstigen Busfahrten. Da liegen ja dauernd Werbeprospekte im Briefkasten. Nach Regensburg, glaube ich. Seit heute früh ist sie fort. Sie hat gesagt, dass sie schon am Sonntag wieder zurückkommt. Ihre Blumen brauche ich also nicht zu gießen.«

Paul bedankte sich für die Auskunft, verabschiedete sich nochmals und ging zurück zu seinem Fahrrad. Nachdenklich blieb er noch eine Weile unter der großflächigen Fassadenmalerei stehen.

Frau Henlein war also auf Kaffeefahrt. Was genau störte ihn an diesem Gedanken? Es war doch nichts Ungewöhnliches dabei, wenn eine trauernde Witwe auf andere Gedanken kommen wollte und sich einen kleinen Tapetenwechsel gönnte. Eine Busreise für ein paar Tage – völlig normal, oder nicht? Irgendwie hatte er ein merkwürdiges Gefühl bei der Sache. Warum war Frau Henlein gerade jetzt verreist, wo noch so viele Fragen in Bezug auf den Tod ihres Mannes offen waren? Und das Hauser-Hemd, war es überhaupt noch in ihrer Wohnung?

Mit diesen offenen Fragen hatte Paul einen idealen Vorwand gefunden, um seine eigenen Skrupel zu überwinden. Er nahm sein Rad, schob es langsam um die Giebelwand zur Flussseite herum und stellte es unter die Balkonkästen. Die Henleins wohnten im Parterre, der Balkon war entsprechend niedrig.

Er schaute sich mehrmals nach allen Seiten um, dann stieg er vorsichtig auf den Gepäckträger und weiter auf den Sattel des Rades. Mit seinen Händen konnte er das Geländer der Balkonbrüstung bequem umfassen, also war es für ihn ein Kinderspiel, sich daran hochzuziehen und seine Beine über die Brüstung zu schwingen.

In geduckter Haltung stand Paul auf dem Balkon der Henleins. Ganz sicher war das, was er gerade tat, alles andere als vernünftig. Erst sein unerlaubtes Eindringen in Zetschkes Büro am Trödelmarkt und jetzt ein glatter Hausfriedensbruch, so konnte das doch nicht weitergehen, mahnte ihn sein schlechtes Gewissen. Aber er wollte bloß einen kurzen Blick ins Wohnzimmer riskieren. Vielleicht lag das Hauser-Hemd ja offen auf dem Sofa herum, oder er konnte wenigstens die Aktentasche sehen, in der das Hemd gesteckt hatte.

Unter Pauls Schuhen knirschte es verdächtig. Er sah auf den Boden aus weißgelben Mosaikfliesen: Scherben! Überall lagen kleine, gefährlich scharfe Glasscherben herum!

Paul schaute sich nach der Ursache für diese Bescherung um und musste nicht lange suchen: Die Balkontür war zerschlagen worden! Nur noch gezackte, scharfkantige Glasränder ragten aus dem unbeschädigt gebliebenen Rahmen der Tür.

Pauls erster Gedanke waren Einbrecher. Sollte er die Polizei mit seinem Handy oder von der Wohnung aus über das Festnetztelefon verständigen? Das Handy wäre wohl vernünftiger; wenn er den Apparat der Henleins benutzte, würde er sich nur selbst verdächtig machen. Andererseits ...

Er betrachtete noch einmal die zerbrochene Scheibe. Es bot sich ihm die einmalige Gelegenheit, ohne das Einverständnis der Witwe in der Wohnung nach dem Hauser-Hemd zu suchen und es »sicherzustellen«. Die Polizei konnte er danach ja immer noch informieren, und da er ihr ja schon einige Besuche abgestattet hatte, waren selbst eventuelle Fingerabdrücke erklärbar.

Paul überwand seine letzten Hemmungen und machte einen großen Schritt durch die zerschlagene Balkontür.

Das Wohnzimmer war wider Erwarten genauso aufgeräumt, wie er es in Erinnerung hatte. Paul sah sich aufmerksam um, doch nichts deutete darauf hin, dass hier Einbrecher gewütet hatten.

Paul beschloss, im Flur und den anderen Räumen nachzusehen. Vielleicht hatte es der Dieb auf etwas ganz Spezielles abgesehen, wusste, wo es sich befand und musste deshalb nicht die ganze Wohnung auf den Kopf stellen.

Womöglich, kam es Paul in den Sinn, als er die Flurtür öffnete, waren der oder die Einbrecher sogar hinter demselben Gegenstand her: das Hauser-Hemd! War Paul etwa zu spät gekommen? Wenn er das Hemd beziehungsweise die Aktentasche nicht in einem der anderen Räume finden würde, war es nur wahrscheinlich, dass es sich tatsächlich bereits jemand anderes unter den Nagel gerissen hatte.

Oder aber ...

Als Paul die Tür zu einem der vom Flur abgehenden Zimmer vorsichtig öffnete, sah er sich plötzlich jemandem gegenüberstehen. Paul spürte den Adrenalinstoß, der durch seinen Körper schoss, sah eine große, gusseiserne Bratpfanne, die in der Luft über ihm zu stehen schien und wusste im selben Augenblick um die Gefahr, in der er schwebte. Doch er war starr vor Schreck – unfähig, sich zu bewegen. Er spürte noch einen dumpfen Schlag und dann einen brennenden Schmerz in seinem Kopf. Anschließend wurde alles um ihn herum schwarz.

36

Sein Mund war ausgetrocknet. Paul hatte das Bedürfnis, zu schlucken, doch seine Zunge klebte am Gaumen fest, und irgendetwas Festes und Großes steckte zwischen den Zähnen.

Er bemühte sich, seine Augen zu öffnen, doch seine Lider waren viel zu schwer. Sein Schädel brummte, und er hatte absolut keine Vorstellung von dem, was vorgefallen war und wo er sich befand.

Mit viel Mühe schaffte er es, das rechte Auge ansatzweise zu öffnen. Er sah Küchenmöbel, einen Herd, einen Kühlschrank. Direkt neben ihm stand ein Küchentisch, von dem er nur die Tischbeine sah. Also musste er auf dem Fußboden sitzen.

Aber warum? Und wieso konnte er sich nicht vom Fleck bewegen?

Sein rechtes Auge fiel wieder zu und Paul dämmerte für einige Zeit vor sich hin.

Später, er wusste nicht wann, sammelte er zum zweiten Mal Kraft. Diesmal gelang es ihm, bei klarem Verstand zu bleiben.

Er versuchte, sich in der Küche zu orientieren. Er kannte den Raum nicht, war sich aber sicher, noch immer in der Wohnung der Henleins zu sein.

Er saß also auf dem Fußboden. Aus der Tatsache, dass er sich nicht bewegen konnte, schloss er, dass er gefesselt worden war. In seinen Rücken drückten mehrere harte Streben oder Röhren. Ein Blick zur Seite, und er wusste, dass man ihn an einem Heizkörper fixiert hatte. Er wollte aufschreien, aber er brachte keinen Ton heraus. In seinem Mund steckte ein verdammter Knebel!

Paul sammelte Speichel. Nach einigen Anstrengungen schaffte er es, seine Zunge vom Gaumen zu lösen, trotzdem gelang es ihm nicht, den Knebel loszuwerden.

Als der Schmerz in seinem Kopf abermals zunahm, musste er die Augen wieder schließen.

Von einem stechenden Geruch wurde Paul erneut aus seinem Delirium gerissen. Er schreckte auf und sah sich verängstigt um. Woher kam der Geruch?

Er kam ihm bekannt vor. Die beißenden Gase erinnerten ihn an etwas – an etwas durchaus Angenehmes:

Grillsaison!, schoss es ihm durch den Kopf. Und dann, voller böser Vorahnung: Spiritus!

Plötzlich war Paul hellwach und bei klarem Verstand. Er musste seine Gedanken ordnen, sich seiner Lage bewusst werden: Jemand hatte ihn niedergeschlagen, so viel stand fest. Und dieser Jemand hatte ihn an die Heizung gefesselt. Spiritus bedeutete gemeinhin Feuer. – Feuer, verflucht! Jemand hatte Feuer gelegt!

Wieder versuchte Paul zu schreien – erfolglos. Denn der Knebel erstickte jeden Ton. Schweißperlen bildeten sich auf seiner Stirn und juckten wahnsinnig!

Paul wand sich. Aber die Fesseln saßen stramm und duldeten nicht die kleinste Bewegungsfreiheit.

Der Gestank nach Brandspiritus wurde immer stärker. Plötzlich dachte Paul an Blohfeld. An seine Polizeistorys. Hatte der Reporter nicht neulich was von einer Einbrecherbande erzählt? Einbrecher, die, um ihre Spuren zu verwischen, Feuer legten?

Paul bäumte sich wie unter Krämpfen auf. Er wollte hier weg! Unter allen Umständen wollte er weg! Wenn doch nur diese Fesseln nicht wären!

Er wusste nicht mehr weiter. Niemals zuvor war er in einer solchen Situation gewesen. Niemals hatte er sich dermaßen ausgeliefert gefühlt. Er wollte frei sein, und wenn er das nicht konnte, wollte er wenigstens diesem Schwein von Einbrecher in die Augen sehen. Er wollte wissen, wie derjenige aussah, der ihm das angetan hatte. Er wollte ein Gesicht sehen, das er hassen konnte!

Wenigstens, solange er noch bei klarem Verstand war.

Schritte! Hatte er nicht gerade Schritte gehört? Paul spürte sein Herz rasen.

Tatsächlich. Da waren Schritte! Erst näherten sie sich, dann entfernten sie sich wieder, um gleich darauf wiederzukommen. Zwischendurch war es für einige Momente still.

Paul hielt die Luft an, um besser lauschen zu können. Er war höchst angespannt. Plötzlich wurden die Schritte hektischer, immer schneller und schneller.

Er lauschte. Versuchte, die Geräusche mit klarem Kopf zu analysieren. Schließlich war er sich sicher, dass es nur die Schritte einer einzelnen Person waren: eben die des Einbrechers!

Mit einem Mal klangen die Schritte ganz nah. Ausgeprägt laut und klar. Sie kamen auf die Küchentür zu! Angestrengt horchte Paul in die Leere des Raums. Er vernahm ein leises Schaben. Dann hörte es sich so an, als würde ein Schlüssel herumgedreht.

Die Tür ging auf. Ganz langsam. Licht aus dem Flur fiel in die Küche, so dass Paul geblendet wurde. Als er sich zwang, in die Helligkeit zu sehen, zeichnete sich der Schatten einer Person auf dem Fußboden ab. Eine Frau!

Paul riss vor Überraschung die Augen weit auf. Er wollte etwas sagen, wollte rufen und brüllen. Aber ihm blieben die Worte im Halse stecken. Auch ohne Knebel hätte er in diesem Augenblick keinen einzigen Ton herausgebracht.

Es war Frau Henlein, die mit abschätzigem Blick und einer beinahe komplett geleerten Spiritusflasche in der Hand im Türrahmen erschienen war!

37

Paul war außerstande, sinnvolle Schlüsse aus dem zu ziehen, was sich vor seinen Augen abspielte: Frau Henlein? Sollte sie nicht in Regensburg sein, auf Kaffeefahrt? Eine Flut von weiteren Fragen strömte durch seinen Kopf: Warum war sie hier? Wo war der Einbrecher geblieben? Warum befreite sie ihn nicht? Und was wollte sie mit der Spiritusflasche in ihrer Hand?

Frau Henlein trat in die Küche, drehte die Flasche auf den Kopf und ließ den letzten Rest ihres Inhalts auf den Boden laufen. Dann warf sie die Flasche in eine Ecke, ging – ohne Paul auch nur anzusehen – zu einem der Küchenschränke, öffnete ihn und holte eine weitere Flasche heraus.

Was, zum Teufel, stellte sie da an, nochmal Spiritus?, durchfuhr es Paul. Was hatte die Henlein vor?

Die kleine dickliche Frau machte sich daran, auch die zweite Flasche zu entleeren. Mit fahrigen Bewegungen verteilte sie die Flüssigkeit über Küchenanrichte und Elektrogeräte, spritzte sogar etwas auf die Vorhänge.

Paul stieß einige undefinierbare Grunzlaute aus. In seinen Gedanken verfluchte er die Witwe mitsamt ihrer Spiritusflaschen aufs Schlimmste.

Dann kam Frau Henlein auf Paul zu. Sie näherte sich ihm bis auf einen Meter, ging in die Knie und schaute ihn von der Seite an. Ihre Knopfaugen fixierten ihn. Dann hörte er ihre Stimme.

Sie schien von weit her zu kommen und klang merkwürdig unaufgeregt. Fast wie die einer Nachrichtensprecherin:

»Ich sage Ihnen gleich: Das ist nicht persönlich gemeint. Sie können wirklich nichts dafür. Wenn es nach mir ginge, würde das alles nicht passieren. – Aber Sie sind nun einmal hier, zur falschen Zeit am falschen Ort. Spazieren herein, als wäre es Ihre Wohnung. Was konnte ich denn anderes tun, als

Ihnen mit der Bratpfanne ... – ich hoffe, es hat nicht allzu sehr wehgetan.«

Paul rüttelte wütend an der Heizung.

»Sie kennen ja meine Lebensgeschichte«, fuhr die Witwe unbeirrt fort. »Ach was, natürlich ist das übertrieben. Das Wichtigste wissen Sie, zumindest reicht es dafür, sich ein Bild machen zu können. Und verstehen zu können – mich verstehen.

Sie kannten meinen Mann: Sie wissen von seinem Drang, sich Zeit seines Lebens mit Kaspar Hauser zu befassen. Alles andere hinten anzustellen. Das Leben, die Ehe, mich. Er hat alles andere aufgegeben, um seine ganze Energie in seine einzige Leidenschaft zu stecken: Hausers Geheimnis zu lüften und damit auch sein eigenes. Doch es war klar, dass er nur einer Illusion nachhing, einem Hirngespinst, das nicht zuletzt auch unser ganzes Geld aufbrauchte.«

Zu Pauls Entsetzen machte die Witwe noch immer keinerlei Anstalten, ihn loszubinden. Stattdessen verlor sie sich in Selbstmitleid:

»Was hätte ich für ein schönes Leben führen können! Ab und zu eine kleine Reise, ein bisschen Luxus ... – Aber Franz hat mir selbst diese bescheidenen Ziele verbaut. Immer und immer wieder hat er all unsere Ersparnisse für sein Hobby ausgegeben, für seine Sucht!

Jahrzehntelang habe ich zurückgesteckt, immer bloß die zweite Geige gespielt. Nur sein Hobby zählte – seine Vision. Und wo blieb ich dabei? Was mein Mann mir angetan hat, war Demütigung durch Nichtbeachtung!«

Höchst beunruhigt registrierte Paul ein wütendes Funkeln in Frau Henleins undurchdringlichen Knopfaugen. Sie stand wieder auf und verschränkte die Arme vor ihrer Brust. Ihr Tonfall wurde härter, als sie sagte:

»Doch dann reifte mein Plan heran. Ich habe viel nachgedacht, denn ich wollte ja alles perfekt machen.«

Paul sah sofort die vorsätzlich gelösten Radmuttern an Henleins Auto vor seinem geistigen Auge. Sollte es die Witwe gewesen sein, die klammheimlich nachgeholfen hatte? Bei dem Gedanken daran drehte sich sein Magen um. Die eigene Frau hatte an Henleins Wagen manipuliert. Unfassbar! Ein perfider Plan für einen fast perfekten Mord, zollte Paul ihr bittere Anerkennung.

Frau Henleins Nervosität nahm nun wieder sichtbar zu. Unruhig wechselte sie von einem Fuß auf den anderen. »Glauben Sie bloß nicht, ich wäre eine kaltherzige Mörderin. Nein, das bin ich ganz bestimmt nicht! Ich habe die Vernachlässigung jahrelang still geduldet, habe nie etwas gesagt. Doch meine Frustration hat sich in mich hineingefressen, mich innerlich ausgehöhlt. Trotzdem habe ich mein Vorhaben immer wieder aufgeschoben. All die Zeit über war es nur ein tröstendes Gedankenspiel für mich.«

Paul bemerkte beängstigt, wie ihre Stimme bebte, als sie weitersprach: »Und dann kaufte er dieses Hemd. Hausers Hemd, wie er sagte, dass ich nicht lache! Das Geld dafür hob er von unserem gemeinsamen Sparbuch ab. Wir hatten es uns fürs Alter aufgespart. Ohne mich zu fragen, hat er das ganze Guthaben abgeräumt!

Zum Schluss wollte er sich auch noch seine Lebensversicherung ausbezahlen lassen. Ausgerechnet die Versicherung, die er einmal für mich abgeschlossen hatte. Meine ganz persönliche Altersvorsorge – damit ich nach seinem Tod nicht in Not gerate, hat er immer gesagt. Knall auf Fall wollte er sie auflösen, um damit irgendeine sinnlose Analyse mit Genen und noch anderem wissenschaftlichen Quatsch zu bezahlen. Wo liegt da der Unterschied zu einem notorischen Zocker? Alles wollte er zuletzt aufs Spiel setzen – einfach alles! Das ist doch krank, oder etwa nicht?«

Frau Henlein sah Paul fragend an, als ob sie auf eine Antwort wartete.

»Als ich das alles erfuhr, war es vorbei mit meinen bloßen Gedankenspielen. Ich musste einfach etwas unternehmen«, sagte sie mit schriller, beinahe hysterischer Stimme. »Ich bin Ende fünfzig – ich will endlich leben! Verstehen Sie das nicht?«

Sie ging wieder in die Knie, ihr Gesicht war Paul sehr nah: »Auch für die Zeit nach seinem Tod hatte ich mir einen Plan zurechtgelegt. Genauso einfach und sicher wie der andere: Ich buchte diese Fahrt nach Regensburg. Alle Nachbarn wussten davon. Ich bin auch tatsächlich mit dem Bus in die Oberpfalz gefahren und habe mit den anderen Busreisenden im Hotel eingecheckt. Dann habe ich mich in den Zug gesetzt, um zurückzufahren. – Ich habe einen Einbruch in unsere Eigentumswohnung vorgetäuscht und wollte die Wohnung anschließend anzünden. Ganz so, wie es diese Einbrecherbande tut, über die man in letzter Zeit so viel liest.«

Paul schauderte: Diese verrückte Frau hatte allen Ernstes vor, das Haus in Brand zu setzen, um eine falsche Fährte zu legen? Der ganze Spiritus überall ... – das konnte sie doch nicht wirklich tun!

Frau Henlein redete und redete. Geständnis folgte auf Geständnis. Wollte sie dadurch ihr Gewissen erleichtern? Ein wenig tröstlicher Gedanke! Paul hatte Mühe, den kruden Gedankengängen der Witwe noch länger zu folgen:

»Ja, ein Feuer, und danach ist Schluss!«, sagte sie mit grausamer Begeisterung. »Endgültig Schluss mit all den Erinnerungen an die verhassten Jahre unserer Ehe. All das Zeug von Franz wird bald nur noch Schutt und Asche sein!«

Sie lachte erleichtert. »Danach werde ich zurückfahren. Heimlich, still und leise. Zum Bahnhof. Eine unter Hunderten. Da fällt man nicht auf. Am Abend dann wieder in Regensburg: gemeinsames Abendessen im Hotel, Verkaufsveranstaltung, vielleicht werde ich sogar eine Heizdecke kaufen; Mitternachtsschoppen an der Hotelbar. Niemandem wird es aufgefallen sein, dass ich zwischendurch fort gewesen bin.«

Paul zuckte unruhig mit den Augenbrauen. Unablässig rieb er an seinen Fesseln. Zwecklos!

»Wissen Sie«, redete die Witwe weiter, »unsere Wohnung ist versichert. Eine der wenigen Versicherungen, die mein Mann noch nicht in bare Münze umgewandelt hatte. Die Versicherungssumme gibt mir die Chance für einen Neuanfang. Selbst wenn ich die Lebensversicherung nicht ausgezahlt bekomme, kann ich auf diese Weise aus Nürnberg fortgehen. Ich will ein neues Leben beginnen, ein Leben ohne Hauser und weit weg von dieser Stadt mit all ihren alten Gebäuden und den vielen alten Geschichten!«

Paul spürte, wie seine Finger allmählich taub wurden. Erneut versuchte er, sich zu artikulieren. Aber von jedem seiner Worte war nur ein dumpfes, verzweifeltes Stöhnen zu hören. Schlimmer noch: Frau Henlein schien ihn gar nicht wirklich wahrzunehmen! Nun verfiel sie wieder in ihre hektischen Bewegungen. Sie trippelte hin und her, vor und zurück. Die ganze Zeit über hielt sie die Spiritusflasche fest in ihrer Hand.

»Warum sind Sie mir bloß in die Quere gekommen?« Sie stieß die Frage wütend aus, ohne Paul dabei anzusehen. »Ich hatte doch alles so genau vorbereitet. Hatte so verdammt lange an diesem Plan gearbeitet. Jede Kleinigkeit berücksichtigt.«

Wieder verspritzte sie einen Schwall Spiritus. Den letzten. Mit einem hohlen Geräusch fiel die Flasche auf den Boden. Dann trippelte sie, hektisch den Kopf schüttelnd, aus der Küche.

Paul blieb voller Angst und Ungewissheit zurück. Ihm war abwechselnd heiß und kalt, wie bei einem plötzlichen Fieber mit Schüttelfrost. Das taube Gefühl kroch von seinen Händen langsam in seine Arme hinauf.

Das schnelle Klackklackklack der Schritte wurde lauter: Gleich würde sie wieder zurück sein! Paul wollte die wenigen Sekunden, die er allein war, unter allen Umständen nutzen. Unter Aufbietung seiner letzten Kräfte drehte er seinen Kopf so weit wie möglich nach hinten. Er musste herausfinden, womit die Witwe ihn gefesselt hatte! Vielleicht war es ein Material, das er irgendwie lösen konnte.

Sein Hals schmerzte fürchterlich bei den Verrenkungen, aber es gelang ihm, einen kurzen Blick auf seine in Hüfthöhe an den Heizkörper verbundenen Hände zu werfen. Was er sah, stürzte ihn in die nächste Krise: eine Wäscheleine! Roter, reißfester Kunststoff und innen ein Draht zur zusätzlichen Stabilisierung. Das Ganze war fünf oder sechs Mal um seine Handgelenke und die Heizung gewickelt. Er hatte nicht die geringste Chance!

Die Schritte waren verstummt. Frau Henlein stand jetzt wieder vor ihm.

Pauls Augen weiteten sich, als er sah, was sie in der Hand hatte. Sein Herz pochte wild in seinem Brustkorb. Dicht über seinen Kopf hielt sie eine Flasche Nagellackentferner und drehte den Verschluss ab.

»Ich habe leider keine andere Wahl«, sagte sie. Fahrig, hektisch. »Die Idee mit dem Feuer war doch das Beste an meinem Plan. Der Brand verwischt alle Spuren. Ich muss das jetzt durchziehen!«

Sie ließ den Schraubverschluss fallen, drehte die kleine Flasche um und goss den Nagellackentferner mit ruckartigen Bewegungen über Paul aus. Er benetzte seine Hose, seinen Oberkörper, am Schluss auch noch seine Haare. Paul schloss die Augen, atmete nur noch flach.

»Eine Leiche in der Küche«, rief Frau Henlein plötzlich schrill, »weiß Gott, die habe ich wirklich nicht gewollt. Das gehört nicht mehr zu meinem Plan, aber man wird Sie dieser Einbrecherbande zuschreiben. Genau wie alles andere.«

Das Fläschchen war leer. Es zersplitterte, als es Frau Henlein gegen die Heizung warf. Bei dem Knall zuckte Paul zusammen.

»Die Polizei wird wissen wollen, warum die Diebe Sie gefesselt hier zurückgelassen haben, nicht wahr?« Für einen kurzen Moment verharrte Frau Henlein in ihrer Bewegung. Für Sekunden war ihre Unruhe verflogen. Angestrengt dachte sie nach. Ein Hoffnungsschimmer? Doch dann nahm sie ihren zerstörerischen Aktionismus wieder auf und öffnete, offenbar auf der Suche nach weiteren brennbaren Flüssigkeiten, die Küchenschränke. Dabei hatte sie schon jetzt ganze Arbeit geleistet, dachte Paul resigniert. Die Wohnung würde brennen wie Zunder.

»Sie haben Sie überwältigt und gefesselt, weil sie von Ihnen auf frischer Tat ertappt worden sind!«, ereiferte sich Frau Henlein und schlug eine Schranktür nach der anderen wieder zu. »Ja, so hat es sich abgespielt: Sie wollten mich besuchen, aber ich war nicht da. Dann haben Sie Geräusche gehört und sind deshalb hier hereingekommen. Sie wurden von den Dieben niedergeschlagen, die Sie in der Küche fesselten. An die Heizung. Dann zündeten sie die Wohnung an. Wie sie das immer tun. Nichts Ungewöhnliches also.«

Sie schien die Suche nach Brandbeschleunigern aufgegeben zu haben und trippelte noch einmal zu Paul zurück. Als sie ihn kurz ansah, hielt er ihrem Blick stand und versuchte, wortlos seine Gefühle auszudrücken. Seine Angst. Seine Hoffnung. Er appellierte an sie!

Die Knopfaugen schienen plötzlich tatsächlich einen milden Ausdruck anzunehmen. Frau Henlein hielt den Blick aufrecht, als sich ihre Lippen bewegten. Wollte sie ihm etwas sagen? Hatte sie es sich doch noch anders überlegt?

Dann drehte sie sich abrupt um. Ging aus der Küche, machte die Tür hinter sich zu. Die Schritte wurden leiser.

Paul hörte noch, wie die Wohnungstür vorsichtig ins Schloss gezogen wurde, danach wurde es still. Grabesstill.

38

Paul wurde von einem eigentümlichen Gefühl erfüllt: einer Mischung aus banger Erwartung und Furcht, einer starken Furcht, die ihm die Kehle zuschnürte. Er wusste jetzt, was aus ihm werden würde. Wie er sterben würde. Wenn er mit nach Berlin gegangen wäre, wäre das alles nicht passiert, dachte er beinah melancholisch.

Aber er hatte die Hoffnung noch nicht vollends aufgegeben. Paul lauschte in die Stille hinein. Vielleicht würden die Schritte zurückkommen? Vielleicht musste er nur lange genug warten.

Da, tatsächlich ein Geräusch. Bildete er es sich nur ein? War da nicht ein leises Knistern?

Nein, keine Einbildung! Unter der Küchentür kroch ein feiner grauweißer Nebel hervor. Er stieg kerzengerade an der Türinnenseite empor, bis er die Decke erreichte, wo er sich staute, um sich im nächsten Moment dicht unter der Decke als dünner Film auszubreiten. Schleichend kroch er auf die Deckenmitte zu und formte Wellen, die größer wurden, als neuer Qualm hinzukam.

Paul zog seine Beine an sich heran. Er starrte an die Decke und beobachtete mit qualvoller Faszination das unheimliche Schauspiel.

Das Knistern war jetzt immer deutlicher zu hören und ging in ein geräuschvolles Knacken über. Der Nebel kroch jetzt auch durch das Schlüsselloch. Je mehr grauweiße Schwaden in den Raum zogen, umso tiefer senkte sich die Nebeldecke. Züngelte mit ihren Ausläufern nach ihm.

Es war grotesk, dachte Paul: Die Küche lief voll wie ein Wasserbecken – nur dass die Gefahr eben nicht von unten, sondern von oben kam!

Er drückte sich enger an die Heizung. Ein Geruch nach verbranntem Holz und verschmortem Plastik verdrängte den

Gestank von Spiritus und Nagellackentferner. Was konnte er tun? Konnte er überhaupt etwas tun? Beten – als bekennender Atheist? Hoffen – als jemand, der nicht an Wunder glaubte? Nie geglaubt hatte?

Die Nebelbank war bis auf halbe Raumhöhe herabgezogen. Aus Pauls Position am Küchenboden sah die wabernde Masse aus wie ein Wolkenmeer. Das Weiß wurde immer häufiger von tiefschwarzen Strängen durchzogen – wie bei einem aufziehenden Gewitter.

In Todesangst sah sich Paul nach einem rettenden Gegenstand um. Einem Messer, mit dem er die Fesseln durchtrennen konnte! Aber wie sollte er das Messer denn zu fassen bekommen? Trotzdem: Es musste hier doch irgendein Werkzeug geben, das er sich zunutze machen konnte!

Fahrig suchten seine Blicke jedes Fleckchen des Küchenbodens ab. – Dann sah er plötzlich die Aktentasche. Henleins Aktentasche! Unscheinbar lehnte sie neben einem Abfalleimer in der hintersten Ecke des Raumes. Ungläubig starrte Paul sie an: Der Verschluss war zu. Hatte die Witwe sich nicht einmal die Mühe gemacht, hineinzusehen ...?

Im Nebel bildeten sich kleine Wirbel. Wie Minitornados streckten sie ihre fingerartigen, dünnen Fühler aus und suchten nach Bodenkontakt. Gespensterhaften Tentakeln gleich griffen sie nach Paul. Der erste senkte sich leicht auf seine Schulter, doch er schien die Berührung beinahe physisch zu spüren. Albtraumhafte Assoziationen kamen Paul in den Sinn: Der Tod streckte seine Finger nach ihm aus!

In diesem Moment machten sich Pauls Gedanken selbstständig: Sie befreiten sich aus den Fesseln. Sie agierten losgelöst von ihm. Sie machten ihm Mut. Er sollte sich keine Sorgen machen, er hatte seinen Besuch bei der Witwe ja angekündigt. Blohfeld wusste davon. Und andere hatten es vielleicht auch mitbekommen.

Ja: Sie alle würden ihn suchen. Ihn finden und befreien! Frische Hoffnung keimte in ihm auf: Hoffentlich kamen sie nur schnell genug. Er hatte jegliches Gefühl dafür verloren, wie viel Zeit seit seiner Bewusstlosigkeit schon vergangen war.

Der Qualm verdichtete sich und damit auch Pauls Zweifel: Was, wenn seine Freunde gar nicht nach ihm suchten? Sie hatten ja keinerlei Grund zur Sorge. Sein Fehlen würde frühestens am Abend auffallen. Oder sogar erst am nächsten Tag. Wenn er nur wüsste, wie spät es war. Wer würde ihn so bald vermissen?

Paul riss seinen Kopf nach oben. Der mittlerweile schwarze Rauch kratzte in seinem Hals, drang in seine Lungen ein, setzte sich fest. Paul wollte husten, aber selbst daran hinderte ihn der Knebel.

Vermissen ... wer würde ihn eigentlich vermissen? Katinka, wenn sie noch in Nürnberg wäre. Aber in Berlin, würde sie auch dort an ihn denken? Sie war doch so beschäftigt.

Pauls Hoffnungen verflogen im Qualm. Mischten sich unter die wabernden Dämpfe. Seine Augen tränten. Er spürte weder Hände noch Arme, die Lähmung schien schleichend auch auf seine Schultern überzugreifen.

Sein linkes Bein begann zu zittern. Ein Krampf. Aber egal. Bald wäre alles vorbei. Alles.

Aber es war kein Krampf. Wieder neue Hoffnung: sein Handy, der Vibrationsalarm seines Handys löste das Zittern aus! Jemand versuchte, ihn zu erreichen! Jemand dachte in diesem Moment an ihn!

Die Rauchwolken machten Paul das Atmen fast unmöglich, er hatte überall Schmerzen, er konnte sich nicht bewegen, aber er war ganz nahe dran, Hilfe rufen zu können. Alles, was er tun musste, war, die grüne Taste seines Handys zu drücken.

Es war doch so einfach! Eine kleine Bewegung seines Daumens würde reichen.

Es wäre so einfach gewesen ... Die Vibration hörte auf. Schluss. Aus und vorbei. Wieder eine Hoffnung weniger.

39

Paul blieben nur noch trostlose Gedankenspiele: Auch Hannah und Blohfeld würden am Ende denken, er wäre Opfer der brandstiftenden Einbrecher geworden. Genau wie jeder andere würden sie annehmen, dass Paul einfach nur Pech gehabt hatte und ein Zufallsopfer geworden war.

Wieder hatte er das unbändige Bedürfnis zu husten. Aber es ging beim besten Willen nicht.

Was würde nach seinem Tod passieren? Seine Freunde würden um ihn trauern, dann würden sie ihr gewohntes Leben wieder aufnehmen. So war der Lauf der Dinge. Er gab sich keinen Illusionen mehr hin. Dieser verdammte Hustenreiz! Und die Augen – wie die brannten!

Paul erschrak: Mit Mordsgetöse stürzte die Küchentür um. Plötzlich wurde es hell. Und heiß, wahnsinnig heiß! Die Flammen kamen immer näher! Sie züngelten dicht über dem Boden, leckten an den Möbeln entlang. Paul war sich sicher, jeden Moment würde sich der Spiritus entzünden!

Zwei Hände packten ihn an den Schultern. Andere Hände machten sich an seinem Rücken zu schaffen. Was passierte hier?

Der Rauch benebelte seine Sinne. Hinderte ihn daran, sich zu orientieren. Das Atmen fiel ihm schwer, und er konnte nichts sehen!

Seine Arme fühlte er noch immer nicht, aber sie waren plötzlich wieder frei. Baumelten kraftlos neben seinem Körper.

Jemand riss ihn nach oben, stieß ihn vorwärts. Es war so verdammt heiß hier drinnen, und er konnte doch nichts sehen!

Plötzlich fiel ihm die Aktentasche wieder ein. Das Hauser-Hemd! Die Tasche lehnte doch noch neben dem Abfalleimer. Er musste sie bergen, vor dem Feuer retten! Doch es war zu spät dafür, viel zu spät ...

Seine Beine fühlten sich an wie Gummi. Hände stützten ihn. Schoben ihn vorwärts. Immer weiter. Nur raus hier!

»Oh Gott!« Hannah stöhnte. Sie saß auf der Böschung, die hinab zur Pegnitz führte. Ihre Kleidung, ihre Hände, ihr ganzes Gesicht waren rußgeschwärzt. Paul hatte den Eindruck, dass sogar ihre Locken dampften.

Daneben kauerte Blohfeld. Er hatte die Beine angewinkelt und den Kopf auf die Knie gelegt. Sein Atem rasselte in seinen Lungen.

Ein paar Meter neben ihnen war immer noch die Hölle los. In den rötlichen Schein der Abenddämmerung mischte sich das rotierende Blaulicht von mehreren Feuerwehrwagen. Ein heilloses Stimmengewirr untermalte das Ganze, aber das Feuer war unter Kontrolle und hatte nicht auf die anderen Wohnungen übergegriffen.

Paul lag im grünen Gras der Böschung. Mittlerweile konnte er seine Hände wieder spüren. Und noch viel besser: Er hatte erfahren, dass die Polizei Frau Henlein am nächstmöglichen Bahnhof auf dem Weg nach Regensburg abfangen würde.

Der Mörder würde also schon bald gefasst sein: Frau Henlein – welch eine Überraschung! Paul konnte es noch immer kaum glauben.

»Wie bist du eigentlich darauf gekommen, mich hier zu suchen?«, fragte er, ohne sich aufzurichten. »Warum seid ihr bei der Henlein aufgekreuzt?«

»Weil ...«

Paul konnte sich nicht erinnern, sich jemals so gefreut zu haben, Hannahs Stimme zu hören.

»Weil ich doch heute in der Mensa Mittag essen wollte. Das wissen Sie ja«, sagte sie. »Aber weil ich mich nach der Vorlesung mit einer Freundin verquatscht hatte, hab ich das dann doch nicht mehr geschafft und bin erst später auf einen Kaffee und ein Stück Käsekuchen hingegangen. Auf dem Rückweg kam ich hier vorbei – die Mensa liegt ja keinen Steinwurf entfernt –, und da sah ich Ihr auffälliges Fahrrad. Mir kam das irgendwie seltsam vor. Was hatten Sie dort noch zu suchen? War ja schon irgendwie spät. Also habe ich mir gedacht, dass es nichts schaden könnte, wenn ich Sie mal auf dem Handy anrufe. Als sich keiner meldete, kam mir das noch seltsamer vor. Deshalb habe ich ihn hier angerufen: den Reporter.«

»Blohfeld ist der werte Name«, meldete der sich zu Wort.

»Jedenfalls kamen wir wohl gerade noch rechtzeitig, was?«, fragte Hannah. »Aber jetzt sollten Sie sich allmählich aufrappeln. Der Notarzt würde Sie gern sehen.«

»Der Arzt? Er soll warten«, antwortete Paul und blickte in den Himmel, weit weg war er – und das war gut so.

40

Paul akzeptierte, dass er Blohfeld jetzt nicht stören durfte, also blieb er hinter dem Reporter stehen und verhielt sich still.

Blohfeld hatte seine Hände auf die Schultern eines Mannes mit braunen, an den Schläfen ergrauten Haaren und dickglasiger Brille gelegt. Wie gebannt sahen die beiden Männer auf einen großen Flachbildschirm, auf dem eine Zeitungsseite dargestellt war. Die Seite war bisher nur zur Hälfte fertig gestellt. Zwar war bereits ein Artikel in der Seitenmitte platziert worden, doch die Fotos fehlten noch.

»Also los, Hans«, spornte Blohfeld seinen Layouter an, »zieh mal die stärksten Fotos von der Verhaftung aus dem Bildsystem. Das Wichtigste: Die Henlein muss darauf gut zu erkennen sein. Ich will ihr Gesicht sehen, ihren Ausdruck, in dem sich die Enttäuschung über die Niederlage, die Reue und vielleicht ein Funken Trotz widerspiegelt.«

Layouter Hans ließ jedes Bild auf einem zweiten Bildschirm erscheinen. Blohfeld schüttelte jedes Mal nach Sekundenbruchteilen den Kopf. »Weiter«, sagte er, »weiter, das Nächste, weiter.«

Die Fotos waren allesamt nicht übel, dachte Paul anerkennend, dem es nicht vergönnt gewesen war, diese Aufnahmen zu machen. Ein ihm unbekannter Kollege aus Regensburg hatte das übernommen. Frau Henlein war auf den meisten Bildern in ihrer ganzen, fast schon selbstparodierenden Aufgesetztheit gut getroffen: eine kleine, dickliche, unglaublich frustriert wirkende Frau, die das Schicksal selber in die Hand nehmen wollte und dabei Schiffbruch erlitten hatte.

»Wie wäre es mit dem?«, schlug Hans gerade vor.

Blohfeld nickte und stieß einen zufriedenen Seufzer aus. »Nehmen wir. Und jetzt weiter: die Henlein im Polizeiwagen. Haben wir da auch was Brauchbares?«

So ging es noch eine ganze Weile – Paul blieb stiller Beobachter. Er gehörte nicht dazu, er war nur Gast in der Redaktion. Und doch war das hier seine ganz persönliche, eigene Geschichte.

Eigentlich hätte er sich freuen müssen, die Fotos von der Verhaftung der Henlein-Witwe zu sehen. Sie hätten für ihn eine ungeheure Genugtuung sein müssen. Immerhin – diese Frau hatte ihn verbrennen wollen. Bei lebendigem Leib! Sie hatte Schuld daran, dass er für die nächsten Wochen wohl regelmäßig Albträume haben würde.

Aber Pauls Freude hielt sich in Grenzen. Und auch Blohfeld – das spürte er – war nur mäßig begeistert. Einerseits natürlich, weil seine Kaspar Hauser-Story den Bach hinuntergegangen war – Paul war jetzt schon gespannt auf Blohfelds abschließenden Artikel zu dem Thema. »Der Fall Hauser: Aktenzeichen XY ungelöst« – so oder ähnlich würde der Reporter die Sache wohl gestalten müssen. Mit dem angeblich von Hauser stammenden Hemd, das in der Wohnung der Henleins verbrannt war, waren auch alle Hoffnungen auf eine

Genanalyse und damit auf neue Ergebnisse zerstört worden. Paul war enttäuscht, denn viele Fragen im Fall Hauser waren bis zuletzt offen geblieben. Nicht, dass er ernsthaft daran geglaubt hatte, Kaspar Hausers Geheimnis tatsächlich lüften zu können, aber was war mit den Spuren, auf die er während seiner Recherchen selbst gestoßen war? Wie war das seltsame Verhalten des Unbekannten zu erklären, mit dem er sich im Internet über Hauser ausgetauscht hatte? Gab es wirklich ein Komplott, das sich noch zwei Jahrhunderte später auswirkte?

Andererseits war da noch Zetschke. Würden sie diesem zwielichtigen Devotionalienhändler einen Betrug nachweisen können? Wohl kaum, sah Paul ein. Ohne das Beweisstück, das angebliche Hauser-Hemd, hatten sie nichts mehr gegen ihn in der Hand. Selbst die Tatsache, dass er neulich vor Paul Reißaus genommen hatte, würde nicht ausreichen, ihn anzuklagen. Dass Zetschke seinen Laden verlassen hatte, war kein Verbrechen – wohl aber Pauls unberechtigtes Eindringen in Zetschkes Büro!

Paul versuchte, die Gedanken abzuschütteln. Es war müßig, sich darüber den Kopf zu zerbrechen. Vielleicht würde er eines Tages – mit mehr Abstand zu diesem tragischen Fall – wieder nach Ansbach fahren, das Museum ansehen, und vielleicht würde er dann einen neuen Versuch starten, um Hauser doch noch gerecht zu werden. Aber die Zeit dafür war offensichtlich noch nicht gekommen.

Außerdem hatte er im Moment ganz andere Sorgen. Sorgen, die Blohfeld sicher teilte, ohne offen darüber zu sprechen. Mit Frau Henlein hatten sie zwar ohne jeden Zweifel die Mörderin von Franz Henlein gefunden. Schon in den ersten Verhören hatte die Witwe das tödliche Attentat auf ihren Mann gestanden; das Verfahren würde wohl auf fahrlässige Tötung hinauslaufen oder auf gefährlichen Eingriff in den Straßenverkehr mit Todesfolge. Aber schon die Sache mit Paul und der Brandstiftung war diffuser. Natürlich würde sich die Witwe auch dafür verantworten müssen. Aber er war unbefugt in ihre

Wohnung eingedrungen, und damit wurde dem Verteidiger eine breite Angriffsfläche geboten, und die Juristen würden viel Stoff zum Nachdenken bekommen. Schwerer allerdings wog die Tatsache, dass Frau Henlein die Beteiligung an dem Mord im Germanischen Nationalmuseum kategorisch abstritt, und zwar voller Überzeugung, wie Paul gehört hatte. Dr. Sloboda war ihr angeblich gänzlich unbekannt, und das Sachgebiet Heraldik war ihr offenkundig völlig fremd.

Es blieb also mindestens ein Mord offen. Der Fall war nicht annähernd gelöst. Ein alles in allem unbefriedigendes Ergebnis, resümierte Paul zerknirscht.

»Nein, nein, da fehlt noch etwas«, nahm Blohfeld unbewusst Pauls Gedanken auf. »Ich brauche mehr Emotion!«

»Verflucht, Victor! Schieb dir deine Emotion sonst wo hin«, beschwerte sich Hans. »In fünf Minuten ist der Sport dran. Dann musst du mit deiner Seite fertig sein. Ich habe keine Lust, schon wieder wegen dir Überstunden zu schieben.«

»Ach was«, fluchte Blohfeld, »der Sport kann mich mal! Lade mal die Beerdigungsfotos hoch. Vielleicht ist da ja was Verwertbares dabei.«

»Die von der Beisetzung von Herrn Henlein?«, fragte der Layouter.

»Welche denn sonst? So viele andere wichtige Beerdigungen hatten wir in den letzten Tagen ja nicht!«

Der Layouter schimpfte leise vor sich hin, während er die von Paul aufgenommenen Fotos in der Fotodatenbank suchte.

Paul beugte sich neugierig vor, als seine Bilder auf dem Bildschirm erschienen. Erstaunlich, dachte er, die Witwe entpuppte sich im Nachhinein als gute Schauspielerin. Frau Henlein war auf den Fotos von echter Trauer gezeichnet. Sie hatte rot umrandete Augen. Auf den verschiedenen Aufnahmen presste sie immer wieder ein Taschentuch vor ihr Gesicht. Ihre Körperhaltung war die einer Frau, die tief verwundet worden war: zusammengesunken, kraftlos. Den einzigen Halt schien ihr Pfarrer Hertel zu geben. Auf mehreren Fotos war zu sehen, wie sie zu ihm aufsah. Wie sie Anlehnung suchte und während seiner Rede an seinen Lippen hing.

Die mächtige Gestalt des groß gewachsenen Altpfarrers nahm sich neben der kleinen Frau tatsächlich stattlich und in gewisser Weise beschützend und fürsorglich aus. Hertel konnte selbst in bitterer Stunde Trost spenden, den sicherlich auch eine Mörderin gut gebrauchen konnte, reimte Paul sich zusammen, als er die Bilder sah.

Es folgte eine Aufnahme, die Blohfeld gleich durchwinkte, dennoch löste das Bild in Paul etwas aus.

»Stopp!«, sagte er unvermittelt. »Noch einmal zurück, bitte!«

Blohfeld und der Layouter Hans wandten sich verblüfft zu ihm um, und Hans klickte das letzte Bild nochmals an.

Paul beugte sich ganz nah zum Bildschirm vor. Das Foto – es war leicht verwackelt – zeigte die Rückenansicht des Pfarrers. Neben ihm ging die Witwe. Paul wusste noch genau, wann er das Foto geschossen hatte: unmittelbar nach der Beisetzung. Eine seiner letzten Aufnahmen an jenem Tag.

Irgendetwas an diesem Bild hatte beim schnellen Drüberschauen der Tagesausbeute soeben seine Aufmerksamkeit erregt. Irgendetwas hatte ihn unbewusst alarmiert. Aber was? Er wollte herausbekommen, was der verborgene Auslöser gewesen war.

Paul sah sehr genau hin, ließ sich Zeit. Er studierte die Umrisse der Personen, ihre Körpersprache.

Ja, das war es! Frau Henlein hatte ihren Kopf vertrauensvoll in Richtung der Schulter des Pfarrers geneigt. Aber eben eine Spur zu weit, um der Situation angemessen zu sein. Die Geste hatte ihn aufmerken lassen, denn sie drückte große Vertrautheit aus. Zu große Vertrautheit.

Sicher: Hertel war ein enger Freund der Familie gewesen. Er hatte um all die Probleme im Hause Henlein gewusst, denn er war ja stets nahe dran gewesen am Familiengeschehen, sehr nahe dran.

Pfarrer Hertel war fast so etwas wie ein Teil der Familie gewesen. Er hatte Henlein seit dessen Jugendzeit gekannt. Genau genommen hatte der Pfarrer Henlein länger gekannt als Frau Henlein selbst.

Ganz langsam, quasi in Zeitlupe, fielen bei Paul nacheinander die Groschen. Er sah die Geldstücke in seinen Gedanken einzeln gen Boden fliegen und meinte sogar, das klirrende Geräusch ihres Aufschlags zu hören.

Pfarrer Hertel, sponn er weiter, musste also frühzeitig mitbekommen haben, wie es um die Ehe der Henleins bestellt war. Natürlich hatte er bemerkt, wie Henleins Hauser- und Ahnenforschung immer stärker zur Manie wurde.

»Können wir jetzt endlich weitermachen?«, unterbrach Blohfeld seine Gedanken. Auch Hans sah Paul durch seine starken Brillengläser hindurch leicht genervt an.

»Moment noch, bitte«, sagte er. »Nur ganz kurz.«

Wenn Hertel also über die Eheprobleme informiert gewesen war, konnte er geahnt haben, auf welche Katastrophe diese schleichende Entwicklung letztendlich hinauslaufen musste. Der Pfarrer konnte die drohende Eskalation unmöglich übersehen haben, dessen war sich Paul sicher. Wenn aber Hertel seinen Schützling Henlein, ohne einzuschreiten, ins Verderben hatte laufen lassen – dann musste der Pfarrer einen handfesten Grund für sein Nichtstun gehabt haben.

Mit einem Mal machte die ganze Geschichte um Henlein, seinen Hauser-Spleen und seine Forschungen in Richtung der Patrizierfamilie von Buchenbühl Sinn.

Wie war das noch gleich gewesen? Hatte Hertel den emotional verwirrten jungen Henlein nicht in den Nachkriegswirren an seine starke Hand genommen? Machte dieser Umstand Hertel nicht zu einer Schlüsselfigur in Henleins Leben?

In Paul rangen die verschiedensten Gedanken. War Hertel tatsächlich nur ein Menschenfreund und gutmütiger Helfer in der Not gewesen, eben ein Mann Gottes? Oder hatte er andere, sehr viel weltlichere Interessen verfolgt – damals in den harten Nachkriegsjahren wie auch noch heute?

Paul wurde vor Erregung ganz flau im Magen: Mit einem Mal hatte sich in ihm eine Denkblockade gelöst, die bisher verhindert hatte, dass er die wahren Zusammenhänge des Falls erkannt hatte. Nun sah er klar!

»Gut, das reicht. Vielen Dank«, sagte er und klopfte Blohfeld freundschaftlich auf die Schulter. Er wandte sich abrupt zum Gehen. »Ich muss noch dringend etwas erledigen.«

Blohfeld sah nur kurz von seiner Arbeit auf. »Ja, ist o.k. Wir brauchen Sie hier ohnehin nicht mehr. Servus!«

»Ade dann«, sagte Paul mit einem überlegenen Lächeln.

Es war ihm wie Schuppen von den Augen gefallen: Er meinte zu wissen, warum Henleins Tod von Pfarrer Hertel stillschweigend gebilligt worden war. Und warum Dr. Sloboda auf so grausame Weise sterben musste. Paul ahnte, weshalb eine der Spuren zum Baulöwen Schrader geführt hatte. Und er war sich sicher, dass Henlein tatsächlich kurz davor gestanden hatte, seine Herkunft als Patrizier-Spross nachzuweisen.

Paul glaubte jetzt auch den Verbleib von Henleins wichtigstem persönlichen Besitz zu kennen: dem Medaillon mit der Madonnenlilie aus dem Wappen der Familie von Buchenbühl.

41

Pauls Schritte federten, er fühlte sich, als würde er über das Kopfsteinpflaster schweben. Schon bald sah er die spitzen, gotischen Turmhelme von St. Sebald vor sich.

Ein Blick auf die Uhr sagte ihm, dass die Gottesdienste inzwischen vorbei sein mussten, folglich würde er Hannes Fink im Pfarrhaus antreffen. Sie könnten sich bei einer Tasse Tee zusammensetzen, und Paul würde seinen Freund in aller Ruhe über Pfarrer Hertel ausfragen.

Er war zuversichtlich, dass diese ungeheuer komplexe und tragische Angelegenheit nun sehr bald ihrem endgültigen Abschluss zugeführt werden konnte. Er selbst würde dabei den entscheidenden Hinweis geben, denn inzwischen war er so sehr in dieser Sache verstrickt, dass er sich die Auflösung nicht mehr aus der Hand nehmen lassen wollte.

Pauls Plan stand fest: Er würde mit Hannes Fink offen über seine Vermutungen sprechen und durch dessen Meinung über Hertel letzte Gewissheit bekommen. Erst nach dem Gespräch würde er den Fall der Polizei beziehungsweise Katinkas Nachfolger bei der Staatsanwaltschaft übergeben.

»Zu wem möchten Sie?«, fragte eine freundliche alte Dame, der Paul im Hof des alten Pfarrhauses begegnete.

»Zu Pfarrer Fink«, gab Paul ebenso freundlich zurück. »Ich bin ein Freund von ihm. Ist er oben in der Wohnung?«

»Nein, es tut mir leid für Sie, aber der Pfarrer arbeitet.«

»Was?«, fragte Paul überrascht. »Am heiligen Sonntag?«

»Gerade am Sonntag«, gab die Alte augenzwinkernd zurück. Sie deutete auf die Kirchtürme. »Er inspiziert den Glockenturm. Es scheint, dass sich wieder neue Risse im Mauerwerk gebildet haben.«

»Oh«, sagte Paul bedauernd. »Schon wieder welche ... danke jedenfalls.«

Also gut, er wusste ja nun, wo es den Turm hinaufging.

Irgendwann nach neunzig hörte er mit dem Zählen auf. Er kam ziemlich außer Atem, als er die immer enger und steiler werdende Steintreppe erklomm. Und noch hatte er gut ein Drittel des Weges vor sich! Sicherheitshalber hielt sich Paul am eisernen Handlauf fest, um auf den ausgetretenen Stufen nicht auszurutschen.

Durch die schmalen und hohen Fensteröffnungen pfiff ein kalter Wind in das Treppenhaus. Paul fröstelte. Kurz bevor er das Ende der Wendeltreppe erreicht hatte, stieß er mit dem Ellenbogen an die unverputzte Steinwand. Er fluchte leise, hielt jedoch im nächsten Moment inne:

Hatte er da nicht jemanden reden hören? Er wartete ab. Und tatsächlich: Wieder vernahm er Stimmen von zwei Männern. Bei dem einen handelte es sich eindeutig um Hannes Fink. Und bei dem anderen?

Noch ein paar stark knarrende Holzdielen, und er hatte das Glockenhaus des Nordturms erreicht. Den anderen Mann neben Fink konnte er erst erkennen, als er im Glockenstuhl mit ihm auf Augenhöhe stand:

»Herr Hertel?«, fragte Paul, wobei er seine Überraschung, den Altpfarrer hier anzutreffen, kaum verbergen konnte. Mit halb offenem Mund blickte er die beiden Männer in ihren schwarzen Talaren an.

»Paul?«, fragte Hannes Fink ebenso überrascht. »Was machst du denn hier?« Er wechselte mit Hertel einen Blick, dann schlug er vor: »Da du dich nun schon mal die Treppen bis hier herauf gequält hast, kannst du bleiben und mit uns beratschlagen.« Er zog die Stirn in Falten. »Wir bekommen immer größere Probleme mit der Statik unserer Türme. Die Gefahr, dass Trümmer ins Kirchenschiff fallen könnten, steigt täglich.«

Paul nickte, doch war er mit seinen Gedanken ganz woanders. Verstohlen suchte er in dem Gesicht von Pfarrer Hertel nach Anzeichen von Schuld und vielleicht von der Bereitschaft zu gestehen, doch dessen weißes Haar umrahmte eine Miene, die aus Stein gehauen zu sein schien.

»Nächste Woche holen wir uns einen Experten von der Uni Erlangen«, erklärte Fink. »Er soll mit einem Georadargerät Klarheit schaffen, wie es um den Wandaufbau nun wirklich bestellt ist: Sind die verborgenen Treppen aus der Romantik ordentlich verfüllt worden oder gibt es Hohlräume? Ist das Auffüllmaterial zwischen Innen- und Außenwand des Turms nur aufgeschüttet oder flächendeckend fest mit dem Sandstein verbunden?«

Fink redete hektisch und unablässig, wobei er heftig gestikulierte. Pfarrer Hertel hingegen blieb unbewegt stehen und fixierte Paul. Trotz seines fortgeschrittenen Alters war er ein Schrank von einem Mann. Er wirkte noch immer kräftig und entschlossen. Paul konnte es zwar bestimmt mit ihm aufnehmen, aber ihm war nicht wohl bei dem Gedanken, dass es eventuell dazu kommen könnte.

»Mit elektromagnetischen Wellen könnten wir bis zu einem Meter tief ins Gestein dringen und uns ein Bild vom Zustand der tragenden Wände machen«, fuhr Fink fort. »Doch selbst damit wären wir längst nicht über den Berg: Unter den schwingenden Türmen leidet inzwischen auch das Querhaus. Die Mauern sind von tiefen Rissen durchzogen und müssen dringend ausgebessert werden.« Fink sah niedergeschlagen aus. »Es fragt sich nur, wie wir das alles bezahlen sollen. Du weißt ja sicher, Paul, dass wir inzwischen sogar um Eintritt bei unseren Besuchern bitten müssen: einen Euro fürs Schauen. Doch auch das reicht nicht – es fehlt uns an allen Ecken und Enden.«

Paul konnte seinen Blick nicht von Pfarrer Hertel wenden. Auch dieser starrte ihn wie gebannt an, doch beide sagten kein Wort. Paul spürte, was der kühle, unbewegte Ausdruck in Hertels Gesicht besagte: Er wusste, dass Paul hinter sein Geheimnis gekommen war. Aus den klaren, blauen Augen des Pfarrers sprach eine ungeheure Entschiedenheit. Dieser Mann bereute nichts. Er war von der Richtigkeit seines Handelns überzeugt. Mit seiner aufrechten Körperhaltung und der starren Mimik gab er Paul zu verstehen, dass er sich ihm haushoch überlegen fühlte.

Fink schien indes noch immer nichts von der angespannten Atmosphäre zu bemerken, die zwischen Paul und Pfarrer Hertel herrschte. Er bewegte seinen korpulenten Körper geschickt zwischen den Holzverstrebungen des Glockenstuhls hindurch, streckte den Arm aus und klopfte mit der Faust gegen eine der mächtigen, schwarzgrau angelaufenen Glocken. Ein dumpfer Ton erklang.

Dann lächelte Fink seinem Kollegen zu. »Gut, dass wir uns wenigstens auf die unermüdliche Hilfe von dir verlassen können, mein lieber Gottfried. Du hast uns noch nie im Stich gelassen. Ohne deine genialen Grundstück-Deals wären wir finanziell längst am Ende. Du hast wirklich Großartiges geleistet.« Finks Augen leuchteten bewundernd. »Hast nach dem Krieg den Wiederaufbau unserer beiden Hauptkirchen vorangebracht. Weißt du noch, das Erinnerungsfoto, das dich bei der Einweihung der restaurierten Sebalduskirche Seite an Seite mit Bundespräsident Theodor Heuss zeigt. 1957, richtig? Und immer wieder hast du neue Geldquellen für uns erschlossen.« Fink lachte. »Ich will lieber gar nicht so genau wissen, wie du das immer gedeichselt hast.«

»Andere wollen das aber sehr wohl.«

Es war der erste Satz, den Pfarrer Hertel gesprochen hatte, seit Paul zu ihnen gestoßen war. Die Stimme des Pfarrers klang tief und sonor. Noch immer stand Paul wie angewurzelt im Gebälk des Glockenstuhls. Ihm wurde sehr kalt.

»Was meinst du?« Fink ließ die Glocke los und kam wieder zu ihnen herunter. »Wer will etwas über unsere Finanzen wissen, Gottfried? Gibt es jetzt etwa auch noch Ärger mit dem Finanzamt?«, Fink blickte irritiert. »Aber du als Altpfarrer hast dich doch ohnehin aus den offiziellen Geschäften zurückgezogen. Dir kann niemand mehr an den Karren fahren!«

»Stimmt.« Pfarrer Hertel nickte langsam. »Die Abwicklung des Franziskanerhof-Projekts war in der Tat meine letzte offizielle Amtshandlung. Für mich ist es an der Zeit abzutreten.«

»Das sagst du so leicht dahin«, grinste Fink, doch plötzlich gefror ihm das Lachen im Gesicht. Jetzt hatte auch er bemerkt, wie intensiv und aggressiv sich Paul und Hertel ansahen. »Was ... – was ist mit euch beiden los?«, fragte Fink in einem Anflug von Misstrauen.

»Ich denke, das kann dir dein junger Freund hier am besten erklären«, sagte Pfarrer Hertel. Jedes seiner Worte klang in Pauls Ohren wie eine Drohung.

»Paul?« Fink tauchte unter einem Querbalken hindurch und kam auf Paul zu. »Was hat das zu bedeuten? Warum seht ihr beiden euch so an?«

Paul war in eine Situation geraten, die er nicht vorhergesehen und ganz sicher nicht so geplant hatte. Wenn er jetzt einen Fehler beging, konnte es nicht nur für ihn gefährlich werden: Auch Fink schwebte in Gefahr!

»Ich denke, Pfarrer Hertel will uns zu verstehen geben, dass er viel für die Kirche getan hat, nun aber Schluss damit sein muss«, sagte Paul vorsichtig.

Er suchte in Hertels Gesicht nach einer Reaktion, aber der Pfarrer zuckte nicht einmal mit der Wimper.

»Warum betonst du so, dass gerade jetzt Schluss sein muss?«, fragte Fink mit aufkeimender Ungeduld. »Weshalb ausgerechnet nach dem Franziskanerhof-Vertrag?«

»Weil ...«, Paul nahm all seinen Mut zusammen, »weil Pfarrer Hertel bei seinen Geldgeschäften für die Kirche vor vielen Jahren einen Fehler beging, der ihn vor kurzem wieder eingeholt hat.«

»Einen Fehler?« Fink wich die Röte aus seinem Gesicht. Er baute sich vor seinem Kollegen auf. »Was hat das zu bedeuten, Gottfried? Wovon spricht Paul?«

Nachdem Pfarrer Hertel keine Anstalten machte, Fink zu antworten, ergriff Paul wieder das Wort: »Ich denke, ich liege richtig, wenn ich behaupte, dass Pfarrer Hertel schon in seinen ersten Jahren als Geistlicher ein sehr ehrgeiziger Mann war. Uneigennützig zwar, weil er seinen Ehrgeiz von Anfang an in den Dienst der Kirche stellte – dennoch war sein Drang zum Fortschritt stets mit einer unterschwelligen Skrupellosigkeit gekoppelt.« Paul biss sich auf die Lippen. War er jetzt zu weit gegangen?

Hertels Haltung veränderte sich nicht, als er langsam und tonlos zu reden begann: »Sie haben überhaupt keine Vorstellung davon, wie es in Nürnberg 1945 ausgesehen hat. Sie mögen vielleicht die Fotos und Zeichnungen kennen, die unsere zerbombte Stadt zeigen, aber diese Bilder geben nicht im Entferntesten das gesamte Ausmaß der Zerstörung wieder. – Sie haben ganz recht: Ich war jung, und ich war ehrgeizig. Vor allem aber war ich mehr als entschlossen, unsere Kirchen nicht dem Untergang preiszugeben. Es war meine Mission, für ihren Wiederaufbau zu sorgen. Die Kraft unserer Gemeinden zu bündeln und die Spuren des Krieges zu tilgen.«

»Erzählen Sie uns etwas über den Tod von Herrn Henlein«, wagte sich Paul weiter vor.

»Nein«, sagte Hertel mit Groll in der Stimme, »ich werde Ihnen nicht von seinem Tod, sondern von seinem Leben erzählen!«

Paul suchte den Blickkontakt zu Fink, doch dieser hing wie gebannt an Hertels Lippen.

»In der Nacht des 2. Januar 1945 war ich auf den Straßen Nürnbergs unterwegs«, sprach Hertel, »als die Bomben fielen und unsere Stadt lichterloh brannte. Doch nicht nur die Flammen verbreiteten sich in diesen schrecklichen Stunden schnell, sondern auch die Nachrichten. So erfuhr ich von dem Volltreffer auf den Familiensitz der von Buchenbühls. Ich fuhr mit einem Fahrrad, das ich am Straßenrand liegen gesehen hatte, zur Villa der Familie und war entsetzt. Die Meldung hatte tatsächlich gestimmt: ein Volltreffer! Das stolze Haus war vollkommen zerbombt worden. Nichts war mehr übrig geblieben. Auf den schwarz verkohlten Resten glommen noch Flammen.«

Über die Augen des Altpfarrers legte sich ein Schleier der ehrlichen Trauer. Langsam senkten sich seine Schulterblätter, und er gab seine starre Haltung auf. »Ich suchte in den Trümmern nach Überlebenden, doch ich fand nur Tote. Das heißt: Teile von ihnen. Grotesk entstellte Körper. Abgetrennte Arme, Beine. Die Körper derjenigen, die im Bunker geblieben waren, waren durch die große Hitze bis auf Puppengröße geschrumpft. Es war furchtbar ... Dann – ich hatte die Hoffnung schon aufgegeben – sah ich einen kleinen Jungen in zerrissener Kleidung auf einem Mauervorsprung sitzen. Er hielt einen Teddybären ohne Kopf an sich gepresst. Mit seiner freien Hand umklammerte er einen Kettenanhänger, ein Medaillon.«

»Henlein«, stammelte Fink.

»Das ist richtig, mein lieber Hannes«, bestätigte Hertel. »Der Junge war verletzt. Ich habe mich seiner angenommen und ihn ins nächste Lazarett gebracht. Er war völlig verwirrt und stand unter Schock. Ich habe meine ganze Willenskraft aufgebracht, um ihn wieder aufzubauen. Gemeinsam haben wir seine traumatischen Erlebnisse überwunden ...«

»›Verdrängt‹ wäre wohl der passendere Ausdruck«, unterbrach Paul.

Hertel blickte ihn grimmig an. »Für ihn war es einfach die beste Möglichkeit, den Verlust seiner Familie zu verkraften.«

»Indem Sie ihm eingeredet haben, er hätte niemals eine gehabt?«, fragte Paul provokativ.

»Er war ein kleiner Junge, der vor dem Nichts stand«, dröhnte Hertel jetzt, »ich habe ihm eine neue Zukunft gegeben.«

»Oh Gottfried«, sagte Fink leise. Er war noch immer kreidebleich. »Soll das heißen, dass es einen Überlebenden der Familie von Buchenbühl gab?« Seine Stimme zitterte. »Die Kirche ist also gar nicht die legitime Erbin des von Buchenbühlschen Vermögens und der Grundstücke?«

»Es sollte nie bekannt werden«, sagte Hertel. Trotz schwang in seiner Stimme mit. »Mit der Lösung war im Grunde genommen jedem gut gedient! Henlein führte ein alles in allem zufriedenes Leben, die Kirche verfügte über ein ausreichendes Finanzpolster, und die moralische Belastung habe ich in den ganzen Jahren allein auf mich genommen. – Alles wäre so geblieben, wenn Henlein nicht diesen unsäglichen Dr. Sloboda kennengelernt hätte. Ein uneinsichtiger Querkopf. Atheist durch und durch«, zürnte der alte Pfarrer.

»Und der Heraldiker aus dem Germanischen Nationalmuseum erkannte in Henleins Medaillon die Madonnenlilie aus dem Wappen der von Buchenbühls wieder«, ergänzte Paul.

»Schlimmer noch«, sagte Hertel verbittert, »durch Henleins Gespräche mit Dr. Sloboda wurden einige seiner verdrängten Kindheitserinnerungen wieder wachgerufen. Er begann, seine verborgenen Wurzeln, seine Abstammung zu entdecken.« Hertel führte seine geballte Faust vor seinen Mund und sagte gepresst: »Zunächst habe ich mich bemüht, meinen Einfluss auf Henlein zu verstärken. Aber er ließ sich von mir nicht beeinflussen. Dann habe ich seine Frau gebeten, mäßigend auf seine wachsenden Ambitionen bezüglich der Ahnenforschung einzuwirken. Ebenfalls ohne Erfolg. Es gab für mich keinen anderen Weg: Ich musste mir Dr. Sloboda persönlich vornehmen.«

»Was hast du getan?«, fragte Fink mit vor Schock brechender Stimme. »Gottfried, was hast du bloß getan?«

»Ich habe versucht, mit Dr. Sloboda zu reden. Ein kultiviertes Gespräch zwischen zwei gebildeten Menschen sollte es werden. Irrigerweise war ich davon ausgegangen, dass dieser Wissenschaftler nicht nur seine Heraldik im Kopf hat, sondern sich auch über die Tragweite weiterer Forschungen zu dem Buchenbühl-Wappen im Klaren sein musste. Ich versuchte, ihn zu überzeugen. Aber alles Argumentieren half nichts: Er wollte Henlein weiterhin unterstützen.«

»Gottfried – sag bitte, dass das alles nicht wahr ist!«, appellierte Fink an seinen Freund und Kollegen.

»Sloboda war nicht nur uneinsichtig, sondern auch noch störrisch. Er zeigte nicht den geringsten Respekt vor mir. Ich kenne diese Typen«, sagte Hertel voller Verachtung. »Sie hassen die Kirche. Wollen uns fertig machen. Sloboda drohte sogar damit, mich anzuzeigen. Er musste selbst bereits Rückschlüsse gezogen haben – es war ja allgemein bekannt, dass die Kirche die Verwaltung des Buchenbühl-Erbes übernommen hatte.«

»Du hast ihn mit dem Schwert erschlagen?«, fragte Fink, um Fassung ringend. »Du hast ihn wie ein gemeiner Mörder niedergemetzelt?«

»Es war eine Tat im Affekt, Hannes!«, rechtfertigte sich Hertel. »Während wir uns die Wappen auf der Scheide des Schwertes ansahen, hat Sloboda die schlimmsten Gotteslästerungen von sich gegeben. Er hat all unsere Werte in den Schmutz gezogen. Er hat mich so in Rage versetzt, dass ich nicht anders handeln konnte!«

Paul gab seine Position am Zutritt zum Glockenhaus auf. Er bückte sich unter den Querbalken hindurch und ging langsam auf Pfarrer Hertel zu. »Ich glaube, es ist das Beste, wenn wir jetzt alle gemeinsam nach unten gehen.« Paul versuchte, besonnen zu klingen, um vor allem Fink zu beruhigen. Keinesfalls durfte die Lage hier oben auf dem Turm außer Kontrolle geraten.

Schritt für Schritt näherte er sich Hertel. Als Paul noch knapp einen Meter von ihm entfernt war, hob er beschwichtigend die Hände. »Ich begleite Sie jetzt die Treppen hinunter, und dann reden wir noch einmal über alles«, sagte er.

In diesem Moment griff Hertel unter seinen Talar. Noch ehe Paul begreifen konnte, was vor sich ging, zog der Altpfarrer eine Kette hervor. »Das hier haben Sie doch gesucht, oder?«, fragte er.

Paul sah näher hin. Sofort erkannte er den Anhänger am Ende der Kette: das Medaillon!

»Sie können es gerne haben«, rief Hertel. Mit diesen Worten schleuderte er die Kette über Pauls Kopf hinweg ins Gebälk.

Irritiert sah Paul hinterher. Ein Fehler, den Hertel nutzte, um sich um die eigene Achse zu drehen.

Paul bekam gerade noch mit, wie der Pfarrer dem völlig überrumpelten Fink einen heftigen Stoß versetzte und sich dann an ihm vorbei den Weg zum anderen Ende des Glockenturms bahnte. Hertel war schnell, sogar verdammt schnell für sein Alter! Paul überwand seine Verblüffung und rannte dem Pfarrer nach. Er duckte sich unter die zahllosen Quer- und Längsstreben hindurch und holte rasch auf.

Von der anderen Seite versuchte jetzt auch Fink, seinem Kollegen den Weg abzuschneiden.

Der Glockenstuhl war eng und bot nur wenig Möglichkeiten, einander auszuweichen – diesen Umstand wollte sich Paul zunutze machen: Durch geschickte Richtungswechsel irritierte er Hertel. Es gelang ihm, den Fliehenden vom Treppenhaus fernzuhalten.

Hertel blieb schnaubend stehen. Er funkelte Paul böse an. »Dann eben anders«, sagte er und drehte sich um. Mit wenigen entschlossenen Schritten trat er auf eines der hoch aufragenden Schalllöcher zu. Ein Windstoß erfasste seinen Talar und blähte ihn auf.

»Mach keinen Unsinn, Gottfried!«, brüllte Fink. »Willst du etwa noch eine Sünde begehen?«

»Nein«, schrie Hertel zurück, der jetzt in dem schmalen Schallloch stand. Seine weißen Haare wurden vom Wind zerzaust. »Ich will, dass ihr mich in Frieden lasst! Haut ab, dann wird weder mir noch euch etwas passieren!«

»Aber irgendwann müssen Sie den Turm verlassen«, rief Paul. »Es ist zu Ende, Hertel. Sehen Sie es doch ein! Zögern Sie es nicht unnötig hinaus!«

»Ich zähle bis zehn«, warnte Hertel. »Und wenn ihr dann nicht verschwunden seid ...«

Plötzlich fegte eine deutlich stärkere Windböe durch das Glockenhaus. Paul spürte, wie der Wind um die Balken pfiff und an seinen Hosenbeinen zerrte und zog.

Dann – es geschah in Sekundenbruchteilen – erreichte die Böe Hertel. Der Talar nutzte den Wind wie ein Segel. Im selben Moment verlor der Pfarrer das Gleichgewicht. Seine Beine knickten ein, und die Hände lösten sich von der Ummauerung des Fensters. Mit einem lauten Aufschrei stürzte der Pfarrer in die Tiefe.

So schnell sie konnten rannten Paul und Fink zu dem Schallloch und starrten durch die schmale Öffnung nach unten.

Hertel war tatsächlich gefallen – wenn auch nicht tief. Fassungslos sah Paul, dass der Pfarrer etwa fünf Meter unter ihnen einen Mauervorsprung zu fassen bekommen hatte. Verzweifelt versuchte er, seinen schweren Körper hochzuhieven.

»Gottfried!«, rief Fink. »Halte durch! Wir holen Hilfe!«

Doch Fink musste – genau wie Paul – klar sein, dass es dafür bereits zu spät war. Hertel blieben nur noch wenige Augenblicke. Dann würden seine Kräfte nachlassen und er würde abstürzen. Diesmal den ganzen langen Weg bis zum bitteren Ende, in den Tod.

»Gott hat das Leben gegeben«, hörten sie Hertel noch rufen, »und Gott wird es nehmen.« Dann war es still.

Epilog

Unterwäsche, Socken, Zahnpasta und Rasierzeug. Eine Badehose? Nun, vielleicht hatten sie in Berlin ja ganz nette Bäder? Und seine Joggingschuhe, sollte er die auch mitnehmen?

Grübelnd stand Paul in seinem Atelier, über seinen verschlissenen alten Lederkoffer gebeugt. »Was soll's«, sagte er dann zu sich selbst. »Es sind ja nur ein paar Tage – da will ich es nicht übertreiben.« Er packte die Badehose wieder aus, und auch die Joggingschuhe würde er dort lassen, wo sie waren: Im Flur neben der Garderobe waren sie gut aufgehoben.

Über Katinkas Einladung, sie am Wochenende zu besuchen und ihre neue Bleibe zu bewundern, hatte er sich gefreut. Heute war Freitag, seine Reise stand unmittelbar bevor. Er würde die Fahrt mit gemischten Gefühlen antreten, denn selbst nach Katinkas Abflug aus Nürnberg war zwischen ihnen vieles unausgesprochen geblieben.

Vielleicht würde ihm der Abstand tatsächlich gut tun: In Berlin, weit weg von Freunden und vertrautem Umfeld, aber auch von den alltäglichen Problemen und Sorgen, würde er mit Katinka in aller Ruhe über alles reden können. Für ein paar Tage würden sie ganz für sich allein sein. Die Chance wollte Paul nutzen. Er hatte sich fest vorgenommen, Katinka gegenüber offen und fair zu sein. Keine Ausreden mehr und keine Ausflüchte!

Beiläufig fiel sein Blick auf einen aufgerissenen Briefumschlag, aus dem die Ecke eines gefalteten Papierbogens lugte. Schlagartig kehrten seine Gedanken von Berlin nach Nürnberg zurück, als er den Bogen aus dem Kuvert zog. Seltsam, dachte er und studierte nachdenklich die Zeilen.

Es handelte sich um eine Kopie aus dem schriftlichen Nachlass von Franz Henlein. Es erschien Paul bitter ironisch, dass ausgerechnet Henleins Witwe ihm diese Kopie aus der Haft hatte zukommen lassen. Aus Pauls Sicht war dies der ungelenke Versuch einer Wiedergutmachung.

Henleins Aufzeichnungen, die Paul nun bereits zum wiederholten Mal las, beinhalteten dessen ganz persönliche Theorie über Hausers Lebensweg:

Henlein war davon überzeugt gewesen, dass es sich bei Hauser tatsächlich um einen badischen Erbprinzen gehandelt hatte, den man aus dynastischen Gründen bis zu seinem sechzehnten Lebensjahr versteckt gehalten hatte. Und zwar – auch dessen war sich Henlein sicher gewesen – in ländlicher Abgeschiedenheit in einer Distanz von vierzig Kilometern zu Nürnberg: auf Schloss Pilsach in der Oberpfalz.

Paul bewunderte Henlein dafür, mit welcher Akribie er seine Theorie zu beweisen versucht hatte, als er weiterlas:

1924 waren Handwerker bei Umbauarbeiten in dem herrschaftlichen Anwesen auf einen versteckten Raum im Zwischengeschoss zwischen Parterre und erstem Stock gestoßen. 1982 wurde in einer Nische des dämmrigen Kerkers ein hölzernes Spielzeugpferd gefunden. Laut Henlein hatte es auffällige Ähnlichkeiten mit einem Holzpferd, das Hauser später wiederholt gemalt hatte.

Aber Hausers Schweigen über die eigene Vergangenheit, das er zeitlebens nicht gebrochen hatte – wie erklärte Henlein das? Paul hatte Mühe, die letzten Zeilen auf dem Blatt zu entziffern, denn Henleins Schrift war hier klein und unsauber. Die meiste Zeit hatte sich Hauser laut Henleins Theorie unter Drogeneinfluss und Hypnose relativ frei auf Schloss Pilsach bewegen können. Erst in den letzten Wochen, bevor er ausgesetzt wurde, musste er in seinem Verlies bleiben. Mit Opium und Fremdsuggestion wurde Hauser seiner letzten Gedächtnisreste beraubt, so hatte Henlein geglaubt. Als Hauser schließlich in Nürnberg auftauchte, war er ein Mensch ohne Vergangenheit.

Für das Attentat in Ansbach hatte Henlein schließlich eine beinahe ernüchternd logische Erklärung parat: Weil die Gehirnwäsche im Laufe der Jahre nachgelassen hatte und die Erinnerung an frühere Abschnitte seines Lebens erwachte, wurde Hauser wieder zu einer Gefahr für das Königshaus ...

Ob Henlein im Moment seines Todes gedacht haben mochte, dass er am Ende nicht nur das schicksalhafte Leben seines Seelenverwandten Hauser geteilt hatte, sondern auch den Grund für dessen Tod? Ein Anflug von Melancholie erfasste Paul, doch dann steckte er die Kopie in den Umschlag zurück und konzentrierte sich wieder aufs Kofferpacken.

Als es an der Wohnungstür klingelte, öffnete Paul überrascht. Er erwartete niemanden.

»Störe ich?«

Paul war zu verblüfft, um sofort zu antworten. Er sah kurzgeschnittenes, rotblondes Haar, ein Paar forsche Augen und Sommersprossen auf den Wangen seiner Besucherin.

»Ich verstehe ja, wenn Sie die Polizei nicht gern in Ihre Wohnung lassen. Aber vielleicht machen Sie bei mir eine klitzekleine Ausnahme?« Kriminaloberkommissarin Jasmin Stahl sah ihn erwartungsvoll an. Die drahtige junge Frau war lässig gekleidet. Jeans und olivgrüner Pulli.

»Der Fall Henlein ist ja nun abgeschlossen«, fuhr sie fort. »Na ja, und da dachte ich, dass Sie sich vielleicht mal bei mir melden würden. Haben Sie aber nicht. Deshalb hab ich mir gesagt: Selbst ist die Frau! Und hier bin ich nun.«

»Das sehe ich«, sagte Paul ein wenig ratlos und ließ sie eintreten. »Kann ich Ihnen vielleicht etwas anbieten? Einen Kaffee?«

»Wie wäre es mit einer Vase?«, gab sie die Frage zurück. Damit streckte sie Paul ihre rechte Hand entgegen, die sie bis eben hinter ihrem Rücken verborgen gehalten hatte. Darin hielt sie eine zartrosa Rose.

Wie auch bei Paul Flemmings ersten beiden Fällen »Dürers Mätresse« und »Sieben Zentimeter« handelt es sich bei diesem Buch um einen Roman. Die Mitwirkenden sind, genau wie ihre Namen, frei erfunden. Die beschriebenen Örtlichkeiten und historischen Ereignisse dagegen basieren auf Tatsachen beziehungsweise dem aktuellsten Stand der Geschichtsforschung.

Vielen Dank an meine Freunde und Förderer, ohne deren Unterstützung ich dieses Buch nicht hätte verwirklichen können.

Danken möchte ich insbesondere Dr. Uwe Meier, der u.a. das phantasievolle Wappen der fiktiven Patrizierfamilie von Buchenbühl entwarf, und Astrid Seichter, die mit mir »Nachts im Museum« war. Dank an Günter Ott für die interessanten Einblicke in Kaspar Hausers weitgehend unbekannte Nürnberger Jahre. Reto Manitz möchte ich für seine große Hilfe beim Spinnen des Handlungsfadens danken. Dank auch an Hannes Henn für seine Küchenakrobatik à la »Karpfen mit Bärlauchkruste an Linsen und jungem Rettich aus dem Knoblauchsland«. Ralf Lang sei dafür gedankt, dass er Paul Flemming die professionelle Fotographie gelehrt hat. Und Kerstin Hasewinkel für ihre Hilfe beim Ergründen des Seelenlebens von Katinka Blohm.

Dank an Susanne Bartel für ihr kreativ inspirierendes Lektorat.

Und ein großes Dankeschön an Susanna Gräwe, Dietlind und Peter Beinßen, Sabine Gräwe und meine ganze Familie, speziell an Felix, dem der Roman gewidmet ist.

Nicht zuletzt möchte ich mich bei der wachsenden Leserschaft von Paul Flemmings Abenteuern bedanken: für die Treue und das wohltuend positive Echo.

Jan Beinßen